AF570289

en Rymdsaga för de lite Större Barnen

en Drömmares Marmoarer

rLiljevatten

Förlag: BoD Books on Demand, Stockholm, Sverige
Tryck: BoD Books on Demand, Norderstedt, Tyskland
ISBN: 978-91-7851-188-4

DEL I

RenaRama FantasiFoster

Förspel

I. Karin Werdhem

Barnen som lekte i ruinernas grus och bråte kunde inte vara äldre än fyra, fem år. De var kanske ett halvt dussin eller några fler till antal, svårt att säga exakt, eftersom de lekte kurra-gömma och de flesta syntes inte till. Där fanns både pojkar i kortbyxor och flickor i blommiga och rutiga klänningar, men i övrigt var de helt enkelt bara barn, hen-varelser, varken han eller hon och utan uttalat medveten könstillhörighet. Detta tillstånd skulle inte bestå länge till, för att pojkar och flickor skulle snart segregeras, trots att de gemensamt skulle börja i samskolan. Pojkar skulle förakta flickor och inte röra vid dem och inte under några som helst omständigheter beblanda sig med dem. De skulle sitta i sina bänkar enbart pojkar med pojkar och flickor med flickor, aldrig tillsammans. Detta sakernas tillstånd skulle bestå i åtminstone sju år till, när lusten till det motsatta könet åter igen skulle yppa sig.

Än så länge var lusten hur som helst i full gång, när femårige Calle febrilt försökte få sin lilla styva penis in i jämnåriga Karins lilla tillslutna springa.

De två hade smugit bort från gruppen och tagit sin tillflykt bakom en betongplatta, som en gång hade varit en del av en vägg i ett badrum, och därmed var utom synhåll för de andra kurra-gömma-lekande barnen. Dessvärre, eller lyckligtvis, beroende på från vilket håll man såg på det hela, så var de två inte utanför Karins mors synfält. Denna kom springande, hojtandes och fäktandes med höjda nävar, och skrek "vad håller ni på med?" och "sluta med det där med en gång!" och liknande klyschiga fraser. Hon ryckte bryskt bort den lilla oskulden, plockade upp sin dotters blekrosa trosor, och släpade henne snubblandes iväg tillbaka till sin sjabbiga ruinbarack.

Denna dag hade Karins mamma Anna stannat hemma, eftersom hon hade känt sig opasslig med månadssmärta som spände över magen. En vanlig dag skulle Anna annars ha varit långa tunga stunder hemifrån. Hon ingick i en grupp av "ruinmorsor" som hade till uppgift att samla ihop och städa undan det som fanns kvar efter de sönderbombade byggnaderna. Bortsett ifrån upprensnigen var ruinmorsornas huvuduppgift att knacka bort överflödigt murbruk ifrån de tegelstenar de kunde hitta. Fokus var på tegel som var intakt och lämplig för återbruk i framtida murverk. Dessa staplades i pyramidliknande högar, klara för transport.

Den unga ruinmorsan Anna Werdhem hade fått Karin i avskedspresent av den gästande, men nu hemåtvändande, soldaten fänrik Malcolm McShloermatt. McShloermatt hade fascinerats av Annas långa blonda hår och hennes långa raka ben. På grund av umbärandena under krigets sista fas, hade bristen på mat bidragit till att förläna Anna en utomordentligt slank mannekängfigur. I jämförelse med de för det mesta kraftigt överviktiga kvinnorna i hans hemland var Anna en benig klädhängare. I det civila var McSchloermatt skräddare till yrket, med egen modellagentur, och han gillade när kläderna hängde löst på sina bärarskor. Anna å sin sida hade fascinerats av Malcolms till synes ändlösa tillgång till choklad och cigaretter, och i gengäld lät hon göra honom med henne vad han ville. Inte undra på att hon sedermera bebådades med ett ängelskt budskap.

Då hade det varit sommar och ruinen upplevts som en idyllisk plats, närapå pastoral och som skapad för ett *schäferstündchen.* Anna hade varit tämligen oinformerad i fråga om koitala sakförhållanden och Malcolm McShloermatt slösade då ingen tid på att gå in på teoretiserande resonemang, utan gick genast till praktisk attack med sin stiliga sabel i högsta hugg. Och så blev det till en liten Karin av denna vänskapliga batalj, en Karin som växte upp utan sin far, det vill säga sin riktiga far. Denne hade återvänt till sitt lantliga föräldrarhem utanför Albuquerque i New Mexico. Under sin frånvaro hade hans skrädderi, med modellagentur, blivit utmätt av de statliga myndigheterna på grund av obetalda skatter och Malcolm hade måst igen flytta in hos mamma och pappa.

Där satt han, Karins far, iförd skallerormstövlar, under en slak konfederationens flagga, denna slavägarnas sardoniska fana, och skänkte Karins mor inga djupare tankar. I själva verket tänkte han inte alls på henne, utan fantiserade om granngårdens dotter Elvira och hennes breda bakdel. De två var trolovade och bröllpsdatumet var utsatt. Dock hade äktenskapet redan innan dess konsumerats, när Elvira hade blivit påsatt. Första gången dagen efter fänrik McSchloermatts hemkomst.

Anna Werdhem skulle senare gifta sig med en herre vid namn Herman Sczermonski. Herr Sczermonski var dock ingen *gentleman*, utan en skrotsamlare med grova händer. Som det skulle visa sig ganska så omgående, var han en brutal avskyvärding. Han skulle tvinga Karin att kalla honom "far" och sedan förgripa sig på henne, när hon var blott en späd sexåring. När Karin började förstå, vad herr Sczermonskis AlfaPet spel gick ut på, svor hon för sig själv att hon endera dagen skulle döda honom. Tacknämligt för hennes själ behövde hon dock aldrig infria sitt löfte, eftersom herr Sczermonski oförhappandes omkom, när han tänkte lägga beslag på en rostig trehundrakilosbomb och denna slutligen briserade. Detta järnmonster hade legat på ruinens botten i åratal, utan att någon hade bekymrat sig om detta. Herr Sczermonskis grova händer och sargade lem satt fastklistrade på den betongvägg, som en gång hade tillhört ett badrum och skänkt Karin och Calle lite privat avskildhet.

En tid därefter började Karin le igen, lite skyggt i förstone, men sedan allt mer självsäker. Anna strök andra halvan av sitt efternamn, den som kom efter Werdhem och bindestrecket, och lovade sin dotter och sig själv att aldrig mer gifta sig med en skrothandlare.

II. Carl Crassasius

Den andra av de två små *samkvems*barnen, Carl "Calle" Crassasius, bodde tvärs över gatan. Calle fick aldrig mer någonsin leka med Karin och hon syntes aldrig mer till bland ruinerna. I Calles minnesbild bleknade konturerna av Karins så smärta kropp så småningom bort och hon blev till någon sorts färglöst molnväsen. På denna sida av gatan fanns färre högar med spillror, ty huset hade i det närmaste förskonats av flyganfallen. Endast ena halvan var bortsprängd. I den resterande delen fanns fortfarande beboeliga lägenheter i tre våningar och Calle bodde i den som låg högst upp. I huset fanns ingen hiss och de branta trapporna var besvärliga för hans morföräldrar.

I motsats till lilla Karin hade Calle inte fötts med en rostig järnsked i munnen. Hans mamma, Fru Letitia Crassasius-Levin, hade talat om för honom att hans familj var av förnäm härkomst. Crassasiusarna ansågs vara ganska så välbärgade, eftersom de hade råd med att betala hyra för boendet. Modern påstod att Calles pappa, Hubertus Crassasius, var i rakt nedstigande led släkt med Marcus Licinius Crassus. Crassus var också allmänt känd som Roms okrönte Krösus. Denne Krösus hade dock inte varit romare och levt flera hundra år före Crassus. Crassus i sin tur levde - och dog - flera decennier före Kristi födelse. Och därför, hävdade mamma Letitia, kunde familjen

Crassasius inte förknippas med den kristna kyrkan och följeaktligen skulle den inte behöva betala någon kyrkoskatt. Letitia, vars familj kom öster ifrån, hade en uttalat ekonomisk läggning.

Som det förhöll sig, hade Crassus dock inte lämnat ens ett endaste litet *as* till sina sentida efterkommanden. Så, med facit i hand måste påståendet om familjens välstånd te sig ogrundat. Men, i enlighet med hans förment ärorika förflutna, hade Hubertus lagt till sig med ett latinskt valspråk: UT DESINT VIRES TAMEN EST LAUDANDA VOLUPTAS, vilket i runda ord betyder *om ock potensen mankades så måste dock vällusten lovordas.* Detta citat var tämligen extravagant för den ganska så färglöse musikintendenten vid stadens konservatorium. Hubertus hade varit ambitiös i början, men spelandet av den första fiolen hade honom förvägrats. Sedermera hade han dragit sig alltmera undan och undvikit kontakten med sina kollegor. De tillhörde ju ändå bara *plebsen.* Hans maka Letitia höll naturligtvis med.

Calle hade aldrig anammat sina föräldrars arroganta hållning och nedvärderande attityd. Hans intima umgänge med ruin-Karin hade kunnat ses som bevis på detta. Men han hade ju helt enkelt bara varit kåt och så hade han ju då som femåring ingen klar ideologisk uppfattning om någonting. Han bar dock omedvetet inom sig en upplevd filantropi om människors lika värde, likväl som han kände denna kärlek till djuren. Han älskade att klappa hästar, kor och får och hade också begravt en död sparv en gång. På graven hade han placerat några små av ruinens blommor, mest maskrosor, och ett litet kors gjort av pinnar och snören.

I grundskolan var Calle en riktig liten vilding. Han saknade respekt för lärarna, var uppkäftig och tålde inga tillsägelser. Under rasterna på gården spöade han upp de äldre pojkarna i de högre årskurserna. Dessa hade smockat till hans klasskamrater eller hade hånat dem. Men detta gällde enbart pojkar, flickorna hade han inga relationer till. Och så var det ju självklart, att man inte slog flickor. Det var fegt. Lika fegt som att fortsätta slå den som hade gett sig eller att sparka någon som låg på marken.

Även om Calles vilda natur inte hade mycket gemensam med Hubertus' timida väsen, så hade han dock ärvt faderns kärlek till musiken. Calle formligen levde för musiken. Han älskade att lyssna på samtida artister av avantgarden. Själv misshandlade han ömt sin gitarr och hamrade extatiskt på sina hemmagjorda trummor. Senare i livet, när han var omkring tjugo år gammal, hade höjdpunkten i hans tillvaro varit den dag, då han spelade med Amon Düül under Essen 69. Essen 69 hade dock inget med mat att göra, även om ordet *essen* betyder att *äta* på tyska. 69:an hade heller ingenting med sex att göra. Oanständig fantasi skulle kunna få Essen 69 till hummer och champagne med färska jordgubbar som serverats på ett vackert avklätt par, liggandes skavfötters med var sin läckerhet i munnen.

I grunden började det med att i augusti 1969 genomfestades en tre dagar lång utomhuskonsert i amerikanska Woodstock utanför New York. Det hippa hippielivet under festivalen tilldrog sig stor uppmärksamhet av amerikansk tabloidpress, eftersom denna kom alldeles gratis över bilder på nakna kvinnobröst. Lösnummerförsäljningen sköt i höjden. Fler nakna kvinnobröst skulle sedermera visas i en flera timmar lång biograffilm. Woodstocks oöverträffade berömmelse som världens bästa bröstfestival var därmed ett faktum.

Men bara ett par månader senare arrangerades helt oberoende av Woodstockfestivalen en annan tredagars musikalisk delikatess. I Essen, en halvmiljonstad i tyska Ruhrområdet, var det konstnärliga utbudet kolossalt med artister som Deep Purple, Fleetwood Mac och Pink Floyd för att nämna bara några få. Andra kultband inkluderade East of Eden, Free, Nice, Spooky Tooth, Steamhammer, Tangerine Dream och många, många fler.

Som ett då alldeles okänt gäng från England. Deras internationella debut blev en helt obeskrivlig framgång. När Yes började spela, reste sig folk ifrån sina läger av täcken och kuddar och ställde sig upp, dansade, vrålade och klappade i händerna. Där på scenen stod en graciös figur i lång svart kaftan. Alla ville se den flickiga ängeln med det långa svarta håret och som sjöng så ljuvligt. *I see you* fick nackhåret att resa sig och folk blev alldeles vilda. Den natten blev Yes födda och skulle leva länge till. Alla ville köpa deras skiva, men på festivalen delades deras första album ut alldeles gratis! Deras live version av *end of the night* var deras final. Den låten fick Essens Grugahall att gunga som en åtta magnituders jordbävning på den så välkända, men likaledes oförstådda, Richterskalan.

Men för Calle var den största upplevelsen Amon Düül. Inte för att musiken var av någon anmärkningsvärt upphöjd kvalité, utan för den enorma känslan av frihet och mänsklig gemenskap som deras scenkonst innebar. Det blev till ett enastående jammande, där folk ur publiken klev upp på scenen och sjöng och dansade. Det hela var drömlikt och Calle var som i trance, gick upp till det lyckoberusade sällskapet, hittade ett övergivet trumset i bakre delen av scenpodiet och började spela med. Om det var bra eller dåligt eller mitt-i-mellan ska vi låta vara osagt, men han kände sig hänförd som en annan Ginger Baker och badade i ett obeskrivligt lyckorus.

Sedan vaknade han besviket, när väckarklockan ringde in en ny dag, fylld av nya, aldrig sinande förpliktelser.

III. Pariskopet

Karin och Calle återförenades i vuxen ålder. Detta hände helt slumpmässigt och de visste inte om varandra. De träffades på Pariskopet, ett ställe som bemödade sig att tillhandahålla inslag av *francité*, eller franskhet, med detaljer som skyltar på vilka det stod Bistro, Pernod, Steak Parisien, Escargots, Grenouilles och dylikt, samt diverse prisangivelser. Dryck och tilltugg kostade olika på olika veckodagar. På måndag fram till onsdag kostade det mera än på fredag, lördag och söndag. Anledningen var att, jämfört med veckoslutet, kom det färre gäster under veckans första dagar. Från Pariskopets sida ville man hålla kassaflödet livligt och konstant vid samtliga tider. På torsdagar var det stängt och då kostade det förstås ingenting alls.

Pariskopet var byggt som en ubåt, lång och smal. När gästerna anlände, typiskt efter klockan ett på natten, blev det snabbt mycket, mycket trångt, vilket var helt planenligt. Den enorma trängseln innebar att folk gnuggades mot varandra. Pojkar mot flickor, flickor mot pojkar, pojkar mot pojkar och flickor mot flickor. Gnuggningsgraden bestämdes av personlig smak och sexuell läggning. En och annan maskulin hand kunde söka sig till Calles akter, en omständighet han dock skarpt ogillade. Men för det mesta räckte det med en vänlig tillsägelse för att förbli förskonad från upprepade gnugg- och klappförsök.

På de svartmålade väggarna lös i intensiva självlysande färger former och figurer som förde tankarna till Joan Miró. Stora projektioner av färgstarka oljeklickar mellan två glasskivor ändrade oavbrutet skepnad. På dansgolvet i fören dånade musiken och det stroboskopiska flackandet av det vita bländande ljuset fick dansarna att framträda i magisk *slow motion*. De djupa bastonerna kändes i hela kroppen och vibrationerna i magen förlänade dansarna ett lyckorus på gränsen till smärta. Djungeltrummorna i Iron Butterflys *In-A-Gadda-Da-Vida* förstärkte denna drömlika tillvaro, där skolans dåliga betyg, arbetsplatsens påfrestande mödor, de evigt gnagande pengabekymren och den svidande smärtan av brustet hjärta var långt långt borta, frånvarande från nuets lycksaliga stund.

Calle köade vid baren, när hans blick fastnade på en underbar varelse med stort lockigt hår och stora runda ögon någon meter bort. Den underbara varelsen hade uppmärksammat Calles odolda stirrande. Ett underbart leende kom till svar, samtidigt som den underbara varelsen försökte maka sig fram till honom. “Tjena’, jag heter Sofia. När du slutat stirra på mina bröst, kan du väl tala om för mig, vad *du* heter. Sen kan vi väl ta en pilsner tillsammans. Vad sägs?” Calle hade inte för avsikt att redan nu sluta stirra på hennes bröst. Hans svar fick vänta på sig. Sedan mumlade han “Calle för mina vänner, mycket angenämt, sköna damen”.

Slutligen slet han blicken från garnityren, tittade upp och tillade “En pilsner vore inte dum. Inte alls dum. Jag bjuder.” Sofias svar kom svirvlande snabbt som en bumerang “okej, nästa är på mig då.”

En lätt, nästan oförnimbar, gnuggning fick Calles byxor att strama över blygseln. Han besvarade detta något frivola närmande från Sofias sida med att flytta sig lite i sidled, så att hon kunde få kontakt med hans spända lår. Hon skrattade i hans öra “Din lilla skälm” och kysste honom på halsen. Att de inte, som man allmänt brukade, låg med varandra redan denna första kväll, bara ytterligare ökade Calles förtjusning i henne.

Det var så de träffades, Calle och Sofia. På Pariskopet. En ubåt, där man åt sniglar och grodlår, men där man definitivt inte lyssnade på franska smörsånger.

Tillsamman med de klara bländande färgerna förstärktes undergroundmusiken mot tidigare aldrig upplevda gränser av den bruna marockanen, den röda afghanen eller den svarta nepalesen, vars svarta färg härrörde huvudsakligen från det rikligt nedblandade opiet.

Med eller utan marockaner, afghaner eller nepaleser blev denna kväll på Pariskopet fullkomligt magisk. Vissa dagar, eller rättare vissa nätter, bjöds det på diverse live framträdanden och vid något tillfälle satt där en kille på en barstol med sin gitarr och spelade något som kom att kallas *Space Oddity*.

IV. Ohemligheten

Efter fyra romantiska månader bestämde Sofia-Calle-paret sig för att befästa kärleksförbundet genom att flytta ihop. Efter ett tags letande hittade de en liten mysig lägenhet, vars pris låg inom ramen för deras gemensamma finanser. Vid kontraktskrivningen uppenbarades att de hade umgåtts med varandra i ett fullständigt ömsesidigt *incognito*. Karin kallade sig Sofia, eftersom hon förknippade namnet Karin med dystra minnen, som hon sökte begrava i amygdalans djupaste vrår.

När de väl etablerat sina personalia och lugnat ner sig lite efter avslöjandenas uppståndelse, svävade de på ett gräsmoln tillbaka till deras barndom och sina gemensamma ruinminnen. De mindes båda mycket väl sina tafatta första försök att gemensamt lära känna varandras genitalier. Och hur dessa tidiga försök hade omintetgjorts av Sofias, det vill säga Karins, mamma.

Sofia berättade för Calle att hon aldrig hade träffat sin far, men förteg sina grymma erfarenheter med den vedervärdige Herman Sczermonski. Skolan hade varit mestadels tråkig och hennes vakna intellekt hade saknat stimulans. Samma gällde de manliga bekantskaperna hon hade halvhjärtat upprätthållit genom åren. Tills hon träffade Calle, denne hennes allra första pojkvän. Nyfikenheten på livets alla sidor, som skolan och männen hade lyckats döda, väcktes åter till liv. Framför allt hade hon blivit mindre blyg, ja, rentav oskygg och kaxig.

För Calle hade livet tagit en helt annan vändning. Som hans föräldrar hade uttryckt det, så skulle Calle "bli någonting ordentligt, läkare eller advokat eller nåt sånt". De skickade honom därför till en skola som var ytterst väl ansedd och hade en formellt hög utbildningspotential, i alla fall på pappret. Skolans motto var också mycket riktigt ett ordstäv på latin, NON SCHOLAE SED VITAE DISCIMUS, vilket underströk skolans humanistiska karaktär, men var lika oinspirerande och tråkigt som Caesars DE BELLO GALLICO. Hade man klarat studentexamen där, skulle alla dörrar stå vidöppna. Det var en skola av den gamla skolan, där varje avgångsklass kom att bilda samhällets överklass.

Calle hade ju ärvt sin fars kärlek och hängivenhet till musiken. Sålunda ägnade han mer tid åt sitt band än åt skolarbetet. Bandet hette *flatmän* och ägnade sig huvudsakligen åt att kopiera andra musikgruppers verk. Repertoaren innehöll väldigt lite eget material och bestod mestadels av andras musikstycken. *flatmän*nens instrumentering var den vanliga sättningen. I övrigt ingick också en doadoakör. Denna bestod av två smäckra flickor som dock i själva verket var transvestiter i mycket feminint utförande. Under de fantasifulla och färgsprakande dräkterna dolde sig attributen av det maskulina släktet. I åtsittande baddräkt kunde de därför verka komiska. De två hade förlänat gruppen dess namn, men var detta till trots inga flator. Som liten anekdot kan inflätas att de kallade varandra för *slampa.*

Calles professionella musikbana blev däremot väldigt kort. Efter talrika tappra försök att hitta en seriös producent för deras virtuella demofiler *Homo Flatman* och lika talrika avspisningar, gav han slutligen upp. En slagen man. Tom på livsvilja. Till den dagen då han mötte Sofia. Likaväl som hon hade han återvunnit gnistan. De två gav upp den bohemiska livsstilen och ägnade sig numera åt universitetsstudier. Sofia läste näringsfysiologi och Calle cellbiologi. De levde på studiemedel, ett slags lån som staten tillhandahöll, samt ströjobb för att dryga ut deras magra kassa.

V. Avnavlingens Gyllene Snitt

Endera dagen, under en gemensam lunch, hade paret haft en i början intressant, sedan alltmera livlig, diskussion, som slutligen hade spårat ur och de hade hamnat i gräl med varandra. Efteråt rådde det viss förstämning i deras hem. Men som en-gång-hippie-alltid-hippie som de var, så skulle de på bonobo-vis bilägga den hotande konflikten med sexuell aktivitet. Med obändigt karnalt begär tog han henne denna soliga eftermiddag bakifrån. Sofia stod på alla fyra på sängens kant, medan Calles kulor rytmiskt slog på hennes känsligaste ställe, det klitorikala området, vilket förlänade henne än större upphetsning, vällust, extas. Till de melankoliska tonerna av Fanz Schuberts åttonde symfoni avfyrade Calle ett välriktat skott rakt upp mot hennes högra äggledare. Även om denna destinationsdetalj är fullkomligt irrelevant i sammanhanget, är det dock ett faktum att Sofia blev gravid på mindre än femton sekunder.

De upplevde de följande graviditetsmånaderna i andaktsfull förväntan, blandad med förskräcklig ångest rörande barnets fysiska och mentala tillstånd. Slutligen var nedkomstens tid kommen och förlossningen förlöpte tämligen normalt, med långa ansträngda kval och oändliga smärtor för modern.

Det nyfödda barnet var extremt långsmalt, åttio centimeter långt, men med sina tretusen tvåhundrafemtioåtta gram höll sig vikten relativt nära normala gränser. Det är ingalunda ovanligt att de nyföddas huvuden har en distinkt avlång form. Det var därför ingen lade någon vikt vid detta hos Sofias börd, men på grund av den långa kroppen behövdes det inkallas en extra barnmorska som kunde hjälpa till med att stödja barnets mjuka ryggrad. Risken var påtaglig att denna, efter passagen genom födelsekanalen, annars kunde brytas av.

Enligt de senaste rönen skulle det nyfödda barnet inte avnavlas genast, utan det skulle väntas i tre minuter innan ingreppet utfördes. Detta för att förse barnet med en ordentlig genomspolning av mammans blod för att förebygga all sorts immunbristsjukdomar.

Under dessa tre minuter fanns det tillfälle för samtliga närvarande att utnyttja tiden till att utforska barnets yttre proportioner. Dessa verkade inte närmelsevis följa normen för det gyllene snittet. Förutom den anmärkningsvärda kroppslängden verkade dock allting vara som det skulle, tio fingrar, det vill säga fem på vardera hand, och likaså tio tår, på två fötter. Å andra sidan, när könet skulle avgöras hos detta märkvärdiga barn, kunde man inte enas om huruvida det rörde sig om en flicka eller en pojke. I själva verket var barnets kön i förstone tämligen obestämbart. Det tycktes hänga en liten pojkpenis ur en liten flickspringa. Möjligen var det fråga om en förstorad klitoris som hade banat sin väg utanför det tilltänkta, men tillknäppta, innerområdet.

När föräldrarna kort därefter skulle komma fram till vad barnet skulle heta, beslöt man att, på grund av det obestämda genusläget, måste namn som Hermes eller Afrodite tills vidare deklareras som olämpliga och föjeaktligen uteslutas.

Sofia och Calle bestämde sig sålunda för prefixet Eli som arbetsnamn. När man så småningom väl hade fastställt barnets exakta könstillhörighet, kunde man ta resten. Det vill säga suffixet, antingen -sa för en tjej, alltså *Elisa*, eller -as för en grabb, det vill säga *Elias*. Om det var ingetdera, alltså något mitt emellan, finge det väl bli *Hirudinea*. Av sina föräldrar kallades hen kärleksfullt Hiri. Detta smeknamn ska dock inte blandas ihop med namnet på det språk som talas av Motu folket i Papua Nya Guinea. Dessa två är helt skilda fenomen.

Letitia Crassasius-Levin som kom öster ifrån hade, som hennes flicknamn antyder, judiskt påbrå. Eftersom bara ena halvan av henne var judisk och hon inte varit särskilt förkovrad i den mosaiska tron, hade hon sedermera också försummat de traditionella påbuden hos sin egen familj. Hon hade aldrig tagit sin son Carl till slakthuset. Men på senare tid hade hon blivit stolt över sitt folks mångtusenåriga historia och ansåg att hennes barns familj nu skulle bevara och föra vidare de vackra traditionerna. Hon berättade därför för Carl och Sofia att hon gärna såge en hederlig och traditionsenlig omskärelse av den manliga biten hos Hiri. Barnets föräldrar trodde inte sina öron, blev alledeles förskräckta och upprörda över detta citat: *vansinniga* förslag och talade om för Letitia att något sådant skulle vara alldeles uteslutet och skulle aldrig hända.

Men Letitia hade i sin nyfunna religiösa nit rövat bort sitt barnbarn bakom dennes föräldrars rygg och lämnat det över till en skalpellmästare vid namn Nathan Guldblom. Denne Guldblom var i vissa kretsar känd för att utföra könsstympningar på ett alldeles särdeles konstnärligt sätt. Att barnen vid omskärelsen brukade gråta och skrika alldeles erbarmligt brydde man sig inte särskilt mycket om. Som resultat behövde Hiri alltså i dagsläget inte dra ner förhuden, utan ollonet var jämt stolt och prunkande exponerat mellan hens yttre blygdläppar. Att dessa inte skulle gå samma öde till mötes berodde på att barnets föräldrar hade givit Letitia besöksförbud och att de hädanefter inte lämnade Hiri en sekund ur siktet.

VI. Trippelhelixen

Efter femton år av Hiris genusoklarhet blev det officiella namnet, så som det står skrivet i en persons pass, slutligen Hirudinea Crassasius-Werdhem. I den lilla rutan på passansökan, där man skulle skriva ett F eller ett M, satte mamman Sofia ett mf. Det kan tilläggas att ytterligare en oklarhet bestod i att barnets kroppslängd knappast hade förändrats sedan födseln. I stort sätt rörde det sig fortfarande om samma värden, det vill säga åttio centimeter plusminus enochenhalv centimeter, beroende på om håret var nytvättat eller ej.

Vikten hade heller inte gått upp nämnvärt. Huvudet hade om möjligt blivit ännu mera avlångt. Men Hiris makrocefali var inte artificiellt betingad, som hos Monbuttu folket i det centrala av det centralaste svarta Afrika. Där band man ihop skallarna hos de nyfödda för att uppnå långhuvudseffekten.

Hiri var förstås ett ytterst intressant studieobjekt för livsvetenskaperna. Sekvenseringen av hens arvsmassa avslöjade att nukleotiderna var fem till antal, bestående av de sedvanliga aminosyrorna A, C, G och T. Samt ett virialt U. Dessa fem satt ihop i en trippelhelix, i en allsköns blandning av så kallad DNA och RNA. Denna trippelhelix kallades numera DRNA, uttalas Dirna. Könscellernas genuppsättning var också egendomlig, kromosomerna var varken XX eller XY, utan XYZ.

Upptäckten av DRNA var sensationell och självfallet i Nobelklass. Det anmärkningvärda med detta pris var att det utdelades i ämnet medicin, som om man hade upptäckt, och framgångsrikt bekämpat, en ökänd eller tidigare okänd sjukdom.

Hiris fysik var övergenomsnittligt frisk, så att det inte kunde vara fråga om någon sjukdom. Dessutom var hen hypergenomsnittligt intellektuellt begåvad. Den ansvariga kommittéen övervägde dock aldrig ens för en sekund att tilldela priset till unga Hiri, utan valde nån obskur biokemist från Minnesota. Denne var av manligt kön och hade släktband i Vetenskapsakademien.

De övriga två laureaterna, den ene från Kina och den andre från Indien, var likaledes av manligt kön och båda var verksamma vid institutet för Humanoid Race Evolution i brittiska Birmingham. Samtliga Nobelpristagare hade sedan länge blåst ut fler än åttio ljus på födelsedagstårtan och var vid offentliggörandet av deras namn i början av oktober fortfarande i livet, vilket berättigade dem till mottagandet av utmärkelsen ur monarkens hand. I december månad samma år. I Sveriges stolta huvudstad.

Den kinoindiska duon hade redan tidigt misstänkt att Hiris genmutation skulle innebära grundläggande förändringar i den humana överlevnadsförmågan. Bland annat hade de förutspått att Hiri skulle utveckla en egen metabolism som skulle visa sig vara betydligt mera energieffektiv än den gängse vedertagna. Till exempel, så kissade Hiri bara varannan månad och bajsade var fjärde. Det behövs naturligtvis inte särskilt påpekas att Hiri intog måltider ytterst sporadiskt. Ofta kunde Hiri sitta orörlig i långa stunder, ja rentav i flera veckor, som i en sorts dvala. Med människorna i sin nära omgivning var hen då också fullständigt nonkommunikativ.

Det som allmänt ansågs vara den viktigaste slutsatsen var likaledes storslagen, nämligen att Hiri åldrades extremt långsamt. Hiris DRNA-telomerer nöttes inte i lika snabb takt som DNA-ändarna hos "normala" personer. Intresset för denna anmärkningsvärda omständighet ökade extremt snabbt, i synnerhet i allmänna nyhetsmedier och i låg-iq-konsumenters så kallade *reality shows*. Regeringsmedlemmar världen över räknade med att deras tid vid makten kunde i det närmaste legitimt förlängas in i det oändliga. De ökade följeaktligen också forskningsanslagen till aldrig tidigare skådade nivåer. Detta skedde i global skala med tävlande forskare i många länder, även sådana som vanligen bekymrade sig ytterst lite om vetenskaplig forskning som inte var av explosionsteknisk karaktär.

Kännedom om de flesta forskningsresultaten var

förbehållen en mycket liten skara av personer med särskild behörighet. Det icke hemligstämplade materialet publicerades däremot i den nyutgivna tidskriften *The Triplehelix Cognitive News Letters*. Denna publikation var oerhört välrenomerad och av forskarna ansågs det mycket fint att förekomma däri med sina namn. För att understryka artiklarnas sensationella nyhetsvärde var sidantalet begränsat, men också för att folk slapp läsa så mycket. Man hade ju så mycket annat att göra.

Denna brist på utrymme kunde medföra att innehållet inte var tillräckligt vederhäftigt och tillförlitligt. Flera av de oftast många artikelförfattarna kunde bli intervjuade i TV, en eftertraktad sysselsättning på betald arbetstid som kunde leda till att man nådde ryktbarhet på nationell, ja till och med på internationell, nivå. Denna narcissisternas lekplats drog till sig fler och fler drömmare om rikedom och kändisskap. Färre drömde om vetenskapens framsteg till mänsklighetens fromma.

Den information som sipprade ut i medierna var bland annat Hiris kosthållning. Intresset för densamma byggde på mångas fåfänga att skaffa sig eller bibehålla en smal figur. Det var mestadels medelålders kvinnor som återfanns bland bantningsentusiasterna och de uttryckte farhågor angående de egentligen icke existerande brösten hos Hiri. I den mån Hiris platta front kunde tillskrivas den magra kosten, fick kvinnorna att känna sig manövrerade in i ett informationsvakuum. Hos dem planterades ett frö av oro, nämligen att man kunde förvänta sig en ansenlig bystförlust. Detta vore helt klart en oönskad bieffekt. Än så länge underbyggdes dock inte denna fruktan av tillförlitliga data. Forskarsamhället teg.

I det dolliga Skottland låg man däremot inte på den lata sidan. Där var man i färd med att så nya frön, som man hade gjort så framgångsrikt förut. Det experimentella arbetet hade som målsättning att genom kloning ta fram kopior av Hiri. Man hade också långtgående planer på att förmå Hiri att föröka sig på partenogenetisk väg.

Hiri hade tills nu svarat med obslutsamhet. Men Hiri insåg också att syftet och fördelen med att ha tillgång till en hel population av hirisar är förstås de möjligheter som öppnar sig för långväga resor genom världsalltet.

Även om tekniken behärskades sedan länge, har kloning av människor hittintills inte varit tillåten på grund av etiska skäl. I alla fall var inga fall av klonade personer kända. Konspirationisterna ansåg dock att det fanns påtagliga bevis i form av tonvis med cytoplasmiskt material i avfallshinkarna i åtskillligt många laboratorier runtom i världen.

Vem skulle kunna motstå frestelsen?

VII. Ad Medinam

Sofia och Calle kallade sitt barn mestadels ömt Hiri-älskling, Hjärtat, Sötnos, Lilla Gumman och liknande. Vid de få tillfällen, när de ansåg att ungen hade gjort något dumt, använde de det gamla namnet Eli. Kort och gott, Eli. Bara Eli betydde omak. Men för det mesta var tillropen kärleksfulla. Och Hiri återgällde sina föräldrar denna känslovärme, hen älskade dem högt och innigt.

En solig seneftermiddag såg Calle hur Hiri med upphöjt sträckta armar dansade graciöst i vågliknande rörelser. Hiri hade gått till ett av hens favoritställen, en pytteliten glänta i en pytteliten skogsdunge ett par hundra meter bakom sitt föräldrarhem. Hiris skugga var nära nog tio meter lång och förlänade dansen en magisk dimension. Det var sommarlov och Hiri var obekymrad och glad. Innan lovet hade hen efter bara fyra månaders studier bemästrat finska som sjunde främmande språk. Hen nynnade en finsk version av *Små Grodorna* med hens egen, aningen fria, översättning som löd

lyhyet jalat, pitkät jalat, häntä pois
suuret silmät, pienet korvat, mansikka-pensasaidat

vilket var något i stil med

korta ben, långa ben, svansen väck
stora ögon, små öron, smultron häck

och så vidare.

När Hiri blev varse en annan persons närvaro, stannade hen upp i dansen och tittade sig omkring. Hiri såg att det var fadern och undrade förvånat "vad gör *du här*?"

C: "Jag kom för att prata med dig, min skatt. Tänkte höra med dig, vad du tycker vart vi skulle åka på semester i år. Har du nån idé?"

H: "Jag vet inte, om ni tycker det är nån bra idé, men jag skulle så jätte gärna vilja åka till Tamanrasset nån gång."

C: "Vart sa du att du ville åka?"

H: "Till Tamanrasset. I Algeriet. I mitten av Sahara öknen. Till Ahoggarbergen."

C: "Jaha, du. Till Tamanrasset. Jag ska prata med mamma. Åh, hur långt är det dit, förresten? Ah, det var inget."

Calle gick i väg för att söka upp sin hustru Sofia. Han visste redan innan vad hon skulle svara, men tyckte ändå att det skulle vara artigt att höra med henne om hennes åsikt i frågan. Både hon och Calle försökte uppfylla Hiris samtliga önskemål, det vill säga i den mån dessa var rimliga och praktiskt möjliga. De var oroliga för risken att Hiri inte skulle leva så länge till, eftersom de hade fått för sig att dvärgar inte levde så länge. I vilket fall så var de fullständigt ovetande om vad det var som förorsakade Hiris avstannande i växten. Om det var fråga om någon sorts sjukdom, så fanns det ju en betydande risk att denna befann sig i sin terminala fas och Herr Död kunde knacka på dörren vilken dag som helst.

“Jag hade ju hoppats att sötnosen hade sagt Saint Barth eller Bora-Bora eller nåt sånt, men Tamejrasslat? Har aldrig hört talas om det och vet inte ens var det ligger nånstans”, suckade Sofia. Calle svarade lakoniskt “det är faktiskt lika stort som Örebro, kära du”. Men bägge föräldrarna hade ju redan bestämt sig och började genast planera resan. Man skaffade visa och bokade flyg till Gibraltar i södra Spanien. Därifrån tar det bara en halv timma med bil till färjeläget i Algeciras.

Den korta överfärden från Algeciras till Ceuta förlöpte smidigt och utan nämnvärda incidenter. Det tar bara en timma med båt att hoppa från Europa till Afrika. I sommartid är Gibraltarsundets vatten vanligtvis lugna, i synnerhet på Medelhavssidan. Tiden räckte gott och väl till att avnjuta den marockanska nationaldrycken, ett glas sött hett te med färska blad av mynta. Familjen Crassasius-Werdhem lapade sol och te och de blev omhuldade av den varma vinden. De satt i fören på en enkel träbänk och väckte inte något särskilt uppseende.

I Gibraltar hade pappa Carl beställt en hyrbil som var terränggående. Den hade också en vinsch på främre stötfångaren. Nu var Calle upptagen med att studera en inplastad Michelin-karta över Nord-Afrika. Den var röd och hette "Carte a 1/4 000 000 - 1 cm pour 40 km, **AFRIQUE** NORD ET OUEST". Han grubblade över vilken rutt som skulle vara bäst att ta. Det vill säga, minst farlig. Genom Sahara. Världens största öken. Utan tillgång till vatten. Utan en droppe av livets elixir. Men fullt med skorpioner och annan ohyra.

Mamma Sofia hade ett korsordshäfte i knät och tuggade på en penna. Hon mumlade "brytningsoförmåga, lodrätt elva bokstäver" och det snabba svaret från Hiri kom tillbaka som en bumerang i överljudshastighet: "astigmatism".

"Men Gud, vad du är smart!"

"Ja, men Mamma! Det är väl inte så svårt. Jag läser ju sånt i anatomikursen."

"Jag vet, men du svarade så himla snabbt."

Sofia såg fortfarande fundersam ut och hennes vida uppspärrade stora runda ögon vilade frågande på denna hennes konstiga unge. Hon älskade sitt barn så förtvivlat mycket, så att det ibland rentav gjorde ont inombords. Med sin nya hårklippning liknade Hiri en söt liten flicka, i "tishört å jihns". Och med målade läppar. Hiri målade dock inte sina naglar, "man ska kunna se att de är rena".

Hiri ville helst av allt komma till Tamanrasset så snabbt som möjligt. Hens fysionomi antog därför en irriterad uppsyn, när pappa Calle deklarerade att de först skulle åka till Fez. Calle ville till kasban i stadens medina, som numera inhyste den inhemska marknaden med allsköns orientaliska förförelser. Där skulle de inhandla var sin shalaba, en sorts kaftan med kapuschong. Enligt Calle så skulle detta klädesplagg vara det "absolut bästa i öknens hetta och kyla".

Senare skulle han utföra ett experiment. Han ville mäta vad temperaturen faktiskt var. Det hade ryktats om att på natten kunde det till och med bli frost. Folks upplevelse av sådan kyla kunde möjligen bero på de stora temperaturskillnaderna mellan dag och natt. När det kunde vara över fyrtio grader mitt på dagen, skulle tjugo grader på natten nog upplevas som ganska så svalt, resonerade han. För att ta reda på, hur det faktiskt förhöll sig, hade han inhandlat en speciell utomhustermometer. Denna var en konventionell kvicksilvertermometer, men graderad mellan minus femtio upp till plus femtio grader Celsius. Man brukade ju ange temperaturen i "antal grader i skuggan". I Saharas stenöknen fanns dock ingen sådan och följeaktligen placerade Calle sin termometer bara rakt ut på marken, i det gassande solskenet. Efter en kort stund exploderade termometern och Calle noterade senare i sin resedagbok "middagsol, endast undre gräns på femtio grader; termometern sönder, kan ej mäta på natten”. Så, mysteriet kvarstår.

Hiri påpekade att Fez låg helt klart åt motsatt håll och att åka dit var helt klart en omväg. Dessutom varnades turister i resehandboken att man skulle bege sig in i kasban endast i grupp och då endast med hjälp av lokala guider. Eftersom kasban tycktes sakna en förnuftig stadsplanering, skulle turisterna lätt förirra sig och bli utsatta för ovälkomna olägenheter. Vad gällde utlänningar, så rapporterades det ofta om överfall, rån, ja, till och med om mord.

Varken Sofia eller Calle tog till sig Hiris skrämselpropaganda, utan den demokratiska familjeomröstningen resulterade i två-mot-en för Fez och kasban. Särskilt Sofia visade sig ytterst angelägen att besöka kasban. Hon hade hört talas om de fantastiska lädervarorna som salufördes där och hon ville köpa ett par sadelväskor till hennes motorcykel. De skulle vara “så mycket billigare än vad man fick ge för ett par justa skinnsaker hemmavid”.

Inne i kasban var det ett myller av stånd, varor och folk. Men det var till stor hjälp att kvarteren var uppdelade efter deras varuutbud. Här tillhandahölls all sköns kärl och konst i koppar, där fanns butik efter butik med mattor, sedan guldsmycken och silverarbeten, och så vidare. Calle frågade sig fram till shalaba-avdelningen och efter ett stunds letande stod de slutligen i en gränd med massor av färgglada marockanska kläder. Calles ögon föll på en vit shalaba som hängde i en klädgalge under en randig baldakin. När han nyfiket fingrade på den dök butiksinnehavaren upp i den mörka dörröppningen. “Ah, naice pipel! Want naice pipel bai naice shalaba?” butiksinnehavaren vände sig geschäftigt mot Carl. Denne svarade vänligt “We would like three of those, one for our child, one for my wife and one for me. Are the sizes available?” Butiksinnehavaren som, som det senare skulle visa sig, hette Altair svarade hövligt men bestämt “Jes, Jes, Jes! Misjö naice. Ai shou.” Han försvann in i det svarta hålet och kom kort därefter tillbaka med tre stycken plagg. “1400 Dirham forr vann naice shalaba” proklamerade han, “vann forr la petite, vann forr Madame ent vann forr joo, Sire”.

Två barn, en flicka och en liten pojke, dök upp i dörröppningen och tittade nyfiket på ömsom sin far och ömsom på främlingarna. Flickan kunde vara fem, pojken kanske tre år gammal. Han och Hiri var ungefär lika stora eller rättare sagt, små. Barnen hade lockats av det stora antal Dirham som pappan hade högt, klart och tydligt ropat ut, så att också konkurrenterna runt omkring kunde höra detta.

Sofia lade huvudet aningen på sned och sa “Men

Carl, ettusenfyrahundra dromedarer för ett nattlinne! Är inte det alldeles för dyrt?" "Älskling, det är inte dromedarer, utan Dirham. Deras pengar heter så. Som Drachmer i Grekland fast i Marocko." Carl lyckades få Sofia än mera förvirrad, men Hiri kom till undsättning, "Pappa, jag tror att han vill att vi ska pruta. Fjortonhundra pengar! Det är ju löjligt!". Carl samlade sig och sedan vände han sig till Altair, som det strax skulle visa sig att han hette: "My good nice man! I think, we need to discuss the price a little further. Don't you think that fourteenhundred a piece is a little hefty?" Altair slog ut med armarna och fick ur sig "Ah. Jes, Jes, Jes! We can go inside and have some tea." Carl tänkte "His English has suddenly improved. Vi ska väl se hur det går" och så gick de alla genom den mörka dörröppningen in i det bakom liggande rummet. Där var det lite svalare med en fläkt som snurrade i taket. På golvet låg det stora kuddar runt ett stort runt kopparbord. Där fanns också ett par kortbenta stolar med kamelfäll på, eller så var det kanske fårskinn.

En liten gumma med ansiktet dolt bakom ett tygstycke kom in med en bricka. Hon ställde dricksglas, sockerskål och en kopparfärgad tekanna på det runda bordet. Sedan försvann hon. Barnen stod fortfarande kvar. Deras far nickade mot dem med ett brett leende. "These are my children. The name of my girl is Aisha and my boy is Ahmad" deklarerade han stolt. "Your daughter and my boy are of same age, yes?"

Sedan hällde han upp teet och inbjöd sina gäster med en hövisk gest att hjälpa sig själva med sockret. "Welcome to my humble home. I am Altair. I hope the tea will be to your liking." "Hoppsan," tänkte Hiri, "det var oväntat" och syftade till Altairs engelska. Carl sa "That was very kind of you, Altair. I can see that you have quite a lot of foreign customers. What do you say to 800 Dirham for all three shalabas? 300 for the big ones and 200 for the small one." Carl gick ut hårt. Altairs svar lät inte vänta på sig: "Oh, Mister Nice! Do you want that my children starve to death? I can give you my best offer of 1300 for each of the shalabas." Och så var budgivningen i gång. Det skulle ta många glas te och dröja mer än två timmar, innan man slutligen var överens om 1400 Dirham för samtliga långskjortor. Det var fortfarande ett överpris. Altairs barn behövde i alla fall inte svälta.

Carl blev aningen irriterad. Han hade velat fortsätta förhandla med Altair för att få ner priset till en mera acceptabel nivå, men Sofia pressade på att de skulle fortsätta till kasbans skinnförsäljning. Det var sent på eftermiddagen och snart skulle det bli mörkt ute. Och då ville inte hon att de skulle vara kvar i kasban. Men till hennes förtvivlan hittade de varken försäljningsställena av lädervaror eller utgången för att ta sig ut ur kasban. De irrade runt, gick i cirklar och kom sedan till ett litet torg. Sofia tittade upp och mindes att hon hade sett den mot väggen lutande stegen, på vilken en två meter hög vaniljorkidé hade bundits fast, och den nymålade skylten med bokstäverna

TropischegewürzbedienungsabteilungsLeiter

Den hängde ovanför en av butikerna och hon hade sett den redan flera timmar tidigare, alldeles i början, när de precis hade kommit till kasban. Uppenbarligen frekventerades kasban flitigt av turister tillhörande den germanska språkfamiljen. Stället var också mycket riktigt markerat på guidebokens översiktskarta av kasban och de tre kunde slutligen hitta sin väg ut. Sofia var besviken att hon inte hade fått tag på sadelväskorna. Nå ja, de hade i alla fall kaftanerna som skydd mot den väntade stekheta sahariska sensommarsolen.

VIII. Intermezzo

Hiris farmor Letitia ansåg sig vara förmer än andra. I synnerhet så såg hon ner på de andra hyresgästerna som bodde i huset av familjen Crassasius-Levins domicil. Egenskapen av arrogans förde osökt tankarna till vad som hände för några år sen i Amerikat. Där hade de en riktig kuf som president. Denna mycket egendomliga figur, lögnaktig och lömsk som han var, hade gått till val med mottot "Make America Great Again". Letitia gillade kampanjslogans andemening, men undrade i sitt stilla sinne om det skulle vara möjligt att använda den i Europa, som till exempel "Mach Deutschland Wieder Groß". Vad skulle landets grannar säga?

Letitias rötter befann sig ju i öster, i den en gång mycket stora delen. En gång seglade det vikingar där, men sedan länge var befolkningen bofast, mest lantbrukare, och då betydde den rustika maten mycket. Recepten av det opretentiöst hjärtliga köket hade gått i arv i generationer och Sofia hade lärt sig från sin mor, så som Letitia had lärt sig av sin, och Hiri ville lära sig av Sofia.

Maträtterna återspeglade ofta det geografiska ursprunget och man mindes den tid, då aristokratin inte behövde tvätta sig och talade franska. Hiri för sin del hade i denna tradition funnit sin älsklingsrätt som hette kort och gott *Boulettes de Viande Mont Royal, Pommes de Terre à la Vapeur, Sauce aux*

Câpres. Detta var en mycket enkel anrättning som ock älskades av preussiska kungar, i synnerhet den som hette Fredrik II som knappt kunde tala tyska, utan föredrog franskan som receptet antyder. Håll till godo, nedan följer receptet.

Königsberg-Frikadeller i Kaprissås

3 - 4 portioner

lag:

1 l vatten
1 1/2 köttbuljongtärning
1 1/2 dl torrt vitt vin
1 lagerblad
1/2 liten gul lök
5 svartpepparkorn

frikadeller:

400 g blandfärs
1/2 gul lök
1-2 skivor vitt formbröd
1 dl grädde
3 sardeller (i lag)
1 ägg
1 tsk timjan

sås:

1 1/2 msk vetemjöl
25 g margarin
4 dl silad kokbuljong
1 äggula
1/2 dl crème fraiche

rivet citronskal + saften av 1/2 citron
kapris (i lag)

Skala och finhacka löken, stek blanc i lite matfett. Blanda ingredienserna i färsen (1 dl grädde över brödet, kantskuret). Koka upp koklaget; frikadellerna sjuds i 12 - 15 min. Fräs matfettt + mjöl i kastrull, späd med kokbuljongen, lite i taget, sjud såsen i ca 10 min; smaka av med salt och peppar. Rör ut äggulan med crème fraiche. Såsen av värmen, vispar ner blandningen. Smaka av med citron + kapris. Lägg upp frikadellerna och häll över såsen. Servera med ångkokt potatis, strö över finhackad persilja. Servera resten av vinet till. Ett gott vin till överkomligt pris är Pouilly-Fumé (Sauvignon Blanc), aningen dyrare vore Pouilly-Fuissé (Chardonnay); alternativt en kall öl (Schultheiss Pilsener) eller vatten (Husets Klara). Fast, en god Chablis (Chardonnay) är ju aldrig fel, förstås. Vinet som dricks till bör vara detsamma som det i såsen.

IX. Ad Desertum

Vid nästa dags frukost i "hotellets matsal", ett skakigt utomhusbord med ett par skraltiga pinnstolar utanför härbärget, gnällde Sofia med att upprepa sin önskan att återvända till kasban. Carl undrade, om hon visste exakt var nånstans de hade sadelväskor till motorcyklar. Sofia svarade att hon trodde att på ställen, där de hade skinnprylar skulle det nog också finnas sadelväskor i läder. På både Carl och Hiri verkade detta svar knappast övertygande och de föreslog, med tanke på vagheten i Sofias plan, en ny familjeomröstning. Sofia var chanslös. De packade bilen och lämnade Fez med riktning mot gränsen till Algeriet.

I närheten av ett större samhälle, Oujda, stannade de för att äta lunch. Restaurangen var en enkel hydda med ett par bord under ett luftigt tak. Sofia yttrade sitt missnöje med hygienfaciliteterna. Matsedeln bestod av en griffeltavla på väggen bakom ett slags bardisk och på vilken det angavs endast en rätt med uppemot ett dussin prisangivelser. Maträttens namn var skrivet med en bit vit krita för hand, på arabiska. Priserna var också skrivna på arabiska, men dessa var så klart lättare att dechiffreras.

På grund av vissa kommunikationssvårigheter med etablissemangets ägare fick de aldrig riktigt reda på, vad det var som serverades till lunch. Men även det dyraste alternativet var så pass billigt att de bestämde sig för detta. Restauranginnehavaren tog fram tre plåttallrikar och slevade upp tre rejäla portioner couscous. Sedan lyfte han på locket av en stor gryta och la bitar av kött och grönsaker, samt soppa, ovanpå couscousberget. De tre gästerna åt med sund aptit, anrättningen var verkligen god.

Efter maten försökte de att ta reda på vad de andra rätterna innehöll. De pekade på den första raden på den svarta tavlan och såg frågande på kocken. Denne lyfte återigen på locket av den stora grytan och pekade mot innehållet. Carl pekade då förvånad på den nedersta raden och det var uppenbart att han undrade vad skillnaden bestod i. Förutom priset, förstås. Kocken såg ut som om han fick en aha-upplevelse. Sedan öppnade han sin i det närmaste tandlösa mun, sa nånting på marockanska och presenterade ett gigantiskt leende. Pekandes och skrattandes förklarade han att prisvariationerna bestämdes av tillbehören till soppan. Den billigaste varianten bestod av enbart soppa. Sedan kom soppa plus couscous. Sedan soppa plus grönsaker. Sedan soppa plus couscous plus grönsaker. Sedan soppa plus kött. Och så vidare. Hans gäster tycktes förstå och de skildes i vänskapligt samförstånd.

Färden över Atlasbergen var full av obändig skönhet. Omväxlande karga senapsgula och skiffergråsvarta berg och orörd, grönvild natur. De mötte knappt en själ på den guppiga, stenhårda vägen. Det tog två dygn att ta sig till In Salah, där den väghålsnariga, men asfalterade, algeriska *Autobahn* slutade. Därefter fick man själv välja vilken sträckning man skulle ta som förhoppningsvis var minst skadlig för ens vehikel. Sylvassa stenar som stack upp ur den tätt tätt packade jorden kunde lätt punktera bildäcken och korrugerade vägar som liknande gigantiska tvättbräden skulle kunna skaka sönder vilket fordon som helst.

Öknen bredde ut sina spetsiga stenar på en ändlös platå, under en obarmhjärtig sol, utan minsta tillstymmelse till skugga. Det i plastdunkar medhavda klorerade vattnet hade en vedervärdig smak och höll över fyrtio gader. Trots att Crassasius-Werdhemarna hade virat dunkarna in i blöta handdukar. Kyleffekten hade för länge sedan gått i graven. Det här var den verkliga, oförsonliga Saharan. Den hade ingen likhet med de vykortsvackra mjukt böljande sanddynerna som det fanns bilder på i resehandboken. Ej heller syntes de sagobokslika palmlunderna till. Det här var inte paradiset. Det här var hel.

Hiri, Sofia och Calle hade munnen, öronen och näsan fulla med fint ökendamm. Grövre sandkorn gnisslade mellan tänderna. De hade knutit linnedukar framför ansiktena och dragit sina kapuschonger långt ner över huvudena, men till bara begränsad nytta. Deras vita shalabadräkter hjälpte dem att stå ut med hettan, men törsten höll på att ta kål på dem. Vattnet var på gränsen till odrickbart, trots att de hade försökt att piffa upp det med färsk limefrukt. De hade inget val, de var tvungna att få ner det. De behövde det för att ersätta den vätska de hade svettats ut. Svetten varken syntes eller kändes, den förångades omedelbart i den hypertorra luften. Den lämnade inga spår och den luktade inte heller.

Vid horisonten hägrade bilder av gott svalkande

vatten. "Men det är väl bara en *Fata Morgana*", tänkte Hiri. Men hägringar brukar inte växa i storlek när man närmar sig dem. Men det var vad denna hägring faktiskt gjorde. Gradvis uppenbarade sig en ljuvlig oas, med dadelpalmer och limeträd. Och kallt, klart vatten.

X. Oasens Mjuka Dyner

För ovanlighetens skull, i den här delen av Sahara, var oasen omgiven av höga böljande dyner av finkornig sand. Dessa vackra formationer liknade liggande nuditeter med skärpan i konturen av toppiga bröst. För att komma fram till oasen var man tvungen att ta sig över dessa berg av löst, finkornigt grus. "Friskt vågat, halvt vunnet", tänkte Sofia, när hon tog sats och styrde rakt mot sandbarriären. Det gick bra i början, de klarade av ett bra stycke av dynen. De åkte halvvägs upp och sedan var det stopp. "Halvt vunnet", tänkte Sofia. Bilens hjul hade spunnit, tappat fäste och slutligen grävt ner sig allt djupare i sanden.

"Avstigning för samtliga!" Calle lät som en geschäftig stins vid ändstationen av ett lokalt mjölktåg. "Nu blir det gräva, gräva, gräva", ropade han, medan han började lasta av spadar, ett av reservdäcken och de två sandstegarna som var fastsurrade på bilens tak. Sedan satte han igång att framför fordonet gräva en grop och uppmuntrade Hiri och Sofia att göra samma sak, det vill säga hjälpa till att gräva. I den obarmhjärtiga hettan var detta göra mycket ansträngande, och det tog ingen lång stund innan de var fullständigt utmattade. Sanden ramlade hela tiden ner från kanten igen och det tycktes ta en evighet att bli klar med denna eländiga Sisyphussyssla. Slutligen hade de grävt ett hål som var dryga metern brett och en och en halv meter djupt. De stoppade bildäcket ner i hålet och virade runt vinschens vajer och fäste karbinhaken vid öglan. Sedan fyllde de igen gropen. De frilade torftigt bilens bakdäck och placerade sandstegarna framför dem. Sofia satte sig bakom ratten och vinschen började sakta dra upp bilen ur sanden. Efter att vajen hade kopplats loss körde Sofia bilen försiktigt upp till dynens krön. Sedan var det bara att gräva igen för att ta hand om reservhjulet.

De trötta resenärerna bestämde sig för att stanna i oasen till nästa dag. De kände sig smutsiga och ville helst av allt kunna tvätta av sig. Turligt nog fanns det ett badhus i byn. Med stora gula bokstäver stod det *Bain de Soleil* på väggen. Hiri gick in i huset, där en lång korridor slutade i en stor blå hall med en kaklad bassäng. I och runt bassängen fanns det ungefär ett dussin personer. Samtliga var kvinnor. Och samtliga var spritt språngande nakna. Behåringen var ymnig och svart hos alla. Däremot varierade bröstens form och storlek betydligt, allt från hängande kalebasser och grova pumpor till gudinneformade byster likt antika marmorskulpturer. Hiri uppfattade allt detta på mindre än en millisekund och varseblev att de badande kvinnornas glada tjatter hade abrupt stannat av, när de hade fått syn på Hiri, undrandes vem den lilla figuren kunde vara. Kvinnorna bestämde sig för att det rörde sig om en liten flicka och återgick till sina samtal och skratt. Den där figuren var ju harmlös. Hiri snurrade runt på klacken och återvände till sina föräldrar och förklarade läget. Carl var absolut förbjuden att vistas där. Upptäcktes han kunde det bli halshuggning. De skulle behöva hitta ett annat vattenhål.

De försökte att fråga sig fram, men folk tycktes

inte förstå eller ville inte förstå vad det var, de var ute efter. Kanske berodde deras oförstående miner på Carls slarviga franska "Messjö, cilvoplä. Bäng. Lå?" Eller så tyckte de tillfrågade att Carls apliknande dans var larvig, när han försökte gestikulerandes beskriva att han ville tvätta sig. De tre irrade runt och sprang omkring i cirklar. Slutligen stötte de på en ung grabb på kanske sexton år som ledde de framåt, inte långt bort från *Bain de Soleil*, faktiskt på samma gata, fast på andra sidan. När Carl skulle tacka med en peng, så sa grabben bestämt ifrån att han inte ville ha några dricks. Detta var mycket oväntat. Normalt ville många ha en liten *bakhshish*, vare sig de hade förtjänat den eller inte.

Det fanns ingen skylt som utmärkte det anspråkslösa huset i lertegel. Famför ingången fanns ett förhänge av plastsnören i olika färger. De kom in i ett rum med några sängar i. Där fanns inte en människa och de fortsatte till ett angränsande fyrkantigt rum som var tomt så när som på ett par oljefat med vatten i. Ett beskedligt ljus släpptes in av skottgluggarna under taket.

En man i fyrtioårsåldern dök upp ur blotta intet och tecknade åt dem att priset för användningen av hans tvättinredning var åtta Dirham per person. Då ingick det vare sig tvål, shampoo eller handduk. Men dessa attiraljer hade Hiri, Sofia och Carl med sig i sina ryggsäckar. Eftersom stället var totalt tomt på folk, klädde de av sig helt. De njöt och skrattade förtjust, när de hällde det varma vattnet över huvudet.

Vattnet hade stått i ett gammalt oljefat och värmts till behaglig rumstemperatur i det heta rummet. Det kändes underbart renande att tvåla in sig och spola av sig igen och igen.

Det de inte hade räknat med var att det plötsligt skulle dyka upp nya badgäster. Eller rättare, fluktare. Samtliga tillhörde den maskulina delen av befolkningen och var relativt unga. Bland dem fanns grabben som hade lett dem till tvätthuset. “Jaha, det var så här, han gjorde sina pengar”, sa Hiri, vänd mot sin pappa. Två av de unga männen kom in i tvätthallen och började tvätta sig. De hade solkiga korta skynken på sig, avsedda att dölja de privata delarna. De var dock inte så pass blyga att de skulle sluta stirra på Sofia. De stirrade omväxlande på hennes bröst och hennes sköte. De hade slutat titta på Hiri, därför att de trodde att hen var en kille. Hiri såg visserligen väldigt ung ut, men hade svart behåring och ur buskaget stack det fram en liten snopp, vilket tydligen gjorde hen ointressant. Carl hade hur som helst ingen brytt sig om från allra första början. Hiri och Sofia avslutade tvättorgien vända mot väggen, så att de gloende tilläts betrakta endast deras välformade skinkor.

När de hade torkat av sig och och tagit på sig kläderna, blev de av ägaren snällt puttade in i rummet med sängarna, för en skön postspa vilostund. De låg på var sin divan och njöt av denna behagliga stilla stund. Efter någon minut fick de sällskap av de två inhemska badarna. Dessa drog täckena över sig och det tog ingen lång stund, innan familjen Crassasius-Werdhem insåg att de tu runkade på varandra. Sofia brast ut i skratt: “De tvättade sig med kläderna på, så generade var de! Och nu ligger de här och slår en handtralla mitt framför ögonen på oss!” De två unga männen verkade helt oberörda och fortsatte med det de höll på med. “Man får ta seden dit man kommer! MASTURBARE NECESSE EST”, tjöt Hiri förtjust.

Det hade blivit kväll och mörkret hade lagt sig över oasen som ett sammetstäcke. Också stillheten hade brett ut sig, denna absoluta stillhet. Det fanns inga ljud från vare sig folk eller fä. När man höll andan och stod blixtstilla, var det enda man kunde höra ens eget blodomlopp som susade innanför ens trumhinnor. Annars var det totalt knäpptyst. Och svart. Förutom de tusende och åter tusende av stjärnor som kunde gripas med bara händerna, så nära tycktes de vara. Månen hade ännu inte visat sig.

De hade hittat ett litet mysigt ställe till övernattningen. Det påminde dem på sätt och vis om julsagans stall i Betlehem, fast aningen lyxigare. De hade britsar att ligga på i stället för halm på marken. Och fåren väntade snällt utanför. I fotogenlampans sken läste de sig till söms. Sofia om skinnväskor och läderarbeten i resguiden och Hiri om Ahoggargrottornas piktorala utsmyckning i en medhavd artikel av *Amatörarkeologen*. Calle satt kvar utanför stallet och studerade stjärnhimlen och försökte avläsa de konstellationer han kände till, men gav förbryllad upp efter en stund. Dessa förvirrande myriader av ljusprickar var bara för många och suddade ut alla stjärnbilder.

Morgonen därpå fick Hiri sin vilja fram och de gick upp redan mycket tidigt. Månen var uppe nu och låg på sidan som en vagga. Solen hade ännu inte hunnit klättra ovanför horisonten, när de gav sig iväg mot Tamanrasset. De nådde fram inte förrän långt senare, efter solnedgången, efter den långa resan på den guppiga vägen. De stannade till utanför staden och slog läger i det fria.

Himlen hade blivit blygrå till kolsvart och det började blixtra och åska norr ifrån. Ett oväder närmade sig snabbt. Calle, Hiri och Sofia blev medvetna om att de utgjorde de enda objekt som stack upp mer än tio centimeter på den absolut platta platån de befann sig på. De skyndade sig att rulla ihop sina sovsäckar och satte sig in i bilen igen. Omedelbart efter bildörren hade slagit igen, slog blixten ner i bilen. Den hoppade säkert en meter upp i luften, men familjen förblev oskadd. Ett våldsamt skyfall dånade ner på bilens tak. Det var första gången på femton år det regnade i Tamanrasset.

De vaknade nästa dag i ett sagolandskap. Så långt ögat kunde se hade otaliga olikfärgade blommor förvandlat det karga landskapet till ett blomstrande paradis. Detta var ett mirakel.

Det var vattnets egen kraft och ingen hade behövt gå på det för att bevisa dess grandiositet. Växternas frön hade legat i den torra marken och väntat på detta sällsynta ögonblick. Endast en gång på femton år!

Sedan var ökenblomningen över på bara ett par dagar.

Nästa generationens frön hade redan gått till söms. Sedan var Saharan sig lik igen. Stenigt grå och darrande torr.

XI. Mot Petroglyferna

Inne i Tamanrasset handlade de förnödenheter och proviant till den förestående utflykten till Ahoggarmassivet. De bunkrade upp ordentligt med färskvatten. Efter nattens häftiga regn var stadens vattenmagasin välfyllda. På marknaden hittade man också färsk frukt som fikon, dadlar, limoner och apelsiner. I en livsmedelsbutik, *L'épicerie de Soleil*, förság man sig med basvaror som pasta, ris och bönor samt choklad. Sedan lämnade de in sina shalabas till en lokal tvättinredning. Plaggens färg hade gått från vitt till beige till grått till smutsigt rött och kunde behöva en ordentlig avskrubbning.

De satt utanför livsmedelsbutiken och drack sött sött hett myntat te och tittade på folklivet på torget. En händelse slog de med förvåning. Mitt på torget stod det en skock med kvinnor i olika åldrar. De palavade, hojtade, skrattade och skrek så att det hördes över hela nejden. Det var ju kul att se, men vid ett tillfälle såg Hiri hur en äldre, korpulent madame i långa, tillknäppta, svarta kläder oförhappandes särade lite på benen. Hiri berättade för sina föräldrar vad hon just hade sett: nedanför kvinnan fanns det en pöl. Kvinnan återtog sin tidigare benställning och fortsatte pladdra helt obekymrad. Poängen var att kvinnan hade stått upp och kissat. Tidigare hade de sett flera män vid busstationen som satt på huk och pissade rakt ut mot en mur. Här i Tamanrasset satt männen ner och kvinnorna stod upp, när de urinerade. Och det tyckte Crassasius-Werdhem gänget var minst sagt anmäkningsvärt.

Inne i livsmedelsbutiken *L'épicerie de Soleil* försökte Calle på sin fruktansvärt dåliga franska att få fram några uppgifter om traktens grottmålningar och hur man skulle ta sig dit. Det var ju grottmålningarna de hade kommit hit för. Butikens innehavare fick på något magiskt sätt Calle att fatta, att dennes bror och kusin arbetade som professionella, legitimerade turguider och att han skulle kunna kontakta dem för att höra om de var tillgängliga. Butiksägarens bror och kusin dök upp kort därefter - som om de hade väntat och lyssnat bara om hörnet bakom affären - och Calle sken upp. De bägge männen i kanske trettioårsåldern hade ett förtroende ingivande, ärligt utseende. Lik butiksägaren tillhörde de tuaregfolket och var därför för det mesta maskerade bakom blåa bomullstyg framför ansiktet. Men när de såg utlänningarna tog de ner sina slöjor och uppenbarade sina solbrända anleten. Deras ögon var blå och på huvudet bar de turbanliknande anordningar i blått.

Tuaregkvinnorna däremot döljer vanligtvis inte sina ansikten bakom slöjor, tvärtom visar de gärna upp sig med hennamålningar och silverörhängen och smycken. Deras hår med inflätade silvertrådar är också fullt synligt. Men deras dräkter var liksom männens blå. Inte konstigt att tuaregerna också allmänt kallades de Blå Berberna.

De Blå Berberna har sitt alldeles eget språk med ett otal olika dialekter. Dessa beror på vilken stam man tillhör. För Calle var det så gott som omöjligt att memorera guidernas långa komplicerade namn, för att inte tala om hur dessa skulle uttalas. Han kunde ju inte kalla dem bara A och B och bestämde att den ena, han med ärret över högra ögat, skulle heta Ali och den andre Beli. Han pekade och tecknade åt dem "Du Ali, och du Beli, okej?" De två tycktes förstå och nickade.

Calle gjorde upp med Ali och Beli att de skulle mötas nästa vecka ungefär hundra kilometer bort, vid en krater i Ahoggarbergen. Där skulle de slå upp sitt basläger och därifrån skulle de fortsätta till fots. De mest välbevarade och bäst kända klippmålningarna finns ju i Tassili, flera hundra kilometer bort, mot Lybien till. Tjugotusen år gamla djuravbildningar finns att beskåda där.

Hiri kände mycket väl till de arkeologiska skatterna av Tassili, men hon ville till de helt nyupptäckta och helt okända konstverken som fanns någonstans mitt bland Ahoggarmassivets vilda berg. Hiri frågade guideparet huruvida de kände till grottmålningarna i Ahoggar. Männen svarade på tuaregfranska att de troligen visste vad Hiri syftade på och att de hade en aning om var ungefärligen de fanns. De sneglade på familjens sandaler på de nakna fötterna och anmärkte att de skulle behöva skaffa mera rejäla skodon, eftersom det låg en hel del eländig terräng framför dem. Hiri lugnade dem med att familjen var väl förberedd - det hade ju hen sett till.

Till förberedelserna hörde också att se till att det fanns bränsle i bensindunkarna, olja i oljetråget och vatten i kylaren.

Fälgen av det hjul som varit nedgrävd hade fått sig en törn och behövde riktas. Mekanikerna på macken var extremt skickliga och gjorde ett mycket bra jobb. De påpekade också att man borde ställa in tändningen, vilket Calle sade att de gärna fick göra. De jobbade i flera dagar med bilen, men den slutgiltiga kostnaden för allt arbete var mindre än vad de hade givit för familjens shalabas. Deras hyrbil mådde nu bättre än aldrig förr.

XII. Ristningar i Sten

På vägen till den överenskomna mötesplatsen träffade Crassasius-Werdhemarna på en liten nomadfamilj bestående av sju medlemmar, två män och två kvinnor, samt tre barn. De två yngsta kunde vara fem sex, den äldsta kanske tolv år. Männen red på enpuckliga kameler, emedan kvinnorna och barnen travade bredvid. “Riktiga gentlemen! Dessa pösmunkar sitter bekvämt och rider på sina dromedarer, mens de låter sina tjejer och ungar använda apostelhästarna!” ropade Hiri förakfullt.

När de vid lunchtiden kom fram till kanten av kratern, var Ali och Beli redan där. De var i begrepp att baka bröd i den heta sanden. De hade virat en tillplattad klump med deg in i ett stycke linnetyg och grävt ner det hela. Efter bara en halv timma var det klart, nybakat bröd, rykande varmt och färskt. Helt underbart! Självfallet serverades det hett te till. Beli tog fram en bit av en sockertopp och bröt av mindre bitar. Teet blev mycket sött som vanligt.

Efter lunchen drog de två blå männen sig tillbaka och lade sig i skuggan under en klipphylla. Calle, Hiri och Sofia satte upp tältet och gjorde sig hemmastadda. På sena eftermiddagen gick de ner till kraterbottnen och strövade omkring. Det fanns inte mycket omväxling och inte mycket att se. Kraterlandskapet var tämligen enformigt, platt och stenigt. De återvände till sitt läger och det blev ett tidigt “Natti! Natti!”

Hiri hade en märklig dröm. Hen svävade högt uppe

i atmosfären, där himlen hade ett gulaktigt skimmer. Långt nedanför bredde en gigantisk kontinent ut sig, också väldigt grågul, omgiven av ett stort svart hav. På något sätt dök det upp en stor kartbok som sköts överlappandes ovanpå kontinenten och havet. På kartan stod det Thetys och Gondwana. Norr om Gondwana låg ett landområde som hette Laurasia. Fast det bodde ingen där, så det kunde ju heta vad som helst. Eller ingenting alls. Saker hette egentligen ingenting på den tiden det begav sig. I kartans mitt markerade ett kryss skatten. I Gondwana. Kartan ändrade utseende genom superponeringen av paleogeomagnetiska data. Sedan blev allting diffust, löstes upp i en grå gröt och Hiri föll i djupsöm.

På morgonen berättade Hiri för sina föräldrar att hen hade haft en mycket konstig dröm, men att hen inte mindes vad den handlade om. Bara att det hade varit nåt viktigt. Hen hade en alldeles bestämd känsla av det, det var bara så. Calle och Sofia nickade förstående, men ryckte oförstående på axeln. Som naturvetare bimätte de drömtydning ingen större betydelse.

För drygt ett år sedan hade Hiri börjat blöda, men det visade sig inte vara vanlig mens. Det vill säga, blödningarna återkom inte med månadliga mellanrum, utan det skulle dröja år emellan dem och det skulle nu bli dags för hens andra anns. Kanske så snart som inom två veckor. Hiri ville då allra helst vara tillbaka till någon slags civilisation, med tillgång till vatten och hygieniska faciliteter. Det var alltså lite bråttom att hitta grottmålningarna. De två guiderna gjorde gedigna dagsverk och ledde dem till ett betydande antal grottor. Och friliggande klippväggar. Många hade faktiskt tecken på mänsklig aktivitet, inklusive teckningar av djur och människor på väggarna. Men dessa var i allmänhet inte speciellt gamla, oftast med mycket välbevarde färger och kunde till och med vara av samtidens datum.

På fjärde dagen tycktes de dock ha fått Bingo. Ali hade fört dem till ett kalt berg med mycket branta sidor. De fick använda linor och sele för att nå fram till öppningen av ett bergrum. Detta var ungefär tio gånger femton meter stort och högt i tak, kanske fem sex meter. Väggarna bestod av granit eller gnejs och hade insprängt ett svartglänsande glasartigt ämne. På marken låg vassa bitar av det svarta materialet. Dessa såg ut att vara bearbetade. Troligen med verktyg av granit. Hiri var övertygad om att grottan hade använts av människor på förhistorisk tid. För flera tusen år sedan var denna svarta obsidian oerhört begärlig och användes av dåtidens vapenindustri för tillverkning av pil- och spjutspetsar. Fyndplatserna var få och bevakades hårt. Obsidian var en ytterst eftertraktad och värdefull handelsvara.

Hiri och hens föräldrar blev mycket upphetsade av denna upptäckt. De dansade och tjoade och kramade de två tuaregerna som blev alldeles förskräckta. Att bli kramade av kvinnofolk i offentlig miljö tillhörde tydligen inte deras normala beteendemönster.

Carl menade att resterna på verkstadsgolvet gott kunde vara tjugo tusen år gamla och att man med en gång skulle kontakta *National Geographic* för att ordna med arkeologisk expertis. Carl talade också om för Ali och Beli att de två skulle få en rejäl bonus. Fantastiskt jobb! Mycket bra gjort! De två smilade brett.

Denna kväll var det svårt att komma till ro. Sällskapet satt nära grottans ingång runt en eld och drack te och skrattade. Med Ali och Beli kommunicerade man med händer och fötter och tycktes faktiskt kunna göra sig förstådd. Slutligen somnade de alla med ett leende på läpparna.

Dagen därpå undersökte de grottan mera ingående, framför allt väggarna, för att hitta eventuella spår efter dess ursprungliga användare. Mycket riktigt hittade de svaga färgrester på en av väggarna. Möjligen kunde man urskönja väldigt bleknade figurativa målningar av både djur och människoliknande varelser. Vilket kap! Stort jubel utbröt och alla pratade i munnen på varandra.

Det var för mörkt i grottan för att fotografera de svaga målningarna. De hade inga strålkastare med sig hit upp och Sofia satt därför med ett akvarellblock i knät och ritade av med en blyertspenna vad hon såg på väggen framför sig. Calle försökte vara behjälplig och pekade på partier hon hade missat. Det blev ansträngande för ögonen och de behövde ta en paus. Hiri satt lutad mot den motsatta väggen och stirrade oavbrutet på ett särskilt ställe. Hen hade anat någonting där, men var inte helt säker på att hen inte såg i syne.

När solen gjorde sitt intåg i grottan, stelnade Hiri plötsligt till “Mamma, Pappa! Titta där! Där finns det nåt! Nåt riktigt fint och mycket elegant.” Hiri hade upptäckt svaga skuggor genom vilka ristningar i berget hade avslöjats mot den släta stenytan. Det rörde sig om tre figurer som tycktes dansa i vågliknande rörelser med uppsträckta armar. Detta figurativa skeende utspelade sig något vid sidan om väggmålningarna och figurerna var mycket mindre än de andra motiven. Också stenen dessa små graciösa figurer var ristade i såg annorlunda ut. Som om den vore en platt månghörning, insprängd i bergsväggen. Stenen var en hexagon med sex perfekt skurna sidor, likt barnkamrarna i en bikupa.

Calle prickade in grottans läge på sin Saharakarta. Hans försök att ladda ner mera exakta koordinater från satelliterna misslyckades. Där fanns ingen signal. Ali och Beli sysselsatte sig med att dölja spåren av deras vistelse. De använde mattor som de svepte över den dammiga marken, så att deras skoavtryck suddades ut. Det var bäst att ingen hittade stället, innan de själva hade återvänt. Crassasius-Werdhem familjen var mycket bestämd på den punkten. Detta var deras fynd!

Året därpå sände *The National Geographic Society* ut en påkostad expedition till Crassasius-Werdhem grottan. Där fanns experter från de mest olika områdena som var och en utförde avancerade experiment. Geologerna bestämde att berget hade formats tämligen tidigt i Jordens historia och var närapå två miljarder år gammalt. Paleoantropologerna antydde att de tre figurerna på den släta stenplattan kunde tillhöra en utdöd människoart. Konsthistorikerna och restauratörerna fann att ristningarna var utförda med ytterst noggranna, alldeles raka kanter. I hög förstoring fann kristallograferna att alla tre ristningar hade ett konstant djup av tre mikrometer. Deras slutsats var att ristingarna var gjorda med maskin och följeaktligen inte av historiskt värde. Forensikerna hittade inga spår av hår eller annat DNA material. Materialvetarna utförde olika försök och upptäckte att ristningstenens släta yta motstod varje försök att bestämma dess hårdhetsgrad. Glashård obsidian smulades genast sönder och på ytan fanns inte ett spår av skrapandet. Forskarna jobbade sig uppåt på hårdhetsskalan och slutligen skulle de repa väggen med ett diamantverktyg. De åstadkom inte ens den minsta rispan. Den delen av väggen var hårdare än diamant, det hårdaste ämne som fanns att uppbringa i naturen.

Nu hade materialforskarnas häpnad övergått till svettig upphetsning. Med hjälp av salpetersyra förmådde de lösa upp lite av stenen och skicka provet till ett lab i Japan. På grund av materialets skiftande färg mellan grått och svart hade upptäckarna Crassasius-Werdhem döpt det grartsten. De japanska alkemisterna gjorde med hjälp av masspektroskopi den häpnadsväckande upptäckten att grartsten bestod i allt väsentligt av rheniumdiborid! I motsats till diamant finns rheniumdiborid ej i naturligt tillstånd, utan är ett keramikmaterial som framställs på syntetisk väg i moderna laboratorier.

Detta japanska resultat var ytterst förbluffande. Experimenten upprepades i olika former och oberoende av varandra i laboratorier runtom i världen och de kom alla fram till samma resultat. Materialet identifierades entydigt som rheniumdiborid, ReB_2, av mycket hög renhetsgrad, det vill säga “really hard stuff”.

En av forskarna, med namn Frida Barrenius och hemmahörande i Borås, uttryckte sig i en TV-intervju en aning oförsiktigt med formuleringen “detta är en kuriositet - inte av denna världen”. Area 51 konspirationsanhängarna spred löpelden över hela globen och jublade “Vad var det vi sa?!!”

XIII. Ecce Homo Humilis

I både Skottland och Kina arbetades det intensivt med att massproducera nya individer av Hiri. De fraktades till en enslig gård utanför Phoenix i Arizona och där fanns nu drygt tvåtusen av dem. De bodde i särskilt byggda längor och mesta av tiden ägnade de sig åt att sitta blixtstilla i djupt försjunken meditation. De som var aktiva och vakna studerade en mångfald olika ämnen, allt från modern och Bach-influerad musikhistoria till tibetansk sand mandala och senmedeltida Zen-kalligrafi. Samtliga var förtrogna med den kända matematikens lemmata och teorem. Fysikens lagar i icke-euklidiska rumtider hade redan blivit skåpmat för de flesta.

För allmänheten och nyfikna reportrar var anläggningen förbjudet område. Bostadslängorna såg utifrån ut som vanliga kostall, men det *Marine*-hårdbevakade innandömet dolde ett hypermodernt laboratorielandskap. Ladorna fylldes av stora genomskinliga plasttält i vilka de klonade hirisarna vistades. De delade alla på ett gemensamt problem. Utrustade med ett i det närmaste obefintligt immunförsvar var de ytterst känsliga för infektioner. Tillväxten *ex vivo*, i stället för i en livmoder, hade försakat dem moderns livsnödvändiga immunförsvarssystem genom navelsträngen. Minsta förkylning skulle kunna pandemiskt utrota hela hiri kolonin.

Hiri själv bodde kvar hos sina föräldrar. Framväxt i Sofias livmoder hade hen inga större problem med infektionssjukdomar, inte fler än någon annan i alla fall.

Att få bo hemma var ett av villkoren för att hen skulle gå med på att låta sig klonas. Men Hiri besökte regelbundet sina nya släktingar. Hiri och de övriga kände en mycket stark samhörighet. Tillsammans utvecklade de ett kollektivt medvetande, där alla blev till en enda individ. Detta var en överväldigande känsla. Phoenix komplexets datorer, det senaste i Artificiell Intelligens, de så kallade AI maskinerna, hade däremot inga känslor. Men maskinernas snabbhet, om ock med begränsad precision, i samklang med hirikollektivets kreativitet och problemlösningsförmåga gav hisnande resultat. Kombinationen AI-hiri var fenomenal. Inom alla samhällets sektorer fann man nya lösningar till gamla problem och förbättringar där saker och ting inte var perfekta.

En av de förutspådda farhågorna av AI-domedagsprofeterna, nämligen att maskinerna skulle utveckla medvetenhet och aggressiva maktbegär och utrota hela mänskligheten, hade kommit på skam. Hirikollektivet var maskinerna vida överlägset och hade full kontroll över de världsliga skeendena. Hirinaturen lät sig inte stöpas in i en darwinofascistoid schablon. Dock var frågan, om de med sin andaktsfulla fredsfilosofi i längden skulle överleva. Där fanns ju trots allt fortfarande de som kallar sig homo sapiens sapiens, den övervisa människan. Det räckte inte med bara ett *sapiens*, utan dessa hominider krävde två, ett gäng Sokrates i kvadrat! En sådan kolossal förmätenhet var den timida hirinaturen fullkomligt främmande. De saknade dessutom användning för den för människorna så viktiga Svante lagen, som var uppkallad efter filosofen

Svante Eriksson och som reglerade sociala umgängesformer.

En omständighet som talade för hirisarnas överlevnadsförmåga var deras mycket speciella arvsmassa. Trippelhelixen medförde tillgång till målekulor, en speciell grupp av ihopkopplade atomer vars huvudsakliga beståndsdel består av ribonukleinsyra, kort och gott RNA. Dessa målekulor har som uppgift att målsökandes rulla in i kroppens celler och att ankra vid deoxiribonukleinsyrans dubbelhelix, så att denna därmed kan konvertera till en trippelhelix. Utan överdrift kan detta sägas vara ett av evolutionens största genombrott. Mutationen medförde en helt ny dimension i den mänskliga tillvaron - verkligen långt liv. Dessa målekulor förlänade det humana cellsystemet en unik hiberneringsförmåga som kan härledas från enkla virala RNA funktioner.

Den av den militära lägerledningen tilltänkta användning av hirisarna var uppenbar.

XIV. Ad Astra vel Non Ad Astra

På flera håll planerade man för långtida rymdresor. Ett av de mest populära resmålen var ζ^2 Ret (uttalas zetatvåretikuli), en stjärna ganska lik Solen och knappt fyrtio ljusår bort, vilket motsvarar miljontals gånger Jordens avstånd från solen. Area 51 klubben hävdade ju att Jorden vid flera tillfällen hade besökts av varelser därifrån. Senast faktiskt för inte så länge sedan. Och de hade ju fått vatten på sin kvarn med upptäckten av Crassasius-Werdhem grottan. Emellertid saknades avgörande bevis för hypotesen att grartstensfigurerna skulle handla om lämningar av utomjordingar.

Mera allvarligt vore att, om dateringen av grartstenen till en miljard år är korrekt, ζ^2 Ret knappast kunde vara dessa varelsers hem. Efter fyra varv runt Vintergatans mitt hade man nog fölorat kontakten med det ursprungliga "Reticulum" systemet för länge länge sedan. Men den kritiken ville man inte ta åt sig. Alltså planerade man för en avfärd mot ETs hem. Som otur är, så rusar ζ^2 Ret dessutom bort från oss och med dagens teknik skulle resan dit ta åtminstone två miljoner år. Det var därför man behövde hirisarna. Inte för att de förväntades ligga där i dvala i miljontals år, nej, utan för att de förväntades leverera nya idéer om farkost, motorer och bränsle samt logistiken, *et cetera*. Även i det allra bästa tänkbara fallet skulle restiden bli hundratals år. Hur skulle de hypotetiska besökarna ha kunnat klara av det? Kunde detta verkligen vara rimligt?

En förhärskande hypotes bland ETisterna var att grartstenen var en lämning av utomjordingar, i stil med plaketterna på Pioneer och Voyager sonderna. Idiotiskt nog, och i motsats till grartstenen, så fanns på dessa detaljerade uppgifter om var de avbildade varelserna befann sig i Vintergatan. Detta, när sonderna hade skickats i väg från en liten plupp på bilden.

Syftet med grartstenen var dock oklart, men kunde vara något så banalt som rymdklotter. “Vi har varit här”, så det så och inget mer. Som turister på Kanarieöarna, som ristar sina namn, hjärtan, vaginasymboler och penisar i den vulkaniska lavastenen. Det som kanske kunde motsäga denna tolkning var den möda besökarna hade lagt ner. Grartstenen var sömlöst infogad i bergets material, vars ålder hade bestämts till tvåtusen miljoner år. Det verkade som om graniten fortfarande hade varit flytande, när grartstenen hade hamnat där. Sedan skulle det dröja ytterligare ett tusen miljoner år, innan de första växterna fanns på Jorden. Och yttterligare flera hundra miljoner år innan Jorden befolkades av en rik fauna. Med andra ord så kunde grartstensfolket inte veta vad som skulle hända på denna ovälkomnande planet. Eller kunde de det?

Var grartstenens budskap kanske ett meddelande som skulle överbrygga eonerna mellan olika livsformers existens? Ett rop ur tidalltets djup “VI HAR FUNNITS !!!”, ett arv till kanskeefterkommande? Försvann de, dog de ut? I början hade syrenviån i Jordens atmosfär varit låg och konstant under en miljard år, men sedan hade den tilltagit tiofalt till dagens pelarstånd. Var syret rena giftet för dem? Spekulationerna hade ännu inte uttömts. Förutom möjligen ritsningarna i grottan i Ahoggarmassivet fanns inga som helst belägg för extraterresta besök på vare sig Jorden, Månen eller Mars.

Det pågick förstås också en seriös vetenskaplig debatt. Ofta var frågeställningarna av enbart rent akademisk karaktär och ingen förväntade sig egentligen något konkret svar. Men inom vissa områden såg man allvarligt på problemen. Till exempel så ansågs åldersbestämningen av grartstenen vara av avgörande betydelse. Materialets ålder var en "fundamentalparameter", utan vilken all övrig diskussion om dess ursprung var meningslös, sades det.

En av metoderna för att bestämma ett ämnes ålder var att utnyttja radioaktivt sönderfall av dess isotoper. Som namnet antyder, består rheniumdiborid av rhenium and bor. För alla praktiska ändamål, har bor enbart stabila isotoper. För den mest förekommande rheniumisotopen, ^{187}Re, är halveringstiden mer än tre gånger universums ålder och sönderfallsprodukten, det vill säga ^{187}Os, utgör bara ett par procent av allt osmium, som det över huvud taget inte finns mycket av att börja med. Övriga rhenium isotoper är antingen stabila eller har mycket kortare halveringstider och är sålunda olämpliga för geologisk åldersbestämning. Denna blir på grund av de mycket låga koncentrationerna därför behäftad med stora felstaplar. Mätningarnas resultat innebar inte en exakt ålder, men man kunde slå fast att grartstenen är definitivt äldre än åtta hundra miljoner år. Forskarsamfundet tappade hakan.

Den vanligaste utvägen ut ur ETdilemmat var att "det är en mycket ovanlig typ av meteorit och någon hade hittat stenen och graverat den med någon typ av specialinstrument". Inga uppslag, än mindre fler detaljer, gavs avseende specialinstrumentets beskaffenhet. Eller hur stenen hade hamnat i berget, för den delen.

XV. Åter till Ahoggar

Hiri var tillsammans med sina föräldrar på väg till "deras grotta". De hade återvänt för att utforska berget mera grundligt. Kanske dolde själva berget hemligheter och de ville leta efter ledtrådar som kunde leda till lösningen av grartstensgåtan. Den här gången tog de inte den långa överlandsvägen genom öknen, utan kom med flyg via Paris och Alger direkt till Tamanrasset. Den forna anspråkslösa ökenbyn, med obekväma anor från den franska ockupationen och främlingslegionens grymma garnison, hade vuxit till en ansenlig metropol i mitten av Sahara.

På stadskartan i guideboken hittade Calle ett ställe med franskt namn som antydde att det var fråga om en karavanseraj. De tog taxi från flygplatsen till platsen, där de väntade sig att se en mängd folk i inhemska kläder och, framför allt, massor med kameler. Det fanns inte en kamel, eller dromedar för den delen, så långt ögat förmådde se.

Stället visade sig representera enbart härbergesdelen av en konventionell kavaranseraj och var numera avsett mest för välbesuttna utländska turister. På frågan varför det inte fanns några kameler där, hävdade ägaren bestämt att han visst kunde ordna med kamelutflykt inklusive allt, med guider, fotografering och picknickkorg. Det hela skulle ta fyra timmar och priset var tjugo tusen dinarer per person, vilket var rena rånet. Innan någon i familjen skulle hinna bli rejält arg, tackade de för det "generösa erbjudandet" och tog farväl. Hotellägaren tyckte nog att han kanske hade tagit i lite väl mycket och skakade på huvudet, när han följde dem med blicken.

Calle, Sofia och Hiri var naturligtvis fortfarande angelägna att hyra transportmedel och de begav sig till livsmedelsbutiken *L'épicerie de Soleil*, där de en gång hade mött Ali och Beli. Butiken fanns fortfarande kvar, men hade bytt ägare. De tre blev lite rådvilla och visste inte riktigt vad de skulle ta sig till. De kunde ju inte fråga efter Ali och Beli. Det skulle ju ingen veta vem de var, de hette ju något helt annat, nåt på tuaregiska. Hiri fick en idé och började rita i den dammiga marken två manliga tuaregfigurer, med dukar framför ansiktet och virade runt huvudet, och pekade på Calle för att antyda deras kroppsbyggnad och längd. Det löste det hela och det dröjde inte länge förrän de två tuaregerna stod framför dem. Den här gången blev de två männen inte lika förskräckta som den gången de skildes åt och tålde kramandet och kindpussandet med jämmod. De tycktes till och med gilla det.

Genom att med armarna teckna i luften hur solen gick upp och ner, lyckades de blå vännerna förmedla att de skulle möta familjen om knappt en vecka vid deras övernattningskvart. Calle, Hiri och Sofia hade sina marockanska kaftaner med sig, nytvättade förstås, men behövde inhandla det mesta de skulle behöva för sin ökentrip. Marknaden i Tamanrasset hade i stort sett allt man kunde föreställa sig på denna Jord, från små olikfärgade pappersgem till stora nagelsaxar avsedda för kamelklövar. De hade sålunda inga som helst svårigheter att hitta vad de sökte. Men det tog sin lilla tid. Förhandlandet och prutandet kände ingen ände.

Sedan bar det äntligen i väg. Ali och Beli hade fyra dromedarer med sig, som de lånade av en släkting, för en rimlig slant förstås. De två tuaregerna och Calle hade var sin och Sofia delade sin med den lilla Hiri. De slapp i alla fall gå till fots. De var ovana vid den gungande gången och hade i början svårt att hålla sig kvar i sadeln. När de väl hade vant sig, blev ritten mycket sövande och de fick hålla sig vakna för att inte ramla av. Efter flera timmars kamelgungning kom de slutligen till vad Ali menade var en oas för att vila för natten. "Oasen" bestod av ett enda träd. Ett och endast ett träd, inte stort, kanske tre meter högt med några grenar. Trädet var något slags taggigt barrträd med små gråbruna blad. Det skänkte knappt någon skugga, inte nämnvärt i alla fall, och stod alldeles ensamt på den steniga ökenjorden. En vacker bergskedja tecknade skarpa spetsiga konturer vid horisontens slut.

Trädets existens tydde på att det fanns vatten i närheten. Att platsen besöktes regelbundet bevisades av mängden människo- och getspillning. Det fanns förvånansvärt lite kamelbajs, ja, faktiskt så gott som inget alls. Det berodde antagligen på att kamelbajset användes för att göra upp eld för natten. Det fanns ju inte mycket ved att tala om, inte ens den minsta flisan. När allt kom omkring var det ju tacknämligt att det lilla trädet hade fått stå kvar.

Trots sin karga skönhet var det inget trevligt läger. Men Ali och Beli envisades med att de skulle spendera natten där. Efter en kort stunds samråd kom de tre besökarna fram till att det nog var bäst att lita på de två blå erfarna ökenrävarna. De försökte hitta några fekaliefria fläckar på marken för att rulla ut sina sovsäckar. Nästa morgon väcktes de av ett gällt skri "det låg en skorpion under min kudde!!!" Hiri stod och darrade på hela sin späda kropp. Skorpionen hade antagligen blivit lika rädd, glömt att sticka och kilat i väg för att gömma sig under närmaste sten. Calle tröstade lugnande sitt älsklingsbarn. Innerst inne var han lika chockad och ville inte tänka på, hur det hade kunnat sluta här ute i ödemarken. En fullvuxen person skulle nog kunna klara av ett sting från en skorpion, men en liten människa som Hiri skulle säkert bli allvarligt skadad. Eller kanske till och med dö. De hade ju inget kylskåp och därför inget med sig mot vare sig skorpionstick eller serum mot ormbett och bestämde att de fortsättningsvis skulle vara mer försiktiga. De började med att skaka ut sina kängor, innan de tog på sig dem. Detta skulle bli en vana och en gemensam stående morgonrutin för resten av resan.

Redan på långt håll kände de igen "sitt berg". När sällskapet närmade sig grartstensberget stötte man, redan på långt avstånd från grottan, på höga stängsel. Skyltar med blixtsymboler och texten "100 000 Volt" upplyste om att stängslena var elektrifierade. I stora bokstäver, och även kinesiska tecken, stod det att hela området var kontaminerat på grund av ett radioaktivt utsläpp och att det var livsfarligt att vistas där. Budskapet "Vänd om!" var tydligt. Calle och de andra visste förstås att allt detta var en enda stor lögn som den algeriska staten försökte att stänga ovälkomna gäster ute med. Den arkeologiska platsen hade blivit ett oerhört populärt resmål för ETister, utopister, religösa fanatiker samt vanliga turister.

Statens stängning av grartstensområdet betydde ett katastrofalt inkomstbortfall för de lokala näringsidkarna och deras import för egen del av bland annat Ferrari, Mercedes, Lamborghini, Porsche samt annat begärligt gods hade i stort sätt avstannat.

Privatflygbolagen förlorade sina kunder och lyxhotellen i Tamanrasset fick stänga, eftersom de gäster som var beredda att betala deras monströsa priser uteblev.

Krämarnas relativt nyförvärvade beskäftiga hyckleri hade återgått till sitt ursprungliga avkopplande tesamtal och staden hade åter fallit in i dess behagliga ökenslummer.

Sofia föreslog att man skulle ta sig till baksidan av berget och ta reda på om grottan skulle vara lättare tillgänglig därifrån. De övriga kände sig inte speciellt övertygade, men hade inget bättre förslag att komma med. Man gav sig, mer eller mindre optimistisk, i väg och kom så småningom till slutet av stängslet. Baksidan var ju öppen! Det var oväntat. Dessutom var berget här mindre brant och det gick att klättra uppför utan hjälpmedel.

XVI. Kalifatets Kommunarder

Att klättra är mödosamt och svettigt. Ungefär halvvägs upp till toppen fanns en avsats där man skulle ta igen sig. Märkligt nog så kändes det som om någon annan redan hade varit där före dem. Hiri upptäckte en halvt dold, tom anchovisburk vars rosaröda färg blendade in med bergets. “Inte konstigt att det kändes konstigt”, konstaterade den lilla personen, “så det var det med det förbjudna berget.” Alla tittade förvånat på varandra och skakade på huvudet. “Vad ska det här betyda?” frågade Calle, mest retoriskt. “Detta påminner mig om sagan om Snövit”, sa Hiri, “när dvärgarna kommer tillbaka till stugan i skogen. Hoppas att våra besökare är lika snälla.”

Denna fromma förhoppning infriades dock dess värre inte. Framför dem dök det plötsligt upp två gestalter med kinesiskt tillverkade kulsprutor. De stirrade förbluffat på Hiri, denna homunculus vars like de aldrig tidigare sett, och grymtade något obegripligt. Familjen Crassasius-Werdhem och de två tuaregmännen visste inte bättre än att lyfta sina armar. Den ene av banditerna befallde dem, pekandes med den kinesiskt tillverkade kulsprutan, att gå ner på knä. Det var nog bäst att lyda. För tillfället. Männen var inte tuareger och dolde inte sina ansikten bakom skynken. I stället bar de ovårdade rufsiga skägg. De hade inte heller blåa kläder på sig, men var i största allmänhet lortiga.

Calle viskade till de sina, även om han inte trodde att de två med kinesiskt tillverkade kulsprutor beväpnade figurerna skulle förstå ärans och hjältarnas språk, "vi är fyra och en halv mot två och deras vapen är tillverkade i Kina. De är antagligen skräp och kommer att klicka. Jag tror att vi kan ta dem." Hiri gillade inte den där biten om "och en halv", men nickade medhållande. Hen var inte heller lika övertygad om det där med "klicka"ndet.

Sofia rynkade på pannan, särade en aning på benen och stirrade på den mindre av de två stråtrövarna. Denne slickade sig om läpparna, gjorde sig beredd att närma sig henne och var i begrepp att gränsla henne. Sofia tog sig innanför trosorna, körde högra långfingret upp i vaginan, slevade ut en ordentlig portion av sekret och strök den över hans handrygg. Han var inte bevandrat i ämnet kvinnor och hade ingen som helst erfarenhet av deras intima omgängesformer. Sofia log och tittade upp. I hans ögon. Detta gjorde honom skamsen eller förvirrad eller vad det nu var, men han förlorade för en sekund koncentrationen på vad han höll på med. Sofia hade väntat på detta ögonblick och kopplade snabbt som blixten ett kraftigt årgrepp om mannens midja. Denne stirrade förvånat på henne. Samtidigt hade både Calle och Beli kastat sig över den andre banditen och vräkt omkull honom. Under tiden hade Ali tagit armarna av den på Sofia sittande mannen bakom dennes rygg och höll fast dem. Hiris bidragande insats bestod i att febrilt leta i väskorna efter någonting som de kunde fängsla de två angriparna med. Till slut hittade hen ett par av Sofias strumpbyxor i nylon och dessa fick väl duga. För att börja med, i alla fall.

Ali drog upp några rep ur sin kamelsadelväska, en sån där Sofia hade velat köpa, och band armarna och benen på de båda männen. Han tillverkade dessutom snabbt strypsnaror som han drog över deras huvuden och förankrade repen runt en stor sten. Sedan satte sig alla fem (!, var så god, Hiri) vänner i en cirkel och diskuterade händelserna. Och vad de skulle göra härnäst. En sak Hiri tyckte var värd att påpeka var att klickhypotesen aldrig hade testats av dem i det verkliga livet. "Nå väl, låt oss se då," sa Calle, osäkrade en av kulsprutorna och kramade av. Det kinesiskt tillverkade maskineriet vaknade spottandes till liv och sprejade livsfarliga projektiler över hela bergsavsatsen. Förskräckt slängde Calle vapnet ifrån sig. "Hm, vi klarade oss i alla fall," Calle såg på sällskapet och flinade brett.

"Vad ska vi göra med fångarna? De är ju helt klart ena jädrans skurkaktiga typer och borde överlämnas till polisen", orerade Calle. En i det närmaste tumultaktig palaver utbröt, där alla talade i munnen på varandra. "En efter en", sa Sofia slutligen högt och pekade på Beli, att denne skulle börja prata.

Beli tycktes förstå vad Sofia ville av honom och han talade tuaregiska med franska fragment instuckna, mycket långsamt och artikulerat. Detta hade ju inte varit till mycken hjälp i sig, men han gestikulerade samtidigt som om han spelade upp en charad. Sofia och hennes familj snappade genast upp ett och annat och trodde att de förstod det mesta Beli ville säga. Under hela föreställningen satt Ali och nickade ivrigt.

Han höll med sin kusin helt och hållet. Man kom fram till att Belis plan var nog det enda vettiga de kunde göra. I korthet gick den ut på att tyvärr var man tvungen att avbryta resan till grartstensgrottan och att man behövde omedelbart återvända till Tamanrasset. Till polisstationen där. Och överlämna skurkarna till den lokala ordningsmakten. Sedan skulle man ju komma tillbaka till berget. Nu, när de visste hur man kunde ta sig in till den arkeologiska platsen, skulle ju det hela gå mycket snabbare och smidigare. De skulle ge sig av morgonen därpå.

Skjutövningen hade orsakat ett enormt oljud som förstärktes av ekot från de kringliggande bergen. Detta hade lockat till sig fler ovälkomna besökare till deras läger. Ett gäng ynglingar, beväpnade med långa knivar och kpistar, dök plötsligt upp framför det lilla sällskapet som höll på att värma konserver över en eld. De fick slag på kroppen och i huvudet och låg slutligen platt på magen. Beli hade en stövelklack i nacken och Calle hade slagits blodig av den större av de två som tidigare varit deras fångar. Han som hade försökt att förgripa sig på Sofia gav henne en så kraftig örfil att hon nästan svimmade. Ali låg utsträckt på marken. Han hade skjutits med pistol av vad som syntes vara angriparnas ledare.

Långt efteråt förstod de att de två männen med de kinesiskt tillverkade kulsprutorna och deras kumpaner tillhörde en grupp franskfödda ättlingar till nordafrikaner, mest algerier och marockaner, som i Paris hade bildat en, vad de kallade, “revolutionär cell”. Med revolutionär avsåg de att de tillhörde en fundamentalistisk islamistisk rörelse, som ju egentligen var konservativ och gammalmodig. Ordet cell kunde antyda att rörelsen var relativt liten, med få medlemmar. De hade tränats i några veckor av syriska bröder i gerillakrigföring.

De hade visserligen varit få i antal i början, men sedan hade rörelsen spritt sig först över större delen av Frankrike och sedan över i stort sett hela Europa. I förstone hade man organiserat mindre terrorattacker inom det Europeiska Förbundet, där man kunde resa fritt utan att förevisa pass eller liknande, men på senare tid opererade man också i Nordafrika. Sedan hade cellen delat sig mångfalt och växt lavinartat på grund av dess "spektakulära framgånger" i hela Sahelområdet.

Namnet av den revolutionära cellen hade ersatts med den "Islamistiska Befrielsefronten". Allmänna medier, i synnerhet i västvärlden, hade med sina detaljerade rapporteringar förlänat Fronten en hög status i stora delar av östvärlden. Mest visade filmsnuttar på internationella medieplattformer var videoinspelningar av halshuggningar.

Förutom bilbomber och självmordsuppdrag ägnade man sig numera också åt kidnappning av västerlänningar. För deras frigivning krävde man ansenliga summor i lösen. Denna aktivitet var mycket lukrativ och finansierade så gott som hela den operativa verksamheten.

De personer som ingick i Frontens administrativa

del satt säkert och behagligt i olika storstäder runtom i världen och fick sitt rikhaltiga levebröd ombesörjt av mellanösterns prinsar. Vanligtvis följde dessa frontledares leverne inte strikt sharialagens hårda påbjudningar. Saker som alkolholförtäring och homosexuell horeri, för att nämna enbart något exempel, såg man sålunda mellan de köttiga fingrarna med.

Vad gäller Calle, Hiri och Sofia skickade den Islamistiska Befielsefronten sina krav till premiärministern i Australien, en robust kvinna med namn NamNam NumNum-Smith, som fick ett skrattanfall, när hon läste meddelandet. Hon var hälften aborigine, tillhörandes Ngunnawal folket, och hälften kaukasiska, med en brittisk grovförbrytare som förfader. Hon var i största allmänhet mycket trevlig och för det mesta på gott humör. Hon älskade att skratta. Fronten begärde fyra miljoner dollar för livet av Beli, Calle, Hiri och Sofia samt frigivningen av Ahmad ibnBen el Brutto, en beryktad terrorist från Paris som efter ett misslyckat attentat på en fransk agrarpolitiker hade arresterats i Bryssel året innan.

Australiens *Department of Home Affairs* hade underrättat NamNam NumNum-Smith att så vitt man visste fanns det inga australiska medborgare i området. Dessutom hade man som officiell policy att inte utbetala några som helst statliga pengar till kidnappare och terrorister. Denna regel efterlevdes inte alltid inofficiellt, en omständighet den Islamistiska Befrielsefronten verkade vara förtrogen med. NamNam NumNum-Smith ansåg det ovärdigt en australisk premiärminister att svara på det oförskämda e-post meddelandet, utan gav sitt svar under en presskonferens i Canberra, vilket var ett kort och tydligt rungande "NEJ!!!"

De närvarande reportrarna hade blivit ombedda av den australiska premiärministern att dessutom yttra en fråga i slutet av intervjun: varför i helskottan begärde de lösen för fyra personer, som inte är australiska medborgare och aldrig satt sina fötter i Australien, av Australiens regering?

Detta var Fronten inte beredd på. Vem av dessa korkade krigare hade kommit med påståendet att de tre vitingarna var australiska medborgare? Missbedömningen av gisslans nationalitet gav kidnapparna ett element av osäkerhet. I ren frustration, men också för att understryka sin grymma beslutsamhet, halshögg de Beli i en livesändning i internationella medier.

Som om detta inte var nog med avskyheter, så tvingades Calle och Hiri bevittna hur Sofia våldtogs flera gånger mitt framför ögonen på dem. Hiri blev förfärligt chockad och förtvivlad. Hen grät oavbrutet i dagar och ställde gång efter gång samma fråga "hur kan vi människor vara så grymma? Hur kan vi göra så mot vår egen art?"

Carl Crassasius hade blivit av med flera lager av emalj på grund av allt tandgnisslandet. Den förbannade maktlösheten fyllde honom med furiöst vansinne. Sittandes bakbunden i stoftet stirrade han vilt omkring sig.

XVII. Huggormen

Redan tidigare hade kidnapparna snabbt lokaliserat vännernas kameler vid bergets fot. Kamelerna hade haft sina fötter löst ihopbunda, så att de kunde röra på sig men inte springa bort allt för långt. Kamelerna ville man ju inte bli av med. För nomader i allmänhet, och tuareger i synnerhet, var kameler deras mest värdefulla tillhörighet. Kamelerna gav dem mjölk, kött och brännbart material, samt var ovan på allt vattensnåla transportmedel. Vid bröllop räknades gåvan till brudens far i antal kameler. I gengäld kunde brudar av välbesuttna familjer få med sig ett ansenligt antal kameler i hemgift. Hos nomaderna var en kamel mer värd än en kvinna.

Calle och Company hade ännu inte hunnit undersöka berget kring klipphyllan, där de hade slagit läger på. De hade därför aldrig upptäckt terroristernas vapengömma och livsmedellager alldeles i närheten. Det var där, de två angriparna hade varit utplacerade som vakter. Nu transporterade deras kameler terroristernas vapen i trälådor och vatten i plastdunkar. Skurkarna var sammanlagt drygt två dussin personer.

Alla gick de till fots. Genom att följa solens gång över himlen, slöt Calle sig till att deras förflyttning skedde i stort sett i sydlig riktning. Om de var på väg till den urgamla staden Agadez i Niger, hade de mer än tusen kilometer av otillgänglig öken framför sig. Till fots! Familjens fötter var redan trasiga, nariga och började på sina ställen blöda. Men två dagar senare anlände de till ett större läger med flera militärtält, samt motorfordon av olika slag. Lastbilar med presenningar och öppna terränggående kinesiskt tillverkade militärfordon. Flera av dem var bestyckade med likaså kinesiskt tillverkade kulsprutor.

Terroristerna hade ännu inte givit upp planen att pressa ut lösen för de tre fångarna och slängde dem på flaket av en av lastbilarna. Även denna var "Made in China" och hade till och med en stor stjärna samt fyra mindre målade på presenningen. Under detta gummitäcke var det säkert över femtio grader varmt och den tjocka fräna luften fullkomligt outstående. Färden på flaket blev mycket obekvämt, vilket var en klar underdrift. Lastbilens dåliga fjädring och den obefintliga "vägen" mitt ute i öknen gjorde att de flög runt som höstlöv bland allt möjligt gods på flaket. Den ömtåliga Hiri fick blåmärken över hela sin lilla kropp. Calle försökte med all sin kraft hålla Hiri så stilla som möjligt, samtidigt som han hade svårigheter att själv hålla sig på plats.

Förutom skadorna på sina värkande fötter hade Calle, Hiri och Sofia uttorkade, blodiga läppar och sprucken hud på näsryggarna. Hygienen hade det inte varit tal om att sköta och de stank värre än rymdstationen. Talrika bett av sandloppor hade blivit infekterade och började vara sig. Det var ingen i banditgänget som brydde sig om dem. De började förstå att kidnapparnas lösenkrav hade mötts med kalla handen och de tre kände sig övergivna.

Mitt i allt elände fick Sofia en elak form av amöbadysenteri med våldsamma buksmärtor och blodig diarré. Hon fick “gå på toa” stup i kvarten. Inget hon tog in genom munnen fick hon behålla. Hon blev snabbt skållhet av mycket hög feber och var för det mesta inte längre vid medvetande. Calle och Hiri var skräckslagna. De såg hur Sofia långsamt tynade bort. Det hade gått en dryg vecka och numera var hon bara rena rama skelettet med löst hängande hud. På grund av svält och uttorkning hade hennes vanligtvis så yppiga byst nu förbytts till ett par livlösa förskrumpna kakaobönor.

Sofia försökte kravla sig upp från sitt nödtorftiga läger. Calle bankade med handen på det lilla fönstret till förarhytten för att få lastbilen att stanna. Hiri hjälpte försiktigt till att få Sofia av flaket. Det fanns inte en buske eller en sten att gömma sig bakom och Sofia stapplade i väg ett trettiotal meter, innan hon plötsligt lyfte på shalaban, hukade sig ner och lät det forsa ur henne. Hon var vänt bort från lastbilen och dess blickar och tittade omtöcknat framför sig. Hon stelnade till. Runt omkring henne syntes s-formade spår i sanden och de var alla riktade mot henne. Det var som om hon satt i navet på ett ekerhjul. Sofia förstod omedelbart vad det var hon såg, det var spår av den i Sahara levande hornvipern, en av världens giftigaste krabater. Det engelska namnet är sidewinder, på grund av dess karakteristiska sätt att förflytta sig i sidled vilket lämnar s-formade mönster.

Ormen med dess täckning härmande omgivningen brukar ligga nedgävd i sanden och är i princip omöjlig att upptäckas. Innan de reste hemifrån, hade Sofia förgäves försökt att se denna aggressiva huggorm i zooets terrarium. Hur länge hon än intensivt stirrade lyckades hon inte att upptäcka den, trots att hon visste att djuret fanns där någonstans.

Skräckslagen reste Sofia sig oerhört långsamt från sin sittande ställning. Hon var rädd att hon hade skitit på reptilens bo och att den skulle bita henne i rumpan vilken sekund som helst. Sofia kände hur en obändig livsvilja tornade upp sig inom henne och hon ville bara komma därifrån. Hon skulle inte dö av ormbett idag! Men vad skulle hon göra? Hon kunde ju inte ropa på hjälp, det vore ändå fullständigt meningslöst och riskerade dessutom att alarmera kräldjuret. Under henne? Hon klev ytterst långsamt, som i *slow motion*, in i sina egna fotspår för att ta sig tillbaka till lastbilen. Efter en tid som kändes lika lång som universums ålder nådde hon slutligen oskadd fram till Calle och Hiri, som hjälpte henne tillbaka till hennes madrass. Hon var badad i svett. Fullkomligt urlakad. Och somnade på direkten.

Hiri låg bredvid sin mamma, med sitt huvud i jämhöjd med Sofias och hens fötter räckte just ner till moderns navel. Hiri viskade i Sofias öra att hen ville berätta att hen hade träffat en pojke, hen var mycket förtjust i. Pojkens namn var Søren Svaalby. Han var en gutt från norska Nordkalotten och med sina 155 cm i strumplästen måste han betecknas som kortväxt, men bredivd Hiri såg han ut som en jätte. Hiri kände sig mycket trygg hos honom. Senast, när annsen hade kommit, upptäckte Hiri att hen kände sig som en kvinna och bestämde sig för att i fortsättningen tillhöra det könet. Pronomenet *hens* skulle hädanefter ändras till *hennes*. Hiri hoppades att hon skulle få träffa Søren igen. Sofia förnimmade endast svagt vad hennes dotter berättat för henne.

Calle matade sin fru mycket omsogsfullt först med buljong, sedan med burktonfisk och efter fyra veckor hade hon fått tillbaka det mesta av sina livskrafter. Sofia hade utvecklat en enorm apetit och kunde äta till frukost en hel limpa bröd, uppskuren på längden, bredd med massor av jordnötssmör och fylld med bananer. Hon återfick sin forna vikt inom några veckor.

Efter omständigheterna var de tre fångarna vid relativt god vigör. Vad som fattades dem var deras frihet. De hade åkt omkring, till synes planlöst, i öknen och inte vetat, om de skulle överleva morgondagen. Hur länge skulle deras kidnappare släpa dem runt?

Huvudakt

I. Trons Moral

I händerna på den Islamistiska Befrielsefronten hade Hiri mycket tid att tänka. Hon tänkte på allt möjligt. Som till exempel på det som kallas religion, som var något hon hade fått lära sig i skolan. Hennes föräldrar besökte ju aldrig kyrkan, synagogan, moskén eller någon annan sorts tempelinrättning, för den delen. De var inte heller intresserade av allsköns fetischism, schamanism, voodoo och liknande trosbekännelser.

Det där med dekalogen, eller De Tio Budorden som den också kallades, tyckte hon var märklig. Mycket märklig, faktiskt. Att ta livet av någon kom först på femte plats! Men att jobba på helgen kom på tredje. Det var alltså mera syndigt att arbeta på söndagen än att ta livet av någon annan själ. Med hela två snäpp, *sic!* Bara ett snäpp värre var att inte visa vördnad för sina föräldrar. Hmm... Men att brutalt bringa någon om livet var alltså på femte platsen och således i allt väsentligt förhållandevis harmlöst. Att Dräpa på plats Fem!!! En religion som inte ansåg att det är ytterst förkastligt att döda någon annan individ var ingen religion för Hiri.

En annan sak hon kom ihåg var det där med att lärjungarna hade anvisats av sin mästare att "gå barfota och klädd i armodets kläder..." Som hon förstod det, visade de nuvarande lärjungarna inga större tecken på efterlevnad av dessa frälsarens anbefallningar. En av de värsta i det departementet var självaste påven med sina gyllene rober, den diamantbesatta tiaran, den pråliga stenen på ringen folk skulle kyssa och hans måttbeställda gyllene sammetspumps. Med dem stoltserade han, för att det hade alltid varit en han, omkring i sina praktfulla slott och grandiosa palats. Där förvarades juveler och konstskatter som fick Louvrens direktör att blekna av avund.

Verkligen vettskrämmande var dock den där gången, då hon bevittnade en präst välsigna soldaters vapen! Soldaterna var på väg att dra ut i krig och var tanken "Må dessa vapen döda så många som möjligt!"? Det är väl okej, det är ju bara på plats fem, eller hur?

Men helt obegripligt udda är det tionde budet som talar om begär till slavar, oxar och åsnor! Är det ett skämt? Hiri ställde sig den frågan, men undrade också, om detta, i dagens moderna samhälle, inte saknade aktualitet - eller var det fortfarande på sin plats? Slavar? Oxar? Åsnor? "Allvarligt!?", hon skakade på huvudet och suckade djupt.

Men värst av allt var nog att inget stod om små korgossar. Grov pedofili som begås av präster, biskopar, kardinaler, påvar och liknande MÄN var tydligen inget budordsbrott.

Den heliga kyrkans vägar äro outgrundliga.

II. Insikten

Nåt helt annat Hiri också tänkte på hade att göra med detta oändliga världsalltet. Relativitetsteorin och rymdresor. Och skeendena i den ytterst lilla mikroskopiska kvantvärlden. I tankarna gick hon igenom alla dessa olika argument som folk hade lagt fram och ekvationerna som var ämnade att beskriva vad som hände.

Och så fastnade hon på en detalj. "Jag har nog missuppfattat nånting", tänkte hon. Men tanken, eller villospåret, hade bitit sig fast och gnagde inom henne. "När man säger att rummet är krökt... Hm, krökt i förhållande till vad, hur vet rummet att det är positivt eller negativt krökt? Relativt ett absolut rum? När man vill avvika från den krökta banan, behöver man då färdas fortare än ljuset?" Hon var bekant med teorin bakom Miguel motorn, gängse känd som "Alcubierres varpdrift", för att åka omkring i superluminala hastigheter. Men Hiri kände sig aldrig riktigt övertygad om teorins korrekthet. Slutligen bestämde hon sig för att bevisa sitt möjliga misstag genom att bevisa dess motsats. Hon skulle vara mycket teknisk med alla ekvationer och göra det från grunden. I grundlig och gedigen Einstein anda. Först ett *Gedankenexperiment*, sedan den matematiska formuleringen av detsamma.

Hon bad sin pappa Calle att muta en av vakterna, "han som såg snäll ut", att, nästa gång denne skulle bege sig till en marknad, köpa med sig några pappersark och en penna. Vakten som såg snäll ut tyckte att detta kunde ju inte vara farligt för brödrarskapet på något sätt och två veckor senare hade han kommit tillbaka med de beställda varorna. Förutom papper och penna hade han också med sig tvål och lusmedel, vars sammanlagda kostnad vida låg över gängse marknadspriset. Så var det med det snälla utseendet.

Calle, Hiri och Sofia hade alla löss och det kliade något alldeles förfärligt. Behandligen med det inköpta pulvret förutsåg tillgång till vatten, en sak som de inte hade tillräckligt av ens för att tillgodose deras dagsbehov. De gnuggade in det torra lusmedlet ändå och kände en aning lättnad.

Under en av dessa befriande stunder begrundade Hiri en sak hon länge hade varit fascinerad utav. Det var detta fantastiska Möbius band som såg ut som tecknet för oändligheten, men behövde inte vara mer än en vriden pappersremsa vars ändar man hade klistrat ihop. Detta Möbius band har ju två sidor, en ovan- och en undersida. När man följer vägen på den ena sidan, framsidan, finner man att efter ett tag så kommer man till samma ställe, fast på bandets baksida. Hiri insåg, som så många andra före henne, att snabbaste vägen till den andra sidan vore att helt enkelt gå igenom pappersremsan.

Detta innebar att man var, för ett ögonblick, tvungen att lämna den tvådimenisonella Möbiusvärlden och kliva igenom den via den tredje rumsdimensionen. Den senare är vi ju väldigt förtrogna med. Vi lever i den. Hon ställde sig den uppenbara frågan “skulle det vara möjligt att förflytta sig, och detta mycket långsammare än ljuset, till ett ställe som kunde skenbart ligga väldigt långt borta i vårt universum?" Hon svarade sig själv "joo då, men det skulle kräva en dimensionspenetrering".

Följande dag, när Hiri äntligen kunde glömma det irriterande kliandet ett tag, tog hon fram sin penna och tänkte skriva formler i pytteliten stil, som skulle vara just läsbara för ett öga med exceptionellt god syn. Hon hade ju bara tre ark och dessa skulle räcka hela vägen fram. Hon hade därför börjat med de första stegen av den teoretiska härledningen i huvudet, alltså utan papper. Hon använde formalismen som hade utarbetats, oberoende av varandra och under tre decennier, av de tre oerhört begåvade matematikerna Martin Muntsch, Katarina Bergdorff och Svetlana Shakovskaya. I olika delar av världen hade dessa vetgiriga personer vigt sina liv åt något som kallades topologi.

Detta ämne hade dock inget med läran om *musen* att göra, som man kanske hade kunnat tro på grund av det italienska prefixet *topo* och dess mångtydiga betydelser. Det är värt att notera att, sin matematiska komplexitet till trots, så beskriver denna Muntsch-Bergdorff-Shakovskaya metrik något så synnerligen trivialt som avståndet mellan två platser eller skeenden i rymden.

Hiri jobbade på bra och gjorde redan betydande framsteg. Så gott så väl, men sedan var hon tvungen att bestämma sig för ett antagande som gick ut på hur materien är fördelad i makrokosmos respektive mikrokosmos. I det stora universum, sade de lärde, var materien alldeles jämt fördelad och det hela såg likadant ut i vilken riktning man än tittade. Å andra sidan, så är det ju väldigt klumpigt och grynigt i det småskaliga, tyckte Hiri. Och bestämde sig för att inte göra antagandet om universums "homogenitet och isotropi" - vackra komplicerade ord för mycket banala ting, tyckte hon också. Att låta världen vara icke-homogen och non-isotrop gjorde dock att de ekvationer hon kom fram till var mycket bökigare och mera svårlösta än de i "homogenitet och isotropi" fallet.

Hiri hade tidigare läst en föga uppmärksammad schweizisk matematikers publicerade verk. Denne Guido Nachtmeier hade föreslagit att man kunde koppla samman relativitetsteorin, som var ansvarig för universum, med kvantfysiken, det vill säga teorin för mikrokosmos, med hjälp av en Frommsmann-brygga. Frommsmann-bryggan var ett avancerat matematiskt redskap som utmärkte sig genom sin oerhörda beräkningsbara elasticitet.

Bryggan kunde vridas och knycklas eller också expandera och krympa efter behov. Den var formbar och följde böjningarna av det lokala rummet i den ena änden och anslöt sig till detta virrvarr av oförutsägbara tunnelvägar i den andra. Tillämpningen ledde till dimensionspenetreringsteoremet.

Ganska så belåten med sig själv avslöt Hiri sitt ekvationsbygge. I skrivelsens sista mening föreslog hon att teorin om dimensionspenetrering skulle uppkallas efter Frommsmann och Nachtmeier, det vill säga vara beskriven i Frommsmann-Nachmeier metrik. Som hon uttryckte det själv hade hon ju "bara satt ihop andras arbeten och visat att dessa ledde till exakta lösningar av de utökade einsteinska fältekvationerna.” Hiri var mycket timid till sin natur, ett väldigt blygsamt väsen.

Allt detta var svårbemästrad matematik och därför antagligen ganska tråkigt för många. Dessutom var det ju bara teori.

III. Verkliga Vänner

De irrade synbart planlöst omkring i det oändliga ökenlandskapet som skiftade i form och färg, från spetsiga alpliknande bergskedjor över ändlösa fruktlösa slättar till mjukt böljande sandiga dyner och från smutsigt gråbrunt över ett saftigt senapsgult till ett djupt cinoberrött. Ju längre söderut de kom desto rödare blev marken. Efter fyra långa månader anlände de slutligen i Kano, en stad i norra Nigeria, på gränsen till Sahara. Här fanns växtlighet, inte mycket, men dock en och annan buske och ett och annat förvuxet knubbigt träd med hårda blad. Gräset var glest, torrt och gult och dess strån var färre än de gamar som satt överallt runtom på hustaken och stirrade på livet nedanför dem, otåligt väntandes på att detta snart skulle ta slut.

Dagen innan hade det varit sista fastedagen av årets Ramadan och i dag skulle det vara fest! Kano är vida berömd i hela Nigeria för att ordna under Eid al Fitr's karnevalsliknande festyra med mat, dryck, musik och dans. Där förevisas våghalsiga ryttarspel av praktfullt klädda krigare på sina smäckra fullblodsaraber. De flesta ryttarna tillhörde Fulani folket och dessa var samtliga muslimer. Den muslimska högtiden Eid al Fitr inleddes tidigt på morgonen med en bön av emiren av Kano inför tusentals troende. Emirens skräniga röst skar igenom den morgonsvala luften och hans gutturala läten lät främmande och skrämmande för utsocknes folk.

Men det var inte för festligheterna i Kano terroristerna hade släpat familjen Crassasius-Werdhem till stadens ytkant. Deras kidnappares plan var att sälja dem som slavar. De skulle sluta sin resa i träldom! De tre satt bakbundna på den dammiga marken och såg hur terroristledaren gestikulerandes talade med tre män i långa kaftaner och med fezliknande keps på sina huvuden. Efter en lång rad av mellanspel, där folk gick iväg, skrikandes och viftandes synbarligen förtvivlade med armarna i luften, bara för att återvända efter en kort stund med en mera samlad min. Och sedan började skådespelet och spektaklet om igen.

Efter en osedvanligt lång förhandlingsomgång, till och med för orientaliska förhållanden, hade de tre köpmännen och terroristernas ledare kommit överens. En ansenlig bunt pengar växlade ägare och Calle, Hiri och Sofia kastades på flaket av en pick-up truck. De var nu slavar till de tre befezade individerna i sina långa kaftaner. Det glimmade guld när de öppnade sina munnar.

Det hade blivit sent och slavhandlarna bestämde sig för att stanna över natten och att delta i partajandet på stan. De lämnade kvar sina nyss gjorda inköp fjättrade på bilflaket. Vid nästa morgonens första gryningsljus gav man sig dock av. För de tre passagerarna på flaket blev resan minst sagt obekväm och stundom rentav mycket farlig, när bilen körde in i potthål och de flög högt upp i luften. Väggroparna var många och skumpandet tog aldrig slut. De stannade bara för behovsförrättning och antalet kisspauser kunde räknas på ett finger. De åkte på det hela taget i ostlig rikting och Calle sade "De fraktar oss kanske till Niger eller Sudan. Vad som är värre av de två vet jag inte." Hiri och Sofia såg bara trumpna ut och ryckte på axlarna "Skit samma," tyckte Sofia. Pick-up trucken rullade på i tolv timmar, mellan soluppgång och solnedgång.

Efter tre dagar stannade bilen mitt på dagen på torget i en liten "stad", Gud vet var. Skulle de auktioneras bort nu? Skulle man dela på dem och skulle de hamna på olika ställen? Calle, Hiri och Sofia var rädda. Hiri viskade, vänd mot sina föräldrar, "Oroa er inte. Jag kommer att hitta er, var ni än befinner er. Jag älskar er", och så kramade hon dem hårt.

Det fanns ingen större skara som samlades på torget i väntan på en auktion. Där fanns ingenting som kunde tyda på att någonting speciellt, utöver det vanliga, skulle hända. De befalldes att kliva av flaket och sätta sig på marken. Efter en stund körde en vanlig dammig personbil upp bredvid dem och ut klev en storväxt man, kanske i övre fyrtioårsåldern. Olikt de tre bronshyade fezarna var denne man klart svart. Han var klädd i en mörk västerländsk kostym, med vit skjorta men utan slips, och hade svarta läderskor på sig. Han gick över till slavhandlarna, gav dem en stor bunt med pengar och kom sedan till de tre fångarna.

Det var alltså deras nya herre. Han såg ganska så snäll ut och hade i alla fall ingen piska med sig. De skulle få vara tillsammans, vilken lättnad! "Håll i hatten," skämtade Calle, fast surmulet. Nykomlingen sade på klockren engelska att han skulle befria dem från sina fängslen och att de kunde sedan sätta sig i bilen. Där fanns det vatten och frukt. De körde därifrån.

Efter ett par kilometer utanför byn stannade mannen bilen och stängde av motorn. Han vände sig om, vänd mot de tre i baksätet, och tittade på dem. De slutade tugga och tittade tillbaka. Mannen log och sade med mild stämma "I am Wonokwu N'Barku, men ni kan kalla mig John. My organisation has paid the ransom for you and we are now on our way to what I call home." De tre blev fullkomligt överrumplade och mållösa. Efter en stund, när de hade samlat sig och återfått målet, bombarderade de John med frågor. Vad det var för organisation, om de nu var fria, vart de var på väg, varför hans organisation hade betalat för dem och hur mycket, *etc.* John besvarade lugnt alla deras frågor, förutom den angående hur mycket han hade betalat för dem. Han ville inte heller gå närmare in på vad hans "organisation" var för någonting.

Han berättade för dem att han tillhörde Ibo folket i södra Nigeria och att han skulle ta dem till Enugu, huvudstaden i Iboland. När han var en liten pojke, rasade det inbördeskrig i Iboland, eftersom det mestadels kristna Ibo folket ville upprätta sin egen suveräna stat, som kallades Biafra. Den delen av Nigeria var landets mest utvecklade och välmående provins. Där fanns fler och bättre skolor, fler asfalterade och bättre vägar, mera utbyggd infrastruktur och modernare och bättre sjukvård. Analfabetismen var sedan länge ett minne blott, alla kunde läsa och skriva. Även om majoriteten av den svarta Ibo befolkningen var kristen, var man tolerant gentemot andra religioner och det fanns, till exempel, många moskéer i Biafra. Man ämnade att införa ett demokratiskt styrelseskick, med tillåtelse av flera politiska partier och fria val.

Militärregeringen i det huvudsakligen muslimska Nigeria motsatte sig dessa självständighetssträvanden och försökte med vapenvåld tvinga Biafra att åter ordna in sig som en av delstaterna i Afrikas största nation. I den väpnade konflikten försvarade Biafra sig tappert och kriget drog ut på tiden.

Våldet eskalerade och utövades i ökande grad mot civilbefolkningen, vanliga människor i alla åldrar, män, kvinnor och barn. John fick bevittna hur soldater av regeringsstyrkorna halshögg hans far. Sedan högg de ihjäl hans mor med macheta. Själv hade han hållit sig gömd i en halvfull vattentunna.

John hade plötsligt blivit föräldrarlös och irrade förtvivlad omkring bland alla dessa lik som låg kringströdda överallt, på vägen, i husen och på torget. Bara några få av byns invånare var fortfarande vid liv. En gammal kutryggig gumma fick syn på det lilla skrikande barnet. Hon slog sina knotiga armar kring pojken och hyschade och försökte trösta honom, klappade honom försiktigt på ryggen. Han mindes att han vaknade i hennes armar och kände en öm trygghet. Efter alla dessa fruktansvärda dagar. John stannade hos henne i, vad han tyckte, var flera veckor. En morgon låg hon livlös på sin sovmatta och han var ensam igen.

Biafra ville inte ge med sig och foga in sig i den

stora militärstyrda konföderationen. Det blev ingen vapenvila. I alla fall ingen som höll. Militärregeringen gick till det extrema för att tvinga utbrytarnationen på knä genom att brutalt svälta ut dem. En tidigare aldrig skådad hungersnöd bröt ut, med miljontals ihjälsvultna människor, framför allt barn, till följd.

John var bland de få lyckliga överlevanden. Han hade tagits om hand av ett par sjuksköterskor som tog honom till en station av Röda Korset mitt ute i djungeln. Med hjälp av vad de kallade *välling* fick de hans utmärglade skelettliknande kropp att återhämta sig. Så småningom tillfrisknade han och kunde springa runt igen och leka med de andra lika lyckligt lottade barnen som bodde på stationen. Bäst av allt, tyckte han, var att spela fotboll. En av systrarna som hette Lena visade barnen, hur man sparkar boll. Lena var mycket duktig på det. Barnen tjöt av glädje. Lena var också bra på att berätta sagor och hon beskrev många äventyr av en liten flicka. Det var så här, genom Lenas ihärdiga uthållighet, barnen lärde sig engelska. Och att flickan, som hette Pippi, bodde i ett land, långt långt borta som hette Sverige.

John gjorde en paus. Sedan fortsatte han “människor från ert land hjälpte människorna i mitt land, när de befann sig i deras största nöd. Ni var våra bästa vänner. Och vi vill visa er nu att ni fortfarande är det. Vi ville hjälpa er tillbaka till friheten.”

På de inte alltid helt farbara vägarna tog den två tusen kilometer långa resan från Nokou i Chad till Enugu i Nigeria flera dagar. Det blev mycket yamstuvning, maniokklister och hirsgröt till middag tillsammans med väldigt gott öl. I även den minsta afrikanska byn, på kanske bara två, tre hyddor, fanns åtminstone en bar, där det serverades underbar pilsner. Och det för en spottstyver. De lastbilar de mötte på vägen var mestadels lastade med backar av ölfaskor. Folk här tycktes förstå hur man skulle leva livet. Calle sken upp "jag trodde inte att jag skulle leva länge nog att vara med om detta. Det är ljuvligt. Och så fantastiskt gott öl!" Sofia och Hiri höll med och de skrattade något alldeles våldsamt. John skakade leendes på huvudet.

Väl framme i Enugu välkomnades de av en hel ansamling personer som spontant började klappa händerna, när de klev ut ur bilen. De som hurrade var både vuxna och barn och de hade kommit från en skola i närheten. Det framkom att John var en av lärarna där. Han hade kört dem till sitt hem. Hans fru och deras tre vuxna barn stod framför ingången och skrattade glatt. Mottagandet var omtumlande. De kände en allomfattande värme och kärlek och deras tacksamhet kände inga gränser. De sörjde Ali och Beli och önskade att de två kunde vara med dem här.

John körde dem nästan tusen kilometer till, till Kameruns huvudstad Yaoundé. Därifrån flög de tre via Khartoum i Sudan till Frankfurt i Tyskland och sedan vidare till hemlandet. De hade inget bagage att checka in. Deras tillhörigheter och ryggsäckar hade konfiskerats av deras kidnappare för länge sedan. Till flygplatsen kom de med bara ett par plastpåsar som de skulle ta med ombord. I Nigeria hade de köpt med sig hem en jättelik burk med världens godaste jordnötssmör och i Kamerun flera kakor av världens godaste choklad.

Avskedstagandet från denne fantastiske vän Wonokwu N'Barku, alias John, slutade i tårar.

IV. Världens Starkaste Man

Livet hemma hade förändrats och det gick inte att känna igen. I det stora landet i väst hade många fullständigt tappat förståndet och valt en tjock clown, en pajas, till sin politiske ledare.

Denne påminde om den Starke Mannen på ett gammaldags nöjesfält, lönnfet i rödvit tvärrandig åtsittande baddräkt, med slappa gäddhäng på de fläskiga överarmarna. “Mister President” såg löjlig ut med sin fjamsiga hårfrisyr, men samtidigt farlig med sina smala svinsplirande kalla ögon och sina cyniskt neråt hängande mungipar. Han lät påskina att han skulle vara en av världens rikaste män. Detta epitet till trots var han dock samtidigt oerhört snål. Gentemot sina anställda och medarbetare, men även gentemot sin egen familj.

En julanekdot från den tiden då hans barn fortfarande var små beskriver honom i ett nötskal: hans barn hade klagat över att den jultomte som hade kommit hem till dem var en kvinna. Han svarade då att de fick en kvinnlig jultomte, för att kvinnor är billigare än män. “De har ju gudskelov lägre löner.”

En annan liten anekdot berättar om en sak som hände under den stora pandemiperioden, då nära en miljon av hans undersåtar skulle dö till följd av en hemsk virusinfektion. Han förklarade att, eftersom *Pan demi* hade med flygande halvpojkar i gröna trikåer att göra, skulle man inte behöva vaccinera sig: “Vilken skada skulle flygande halvpojkar kunna åstadkomma?” Efter att ha ramlat själv på näsan, ändrade han dock uppfattning. “Pojkar kan *inte* flyga.”

Trots sitt clownaktiga uppträdande var denne man ingen muntergök. Vid sina många, enligt vissa alltför många, jippobetonade offentliga framträdanden hade han otaliga gånger själv oblygt kallat sig "geni", varpå hans anhängare hade jublat i berusad extas. Han förkunnade sitt budskap med monoton släpig röst, likt ett tjurigt barn som hade tappat sin napp, och standard fraser var av typen "There are nice black people out there", paus, "there are nice black people out there", längre paus,"but they are very few", paus, "but they are *very very few*, I tell you". Vilt vitt jubel från de *rasrena*. Och i den stilen fortsatte det. I många år. För många, tyckte för få.

Efter att ha blivit omvald med god marginal ansåg han att han hade fått mandat till att fullfölja sin plan, så som han sedan länge haft för avsikt. Den som ville och hade ork hade kunnat läsa om mannens ambitioner i hans bok "Jag, Världens Starkaste Man". Där kunde man läsa att han ansåg att kvinnan var klart underlägsen mannen eller, som han uttryckte det "Kvinnans mest intressanta del är hennes fitta, mannens mest intressanta del är hans hjärna".

I samma anda profilerade han sig med sitt rena obesudlade tyskärvda blod och kallade på den vita rasens överlägsenhet. De bruna, svarta, gula och röda, fast dem fanns ju inte längre så många av, var ohyra och han hade fått av Gud uppdraget att göra slut på dem. "I am the Chosen One! I am your Matthias!"

Kände hans ignorans inga gränser eller menade karlen vad han sa?

När någon konfronterade honom offentligt med utdrag ur hans egna litterära bedrifter, vägrade han att svara och viftade undan kritiken med häcklande och förlöjligande personangrepp på frågeställaren. Hans adelsmärke var lögnen, men många av hans anhängare vägrade tro på, vad de kallade, hans motståndares förtal.

Hans senaste utspel var att i FNs säkerhetsråd på ett mycket vulgärt sätt förolämpa Frankrike och dess "missbruk av sin *veto* rätt". Dispyten gällde den slutgiltiga avkoloniseringen av Västsahara, som var ockuperad av Marocko. Frankrike, självt en gammal grym kolonialmakt, stödde Marocko och förvägrade Västsaharafolket rätten till sjävbestämmande. Frankrikes motiv var naturligtvis helt egoistiska och fokuserade på Västsaharas rika mineraltillgånger och gas- och oljefyndigheter.

Liknande överväganden styrde handlandet av mannen i Vita Huset. I synnerhet var de stora förekomsterna av uran, ett hett åtrått grundämne, som var av stort intresse för många stater, i synnerhet de totalitära. De första forskningsrapporterna från Camp Hiri, som började sippra in, berättade att framdrivningen av rymdfarkoster i slutändan behövde kärnkraft. Om man ville komma nånvart. Och det ville man, bland annat för att lägga beslag på andra, mineralrika, himlakroppar.

En sak som hade fångat hans uppmärksamhet och gillande var att Västsahara hade en lång mur som sträckte sig flera hundra kilometer från norr till söder och delade landet mitt itu på längden, som en uppskuren baguette. Han tyckte att detta var mycket intressant, eftersom han själv också höll på med att uppföra en mur. I Västsahara hade man ursprungligen byggt “muren” som skydd mot den Islamistiska Befrielsefrontens polis som vällde in från Saharahållet och trakasserade befolkningen. Numera kom dock faran från andra sidan muren, den bördiga och rika delen av landet mot havet till, som ockuperades av marockanska styrkor.

Med hänvisning till “provokationen av främmande makt” sände Frankrike militära truppförband till Västsahara för att “bistå de rättmätiga förvaltarna av området”, det vill säga Marocko och dess militär. Denna var oerhört välutrustad, med det bästa och modernaste på marknaden. De nomadiska försvararna var utrustade med överblivna repetergevär från andra Boerkriget. Vita Huset reagerade kraftigt mot ”övergreppet och våldtäkten av de stackars försvarslösa människorna i Västsahara” och sände ett hangarfartyg med tillhörande andra marina eskadrar till Västsaharas atlantkust. Den starke mannen visade sina muskler.

Nu var det Frankrike han skulle visa att han minnsann hade stake. Men fransmän är fransmän och fransmän är egensinniga. Och hade en långodlad mindervärdighetskomplex gentemot det stora landet i väst. Frankrike utökade sin militära närvaro och började flygbomba sanddynerna och nomadtälten i Västsaharas ostliga områden. Detta var för mycket för Vita Huset och man började beskjuta Västsaharas västsida från havet. Det var så det hela började. Och sedermera eskalerade.

Hundratals mil därifrån tog andra tillfället i akt och började mucka gräl. Bombnedslagen skedde inom en minut av varandra och det blev aldrig säkerställt vem det var som först hade tryckt på knappen. Tjugokilotons bomberna hade briserat i princip samtidigt i Tel Aviv och Teheran och åstadkommit enorm förstörelse och död. Nu vaknade fler "stormakter" till liv och ett storskaligt krig med förödande konsekvenser började ta form.

V. Tvåtusen Hirisar

Hiri hade äntligen fått återse sin Søren Svaalby och de två satt i badkaret i Sørens badrum. Vattnet var rykande hett och de två diskuterade världsläget. "Den fördömde karlen är ju inte klok", pressade hon frusterad fram mellan tänderna. I sin vrede krystade hon så pass hårt att det kom upp små bubblor i karets vatten, som om det fanns an guldfisk där. "Oj då, förlåt!" ropade hon förskräckt. Sørens svar kom omedelbart, men djupare och mera åt bastuba hållet till. Hiri kände sig mindre generad och de skrattade hjärtligt båda två. "Men vi låter det inte bli nån vana", anmärkte hon.

Efter de hade klivit upp ur badkaret och torkat av sig, gick de ut på den kvällsvarma balkongen. "Vi är på randen till sista världskriget, helsicke också!" svor Hiri. "Jag måste genast ge mig av till mina systerbröder," sade hon bestämt och Søren tillade "jag hänger med!" Hiri gav honom en kärleksfull blick och nickade tacksamt.

Hiri kontaktade sina föräldrar och bad dem, beordade faktiskt, att genast ta sig till en plats långt borta från all mänsklig bebyggelse. Allra helst någonstans i viltmarken. Hiri visste inte om detta skulle vara tillräckligt för att försätta Calle och Sofia i säkerhet. Hiri var rädd att om det blev krig mellan "supermakterna", så fanns det knappast någonstans man kunnde befinna sig i säkerhet. Det radioaktiva nedfallet skulle döda så gott som allt liv på Jorden. Och den långvariga nedkylningen skulle leda till en ny snöbollsplanet. På kort tid skulle detta betyda slutet för det som naturen hade skapat och vårdat under hundratals miljoner år. Förutom möjligen några få mikrobiska överlevare.

Calle och Sofia var i förstone tveksamma och ville inte ge sig av, men Hiri var så pass bestämd och påstridig att de till slut gav med sig och började packa sina ryggsäckar. De två var på samma våglängd och hade kommit överens om att återvända till berget med Crassasius-Werdhem grottan. "Om vi ska behöva gömma oss, långt borta från allt, är ju det en bra plats. Där kan vi kanske åtminstone göra någon nytta. Vi kan ju alltid hoppas. Men vi måste hålla kontakt med varandra - lova oss det!" "Jag ringer varje dag", sade Hiri och kramade sina föräldrar hårt. Hon hoppades att hennes föräldrar hade glömt att det inte fanns någon täckning där. Calle började "Men Hiri-älskling, där finns ju ing", men Sofia avbröt honom, "Och vi ser fram emot det!"

Dagen därpå anlände Hiri och Søren i Camp Hiri utanför Phoenix i Arizona. De var dödströtta, det hade inte blivit mycket till söms i de obekväma flygstolarna. Men i lägret blev det ett överväldigande mottagande, med många glada tillrop och ändlöst skrattande och klappande i de många små händerna. När den första glädjeyran hade lagt sig något, började hirisarna diskutera det allvarliga politiska läget på den globala scenen.

De hade ju tidigare fått i uppdrag att undersöka lämpliga metoder att bedriva rymdverksamhet. Hirisarna hade först inte förstått, vad de skulle kunna bidra med. De var ju bara ett par tusen individer, medan människorna var ju närapå tio miljarder i antal. Om dessa miljarder förmådde, som hirisarna, att mentalt fungera som en enda organism skulle de kunna få ett enormt kollektivt medvetande och skulle kunna lösa i princip vilket problem som helst.

Hirisarna slutade sig till att männsikan som art var underutvecklad. Vart mänskligheten var på väg var inte enkelt att sia om. Betraktade man dagens individer runt omkring sig, så möttes man ju inte direkt av en hoppfull syn. Var och en betedde sig fullständigt kontaktlös, stirrandes tyst och avtrubbad på sin mobs i handen. Det verkade inte finnas någon som helst fysisk kommunikation människorna emellan. Den mänskliga arten hade degenererat till en hoper zombieaktiga solitärer.

Militärernas anförare på Camp Hiri hade meddelat att detta rörde sig om ett rent vetenskapligt projekt med målet att utforska solsystemet. För att genomföra projektet ville man framför allt få förslag på tekniska lösningar angående framdrivningen av för detta avsedda farkoster. Man räknade med hirisarnas goda vilja och intresse och såg fram emot ett fruktbart samarbete. När allt kommer omkring hade man ju gjort ett anständigt *quid pro quo* erbjudande, där man offererade gratis husrum och mat i gengäld för ett "enkelt ingenjörsarbete".

Efter ett tag av betänketid meddelade hirisarna sina välavägda slutsatser. De hade tittat på en rad olika möjligheter och dessas tekniska genomförbarhet och kommit fram till att i nuvarande läge, med den befintliga teknologin, vore ett trestegs program det mest realistiska alternativet. Programmet byggde på tre hörnstenar, som utgjordes av en resa till Mars, en till asteoridbältet och slutligen en stor expedition till Kuiperbältet. De olika avstånden blev successivt större, från en och en halv gånger, via tre gånger till femtio gånger Jordens avstånd till Solen. De första två etapperna skulle man kunna klara med att segla med hjälp av solen, men den tredje skulle kräva elproduktion och framdrivning medelst en motor som matas av en kärnreaktor.

Hirisarna hade utvecklat förslaget till en tillverkningsprocess i industriell skala av kvadratkilometer stora solsegel. Dessa bestod av grafen med en hinna av kristaller och vägde inte mer än något kilo per styck, en betydande, om inte rentav helt avgörande, faktor i rymdresesammanhang. Bortsett från kristallernas hemliga natur var det nydanande i hirisarnas teknologi framförallt det genialiska packningsförfarandet, både vad gäller stuvningen i farkostens nos vid uppskjutningen och sedan utrullningen i rymden.

Hirisarna hävdade också att tillämpningen av helt nyutvecklad teknologi skulle däremot ligga flera decennier, ja till och med flera sekel, i framtiden. De försiktiga hirisarna förmedlade inte alla sina tankar och kunskaper till sina gästfria värdar.

Hirisarnas rekommendation förde dock tyvärr med sig att landet roffade åt sig allt uran det kunde komma över. Man letade efter kärnbränsle världen över. I de fall då pengar inte dög, skulle gevärskulor leda till resultat. Beskedet hirisarna hade lämnat hade dock varit en avledningsmanöver, eftersom hirisarna ansåg att *homo sapiens sapiens* inte var sapiens nog att befolka rymden. Det var mest troligt att denna självutnämnda dubbelsapiens bara skulle kolonialt förpesta rymden, så som den hade gjort med Jorden.

VI. Hopar av hål

Det i sak viktigaste forskningsresultat som hirisarna verkligen hade kommit fram till byggde på Hiris tidigare teoretiska arbeten som hade lett till insikten att det borde vara möjligt att utnyttja Frommsmann-bryggor för dimensionspenetrering. Kvalitativt var denna bild jämförbar med teorier om maskhål ut ur roterande svarta hål, dock med den avgörande skillnaden att i Frommsmann-bryggan behövde man inte färdas nära ljushastigheten utan kunde "åka" i ett mer behagligt tempo. För att omsätta teorin i praktik behövde man dock finna lämpliga platser, där Frommsmann-bryggor faktiskt existerade. Nästa steg vore sedan att konstruera en fysisk adapter till bryggan genom vilken hirisarna skulle kunna slussas till motsvarigheten till Möbius bandets "baksida".

Hirisarna hade blivit medvetna om rykande heta, aktuella resultat på den yttersta astronomiska forskningsfronten. Ledda av till synes mycket tillförlitliga data, som hade insamlats med ett mycket känsligt teleskop i rymden, hävdade astronomerna att det finns någonting så bisarrt som osynlig materia. Denna materia sände inte ut något ljus alls och var därför mörk, eller rent av genomskinlig. Men som materia normalt gör, oberoende av om den är ljus eller mörk, så lyder den mörka också tyngdlagen och borde tendera att klumpa ihop sig i ansamlingar av sådana osynliga "hål" i rymden. Hirisarna ansåg sålunda att det torde finnas klotformiga hålhopar, osynliga och genomskinliga, som skulle kunna fungera som Frommsmann-bryggor.

De professionella stjärnskådarna hade också upptäckt områden på himlen, där det hade bildats ljusa bågar runt något som inte syntes. Redan tidigare hade man lagt märke till sådana ljusbågar kring ljusstarka objekt i mitten. Ljusfenomenet kallades gravitationslinser och var väl förklarat av relativitetsteorin. Det som inte syntes skulle kunna vara ett mycket massivt svart hål. I några få mycket nogrannt undersökta fall var dock de astronomiska observationerna inte förenliga med svarta håls teorin och dessa betecknades som gåtfulla mysterier. Experterna kallade dessa Black Conundrums, BCs.

Hirisarna hade insett betydelsen av dessa nya vetenskapliga rön och satt dem i sitt rätta sammanhang. Man slöt sig till att de "gåtfulla mysterierna" motsvarade förväntningarna av de klotformiga hålhoparna, som hirisarna kallade GHCs, vilket är engelska och står för Globular Hole Clusters. Sedan universums skapelse borde det finnas i det närmaste oändligt många av dem. Men var någonstans den närmaste hålhopen, och därmed Frommsmann-bryggan, befann sig, och hur långt dit det skulle vara, kunde man inte svara på. En resa till denna "GHC 1" skulle kunna ta lång tid. Men för hirisarna skulle ju detta inte vara något större problem. Förmodligen var det okej.

VII. De Civilas Brigader

Om man bortser ifrån de miljoner människor som dog och blev lemlästade vid de två första detonationerna, vilket man ju inte kan göra - bortse från dem, alltså - så var det de femtio miljoner på flykt som nu var i största nöd. På olika håll, främst i Mellanöstern, var flyktinglägren överfulla och där saknades det mest elementära. Det fanns varken tjänligt vatten eller mat som ej var skämd. Och ingen medicin, ej heller förband till de sårade. Det fanns inga toalettinrättningar, inget toapapper och folk hade inte tak över huvudet. I synnerhet barnen var grovt undernärda och smutsiga med varfyllda bölder och sår som inte ville läka.

Från Iran hade människorna sökt sin tillflykt hos sina forna ärkefiender och anlänt i stora skaror till den arabiska halvöns centrala delar. Storayatollahn hade varken hörts av eller setts till och Persiens vettskrämda massor vällde också in i Azerbeijan, Afghanistan och Turkmenistan. Folk från Israel, Palestina och Jordanien hade flytt till Egyptens i det närmaste obefolkade Sahara områden. Flyktingströmmarna kunde liknas vid Israeliternas återtåg till faraonernas land, ett Introdus så att säga. Till detta kom den alltjämt massiva migrationen från fattigdom och elände i Afrika och Asien, som dämdes upp vid Ungerns höga murar. Latinos samlades i hundratusental utanför den starke mannens avvisande mur. Utanför Floridas kust drunknade nästan lika många som i Medelhavet. Den mänskliga katastrofen var total.

Hjälporganisationerna stod hjälplösa och FN utfärdade handfallen en "resolution". Däri gjordes det kloka uttalandet att de stridande parterna ombads att omedelbart bilägga konflikten och att påbörja inledande fredsförhandlingar. *Sic!* Både Ryssland och Kina menade att man inte skulle lägga sig i striden och utnyttjade sina *veton* för att förkasta FN resolutionen. Där satt då dessa självgoda pösmunkar i ett behagligt, luftkonditionerat rum och bestämde andras livsöden, eller snarare dödsdomar, medan de förstrött mumsade på småkakor till teet.

Och samtidigt var då miljoner och åter miljoner människor på flykt och, ovan på allt elände, var fullständigt utlämnade åt naturens nycker med ihållande torka och sandstormar. Tsunamis och översvämningar. Förödande jordskalv och vulkanutbrott. Ironiskt nog hade männinskan i slutändan själv förosakat dessa katastrofer. Människan som art befann sig slutligen på randen till sin självförvållade utrotning.

I en föraktfull akt av *"formidable arrogance"* hade Frankrike förklarat krig åt USA. I alla fall var det detta den starke mannen ordagrannt meddelade på sin elektroniska hemsida

BigBoy$$$tjofaderittan.com

Han tillade att han hade skrattat till den milda grad att han nästan storknade. Det verkade som om han levde i en drömvärld.

I verkligheten hade skrattet fastnat i halsen på honom, när han underättades om att fransmännen precis hade sänkt “hans” hangarfartyg som hade legat utanför Västsaharas kust och beskjutit de franska ställningarna. Han fick ett vansinnes raserianfall och med högrött huvud, där ögonen tycktes svälla ur sina hålor, skrek han med gäll, ilsken röst “I’ll kill that cat!” - en fras han hade hört på tv. Han blandade dessutom ihop den franska symboliken av “coq” och “chat”, som han trodde stod för “cock” and “pussy”.

Den starke mannen hade alltid varit djupt imponerad av A. Schicklgrubers skickliga erövring av Frankrike. Hans avsikt var att övertrumpa denna bragd på ännu kortare tid genom en *superblitz*.

Han skickade dit sju divisioner från de åter öppnade militärbaserna i Mannheim och Stuttgart, med luftunderstöd från Ramstein, samtliga belägna i de västra delarna av Germania. Detta blottade landets bak, vars huvudstad befann sig endast sju mil från den östra gränsen. Med slussarna öppna vällde det in revanschsugna massor från öst. De hade inte glömt vad som hade hänt dem innan dessa decennier av kall fred.

Efter enbart några dagar skallades åter igen på Berlins gator IVAN ANTE PORTAS.

Samtidigt hade den starke mannens pojkar fastnat i leran utanför Dunkerque. Hans storslagna ambition, att tända århundradets fyrverkeri uppe på Eiffeltornet, hade gjorts omintet. Nu gällde det att ta hand om fienden i öst. Han var inte helt säker på, hur det hade gått för Napoleon. Hade det slutat bra eller illa?

Den starke mannen kom inte ihåg. Det hela skulle visa sig att leda till en olycklig utveckling av hans franska äventyr.

VIII. Cassasius-Werdhem Grottan

Calle och Sofia var på väg till "sin" grotta, men denna gång utan Ali och Beli. Saknaden av de två trogna och kära vännerna gjorde dem nedstämda. "Det känns liksom fel att åka dit utan dem", sa Sofia, "det är ju på grund av oss att de är döda". Calle gjorde ett tafatt försök att blidka henne, men han lyckades inte att hålla hennes tårar tillbaka. Hon grät bittert och han hade svårt att själv låta bli.

Utan Hiri och tuaregvännerna bekymrade de sig inte så mycket om transportmedlen och deras komfort, utan tänkte hyra en skraltig, rostig "furgone", dvs. en italiensk skåpbil, som hade en handskriven lapp med den bråkiga texten "Machina Rent" och ett telefonnummer i vindrutan. Det visade sig att ägaren var en italiensk arkeolog.

Italienaren hette Luigi Buonafortuna och ville absolut bjuda Calle och Sofia på middag. Paret kände tomheten i magen och tackade ja. Tillsammans med Luigi åkte de till hans hem, i närheten av den nya El Badr moskéen i Tamanrasset. Luigi bjöd på pasta, *farfalle all'amatriciana*, mycket gott. Under middagen berättade han att han vid flera tillfällen varit i grottan och letat efter historiska ledtrådar. Han visste inte vad han letade efter, men tyckte att han kanske skulle kunna hitta något som andra hade missat. Vad det gällde avbildningen på grartstensplattan, så tyckte han inte att de tre figurerna såg ut som om de dansade, men han kunde inte sätta fingret på vad det var, som fick honom att tro detta.

De återvände till grottan bakvägen. Luigi var med dem. Furgonen hade bara två säten i förarhytten, och det skulle ju ha varit tillräckligt för Calle och Sofia. Nu behövde de att turas om med att en skulle dela bilens bakre del med allsköns bråte. Eftersom han följde med, tyckte Luigi inte att han skulle ta betalt för furgonen, utan de kom överens om att dela på bensinen. Calle och Sofia accepterade tacksamt Luigis generösa erbjudande. Sen drog de det längsta strået och det var bara att fylla bilens tank och plastdunkarna till bredden.

Luigi var väl förtrogen med "vägen". Han var en skicklig förare och undvek de värsta däckhotande hindren. Öknen var översållad med spetsiga stenar som stack upp överallt likt taggar på ryggen av en drake. De klarade sig dock bra, fick faktiskt inte en enda punktering, och färden gick framåt ganska snabbt. När de kom till "oasen", det vill säga det ensamma lilla trädet, stod solen fortfarande högt och de bestämde sig för att fortsätta.

Sofia ville yttra en fråga och sade "Luigi, jag har en dum fråga," Luigi tycktes bli upprörd. Med uppdragna ögonbryn sade han högre än normalt och föll in i italienskan "Non ci sono le domande stupide!", och sedan lade han till med ytterligare skärpa i rösten "soltanto le risposte stupide!", vilktet betyder någonting i likhet med att "det finns inga dumma frågor, bara dumma svar!" Sofia bad om ursäkt, men kom också till saken och undrade hur han hade kunnat veta var grottan låg. Förklaringen var enkel. Innan de algeriska myndigheternas nerstängning var ju platsen ett mycket populärt turistmål. Massor av folk kom i bussar genom organiserade utflykter från Tamanrasset. Det fanns till och med försäljningsställen för entrébiljetter och förfriskningar. Så grottans läge var ingen större hemlighet. Calle och Sofia blev besvikna och log förläget. De trodde att de hade bevarat hemligheten väl.

När sällskapet hade kommit fram till berget, fann de, antagligen på grund av de ändlösa turistströmmarna som upplevdes som klart störande, att banditernas gömställe var övergivet och troligen inte hade använts i åratal. De bestämde sig för att döpa banditgrottan till sitt "hem". Där fanns ju en mängd utensilier kvar, som skulle kunna komma till användning och vara till nytta. De lastade av furgonen och sedan gömde de skåpbilen så gott det gick bakom ett stenröse. Ur lastrummet tog Luigi fram ett kamouflagenät och det faktum att det rostiga fordonet inte var skinande splitternytt hjälpte också till att dölja det hyfsatt.

Morgonen därpå gav de sig av till fots till själva målet av resan. Calle och Sofia blev förvånade att se att man hade installerat elektrisk belysning i grottan. De blev också väldigt upprörda över allt skräp som låg där, läskedrycksburkar, skrynkliga pappersbitar och plastpåsar. All denna grafitti på klippväggarna gjorde de rasande. Det var inte så här man bevarade arkeologiska skatter! Luigi upplyste dem då att det var han, tillsamman med representanter för kommittéen för världsarvets bevarande av minnesmärken, som hade förmått att beveka Algeriets regering att stänga stället för allmänheten. De två långväga gästerna tittade tacksamt på honom och Sofia sade "Vi får väl börja med att städa upp i svinstian, då". De fyllde plastpåsarna med allt skräp och försökte att tvätta bort grafittin från väggarna. Detta lyckades bara halvbra, mycket satt fortfarande kvar. Men det de hade kommit hit för var lyckligtvis oskadat. Genom att rikta lampan i rätt vinkel trädde de tre figurerna fram på den släta ytan av grartstensplattan.

Med var sitt glas te satte de sig ner vid väggen på den motsatta sidan och betraktade den hexagonala plattan under andaktsfull tystnad. Plötsligt bröt Calle detta stilla tigande silentium och ropade tvärt ut "tänk, om det inte är vad vi kallar dans! Tänk, om det symboliserar någonting helt annat!" Var det möjligt att figurinerna bara pekade uppåt, det vill säga mot grottans tak. Fanns det något betydelsefullt där i berget? Guld, Uran? "Symbolisera? sa du", inflikade Sofia, "dessa vågrörelser, skulle de kunna representera Schrödingerekvationen? Och pekar på kvantbränsle i berget? Det skulle ju kunna vara en vägvisare till efterkommande, en liten hjälpreda att komma vidare på resan. Eller nåt". Sofia höll andan och väntade på ett våldsam skratt från de två männen. Men detta uteblev. Efter en stunds tystnad sa Calle "älskling, det var ju helt genialiskt! Visst, kan det vara nåt sånt!"

Luigi satt helt förstenad och såg ut som om han hade fått en djupt religiös uppenbarelse, som om han hade sett en ängel med vita vingar och glänsande strålkrans ovanför huvudet. “Jag visste det! Jag visste det! Ni har rätt! Nåt i den stilen! Kanske talar tavlans beskaffenhet om för oss vad det är frågan om. Skulle det kunna röra sig om ett mjukt kärnbränsle, som rhenium?” Han tänkte sig, aningen naivt kanske, att rhenium inte skulle lämna något långlivat och svårkontollerat radioaktivt avfall som vid användandet av klyvbart uran eller plutonium. Det skulle då inte behövas någon tung, klumpig kärnreaktor, utan det kunde alstras energi via lågrisk radioaktiva processer. Men skulle det bli nån energi att tala om? Till driften av ett jättelikt rymdskepp? Kanske. Tveksamt. För mer än en miljard år sen?

Calle och Sofia berättade om Hiri och invigde Luigi i den topphemliga existensen av hennes två tusen jättesmarta artfränder, samt att de som kollektiv “var ena baddare till encyklopedisk kunskap och fenomenala lösare av allehanda problem”. De föreslog att de skulle rådfråga dem. Samtidigt skulle de själva börja med att ta prover från berget för att fastställa om rheniumhalten skulle vara avsevärt högre än i den allmänna jordskorpan. Rhenium skulle ju finnas framför allt tillsammans med molybden, men även i platinamalm. Var det en platinaåder, och inte en guldåder, de hade ovanför sina huvuden?

All förekomst av rhenium som var större än en atom på miljarden skulle betyda jackpott. Det gällde att hitta den. Därför tog man prover från en mängd olika ställen av grottans tak, som skulle skickas till olika laboratorier i världen för undersökning. Proverna märktes med samma kod som ställena i grottan, så att man visste exakt var proverna var tagna. Ett praktiskt problem hade i början varit, hur man skulle nå taket fem, sex meter upp. Det hela blev lite vanskligt, när den lättaste av dem, Sofia, skulle klättra upp på det torftigt ihopsnickrade bordet, ovanpå vilket det stod placerad en ännu vingligare stol. Det visade sig att hela detta underverk av uppfinningsrikedom inte skulle räcka till, Sofia nådde inte.

Lyckligtvis skadade hon sig inte heller. Luigi drog sig till minnet att han hade sett en hög med tältstänger eller något sådant i den Islamistiska Befrielsefrontens vapendepå. Mycket riktigt hittade de pinnar i plast i olika längder. De längsta var två och en halv till tre meter långa och gick lätt att binda ihop. För varje stång gick det åt flera pinnar för styvhetens skull, men de var ändå inte lika stabila som riktiga stänger gjorda i stål, men de tjänade sina syften. Fast man fick göra om hela anordningen flera gånger och binda ihop stängerna på nytt. På ena änden fäste man en tältspik, vars spets hade vässats extra noga, och en liten påse av tyg (från Sofias kjol), för att samla in det material som hade skrapats loss.

Efter ett par dagars knep, knåp och skrap hade vännerna samlat in flera dussin prover från lika många ställen i grottan, prydligt katalogiserat dem och slutligen stuvat in dem i gamla gevärslådor för avtransport i furgonen. Samtliga fyndställen var märkta med samma kod som proverna därifrån. “Professional” märkpennor fanns i arkeologens skåpbil. Sex av proverna var tagna från slumpmässigt utvalda delar av grottan, på vğgarna och dess botten. Dessa prover utgjorde "kontrollmaterial" och var märkta som de övriga och skulle behandlas likadana av laboratorierna. De talade därför inte om för någon att sändningen innehöll "ett gäng fejkprover". Underförstått utgick de ifrån att man inte skulle hitta nämnvärda mängder av rhenium i dessa. Men skulle det vara annorlunda i proverna tagna från taket?

På vägen tillbaka till Tamanrasset pratade Calle, Luigi och Sofia mycket om vad de ansåg om deras prover. Spekulationerna var många och somliga av dem ganska vilda. Men en sak var säker, de tre var samtliga mycket uppspelta och spända. Det skulle bli olidligt att sitta och vänta på labresultaten. Och dessa kunde ta veckor att få fram.

IX. Trekommafjorton Kvadratkilometer

Hirisarna presenterade ett delmoment av det första av sina förslag till Camp Hiri's kommendant. Detta gällde en kommunikations- och forskningsstation på baksidan av Månen. Därifrån skulle man kunna ostört kommunicera med kolonin på Mars, vars uppbyggnad var ju fas ett i hirisarnas utkast. Denna plan var mycket mera utarbetad i detalj och utnyttjade det faktum att ett teleskop skulle alltid befinna sig i skuggan av allt brus och oväsen från Jorden. Ett stort teleskop skulle sålunda kunna nå oanad känslighet och krävde därför bara små och ytterst energisnåla sändare på Mars och i synnerhet framöver på de planerade interplanetära farkosterna. Det fanns ju flera reläsatelliter i omloppsbanan kring Månen, som skulle vidarebefordra signalerna till moderplaneten Tellus.

En annan, mycket spännande, aspekt av den enorma känsligheten var att man kunde se ända till universums "rand". Idén med ett stort, fullt manövrerbart teleskop på Månens baksida var ingalunda ny i sig, men det praktiska genomförandet behövde nya tekniska lösningar. Konventionella transporter av tusentals ton från Jorden till Månen var av finansiella skäl uteslutna. Hirisarnas förslag av ett drygt tre kvadratkilometer stort stryrbart teleskop byggde på deras sinnrika tillverkning och användning av stora dopade grafenfilm. En teleskopdiameter på ett par kilometer var inte längre en teknisk omöjlighet. Eftersom själva "huvudspegeln" skulle väga mindre än fem kilogram var dess transport till Månen inte längre något hinder.

Den betydligt mindre "skundärspegeln" skulle väga långt mindre än hälften och skulle följa med *pro bono.* Med tanke på Månens låga tyngdacceleration skulle spegelns supportstruktur kunna tillverkas av balsaträ och inte väga mer än fem ton, vilket skulle vara en lätt match för tillgängliga nyttolasttransportörer. Tack vare frånvaron av en tjock atmosfär och starka vindar, som skulle deformera teleskopytan, skulle denna lättviktskonstruktion av giganteleskopet vara fullt möjlig. Teleskopets styrenhet i huvudsakligen litium skulle lätt kunna få åka med som "barlast". Materialet till hela teleskopet skulle sålunda kräva endast en enda uppskjutning av ett lastfartyg. Med sådana goda ekonomiska förutsättningar skulle det här projektet helt klart vara genomförbart.

Byggandet av "forskningsstationen" genomfördes sålunda också snabbt, eftersom militären hade brått-om, bråttom. Som bas för ny kunskap var projektet ingalunda hemligstämplat. På så vis kunde generalerna helt öppet rättfärdiga de höga kostnaderna och kringutgifterna i kongressen. Uppgifterna om detta stora arbete fick stor genomslagskraft i offentliga medier som tidningar, radio och tv sändningar, samt spreds i ofantlig upplaga via det allomfattande internätet. Flera av regeringens medlemmar tog äran åt sig för detta grandiosa monsterbygge, men hirisarnas roll i det hela, och även deras blotta existens, talades det dock inte om.

Hirisarnas egentliga avsikt med teleskopbygget var att man alltid, över väldiga tidsrymder och var man än befann sig i Vintergatan, skulle kunna veta exakt var deras eget solsystem befann sig. Saker och ting på himlen är ju inte oföränderliga, utan ΠΑΝΤΑ ΡΕΙ, som någon vis person så vackert sade för länge sedan i Efesos.

X. Klonrike

Eftersom hirisarna var resultaten av kloning av en enda individ, skulle de rent teoretiskt alla vara helt och hållet identiska och i strikt mening exakta kopior av sin moder. I den verkliga, darwinistiska världen slank det dock, här och var, in små fel vid kopieringen av trippelhelixen. Oftast obetydliga, men i sin helhet kunde det finnas nästan omärkliga små avvikelser från originalet. En del yttre mutationer kunde dock vara klart märkbara. En del hirisar var längre, andra kortare än genomsnittet. Vissa vägde mer och andra mindre. Hårfärgen kunde skilja sig en aning från individ till individ. Hirisarna var väl medvetna om sin individualitet och odlade den med stolthet.

I stället för de nummer de hade fått sig tilldelade av lägerledningen använde de namn på sig själva. De hade valt namnen mest av estetiska skäl, namn som de tyckte passade deras personlighet. De flesta nöjde sig med ett enda namn, oftast förnamnet, som den blonda Nina. Medan andra hittade på även efternamn och en del till och med mellannamn, så som till exempel Elizabeth Rosamunde Sailor. Det fanns de som hade fått smeknamn av sina kamrater. Böni ville egentligen heta Astrid, men kallades Böni, eftersom med sina nittiotvå centimeter i strumplästen var hon klart längst av de alla.

De flesta klädde sig individuellt, hade olika hårfrisyr och några använde smink. Men när det gällde deras hirishet, var de fullständigt ense med varandra och slöt sig samman i denna överväldigande gemensamhetskänsla av deras varma kollektiva samvaro. Att få alla dessa ingivelser, nya idéer och “aha” upplevelser var något underbart och liknade näst intill en religiös uppenbarelse. För att uppnå denna Nirwana liknande känsla, behövde hirisarna ha både andlig och fysisk kontakt och därför närvara i en gemensam samlingsal, det så kallade koitalsociala rummet eller klonrike. I klonrike fanns så mycket mera att finna än guld.

Skeppen till Mars, asteoriderna och Kuiperbältet byggdes på “Varvet”, drygt femtio mil från GLTn, som Giant Lunar Telescope förkortades. Varvet hade vuxit till en enorm anläggning och bygget hade varit i gång under fem år. Oavbrutet, dygnet runt. Fartygen för “solsystemutforskningen” var avsedda för fyrahundra hirisar vardera och blev successivt större. Extra personal för fartygens besättningar behövdes ej, eftersom deras uppgifter klarades av utbildade hirisar. Det stora skeppet till Mars, Koloni 1, var redan på väg ett tag och skulle nå sitt mål vilken dag som helst.

Den färdiga konstruktionen av de fyra bältesskeppen använde sig av förproducerade moduler. Denna flygande bands fabricering gjordes vid “elltoo”, en plats i tomma intet flera månavstånd bort. Alla ville till elltoo, fast det var inte många som visste att det stavas *L 2*, vad namnet betyder och varför man skulle just dit. De två systerfartygen Astor 1 och Astor 2 skulle glida fram till bortom Marsbanan med hjälp av de stora solseglen. När man närmade sig asteoridbältet, skulle seglen åter igen packas ihop och stuvas ner. De två rymdskeppen skulle sedan demonteras i mängder av mindre "båtar" för att minska risken för kollision med de myriader av stenblock som var i omloppsbana bortom Mars och utgjorde själva asteoridbältet.

Samma system tillämpades för Kuiper 1 och Kuiper 2, fast med ett betydligt större antal moduler. Det var tänkt att dessa två skepp skulle slutmonteras bortom asteoridbältet. Trots att de var avsedda för de små hirisarna, som ju bara behövde en pyttebråkdel av förnödenheter av vad ett motsvarande antal människor skulle ha varit beroende av, så skulle dessa rymdskepp bli gigantiska. Hirisarnas egna utrymmen skulle finnas i en dryg kilometer lång ring runt den mer än hundra meter stora samlingslokalen med en genomskinlig kupol på varje sida. Dessa skulle vara passagerarnas stora fönster mot rymden, så att hirikollektivet skulle kunna betrakta Vintergatans underliga prakt och få själslig kontakt med världsalltet.

Byggandet av de två flaggskeppen fortgick parallellt, krävde enorma resurser och skulle ta ytterligare mer än sex år. För säkerställandet av tillgång till byggmaterialet hade Amerika ingått vidförgrenade globala allianser, förutom med Kina och Ryssland som båda vägrade. De flesta länder bidrog frivilligt och ställde sina leveranser till solsystemsprojektet till och med gratis till förfogande. Det så viktiga litiumet fanns framförallt i Kina och det fick man betala dyra pengar för. Kineserna var lika snåla som en göteborgsk professor och hade höjt världsmarknadspriset med flera hundra procent. "Mycket kommunistiskt, väldeligen solidariskt, ytterst älskvärt", kommenterade Hiri sarkolakoniskt.

Ryssarna fruktade de uppblossande krigens eskalering och hukade ner bakom ett berg av missiler. De stödde palestinierna, som stöddes av Hizbollah, som stöddes av Iran som var i krig med Israel. Syrien såg sin chans att, efter flera decenniers förödmjukelse, återerövra de levantinska Golan höjdena. Israel hann avfyra en atombombsmissil mot Damaskus, men staden hade legat i ruiner redan innan dess. "Alltså ingen skada skedd", anmärkte någon cyniskt. Men nu tillkom de miljontals dödade palestinier i de syriska flyktinglägren. Förutom den förödande explosionen i Tel Aviv hade ytterligare två iranska missiler slagit ner i Haifa och Besheba. Israel låg i spillror, mjölk och honung hade slutat flyta, och hälften av dess befolkning hade dödats eller lemlästats. Merparten av dem hade arabiska rötter. Den andra halvan var på flykt. De besuttna sökte sig till Amerika, men huvudandelen begav sig till fots till asyl i Egypten.

Största delen av Iran hade förskonats av direkta nukleära träffar, eftersom Israel inte hann med att verkställa hela sin planerade vedergällning. Dock blev det gamla Susa, numera Shush, bokstavligen pulveriserat. Landets hela befolkning utsattes för kraftiga strålningsdoser med hemska skador till följd. Insjuknandet var förfärligt och ytterst smärtsamt. Folk dog som flygor. Likhögarna växte för varje minut till stinkande, oanade höjder. Pesten lurade runt hörnet. De som orkade begav sig till Irak, i hopp om att de skulle finna shiitiska vänner där.

XI. Devastatio Telluris

Det internationella politiska läget hade på sistone avsevärt försämrats och polariseringen mellan öst och väst och nord och syd hade, om möjligt, till och med tilltagit. Den självsäkre och självgode generalsekreteraren av det kommunistiska partiet i Nordkorea blev övertygad om att "hans tid" var kommen. Han beordade sina kumpaner vid raketbaserna att bestycka och tanka interkontinentala hypersoniska robotar. På hans kommando avfyrades ett första varningsskott mot Amerika.

För att försvåra utländska spioners identifiering av Nordkoreas nukleära mål i USA hade de nordkoreanska IT-kamraterna krypterat hemadresser av godtyckligt valda individer i sagda målområden. Adressen i Washington D.C. råkade tillhöra en viss Vladimir Ostok, "senior computer system analyst" stod det på dennes visitkort. På grund av en liten egenmäktig autokorrigering vid programmeringen av målkoordinaterna, som utfördes autonomt av den intelligenta AI-mjukvaran, så sändes nukleärt bestyckade missiler från Nordkorea, i stället för till Washington D.C., till Vladivostok, inte långt från gränsen mellan Nordkorea och Ryssland. Ryssarna hann inte se vad som skulle komma.

Ryssarna blev, minst sagt, mycket arga och väntade inte in den vedertagna gången inom den högre diplomatin, utan skickade omgående ett batteri liknande manicker till den Käre Respekterade Ledarens huvudstad. Folk i Kremln hade sedan en tid med oblida ögon sett Kinas beskyddande hållning gentemot Nordkorea, och Kina var inte Rysslands vän. Kreml lämnade en “preliminär krigsförklaring” till Kinas ambassad, men avvaktade med att ta till vapnen.

I norr hade nästa generationens Kamchatkakrabbor fått nio ben, en omständighet som gillades och välkomnades av världens gourmeter. Bara de undvek att dinera i enbart stearinljusens intima sken, krabborna lös svagt grönt. I söder hade de allra sista resterna av Belugastörpopulationen försvunnit, en omständighet som ogillades och noterades av världens gourmeter. Den totala utrotningen av en hel art, som överlevt naturens nycker under hundratals miljoner år, var nu ett oåterkalleligt faktum. I Rysslands centrala delar tappade tigrarna päls och tänder och vissnade långsamt bort. Ytterligare en art höll på att försvinna från Jordens yta för alltid.

I den norra delen av Korea hade de stora statyerna av de stora ledarna förvandlats till smält metallskrot. Pyongyang var en folktom grushög, utan de glada, lyckligt sjungande massorna i sina röda pionjärshalsdukar, som man hade sett på tv i reportage därifrån. Den fule, och i motstas till sina landsmän och dito kvinnor, fete raketmannen hade krupit ner under jorden och var ingenstans att se. Han hade gömt sig trettio våningsplan ner i sin privata bunker och fördrev sina fönsterlösa dagar med att titta på Walt Disney’s tecknade filmskapelser.

USAs underrättelseorganisationer hade inte legat på den lata sidan och tämligen snabbt kommit underfund med, vad som hade hänt. Att explosionen i Vladivostok hade varit avsedd för District of Columbia's Washington gjorde folk i Vita Huset mycket upprörda. Därifrån meddelades den kinesiska ambassadören att denne skulle meddela sina nordkoreanska vänner att USA skulle förklara denna agressiva förbrytarstat en "preliminär krigsförklaring".

Detta hade aldrig hänt förr, att överlämna en "preliminär krigsförklaring". Vad skulle det betyda? En krigsförklaring brukar ju vara en definitiv, slutgiltig sak. Men formuleringen "preliminär och definitiv, slutgiltig" tydde på klena kunskaper i semantik. Skulle denna för politiker så typiska rappakalja vara ett försök att dölja ett kanske mindre barnsligt budskap "Aja Baja! Gör inte om det, annars så..., ", ja, annars va'då?

I Pyongyang väntade man inte på svaret utan laddade om. Den Käre Respekterade Ledaren förklarade för sina generaler "Amerikanerna är rädda!" och de flesta bröt ut i jubel och applåderade överdrivet länge. Ett fåtal var skeptiska, men sade inget. Man talade inte emot sin gud. Man gjorde vad guden befallde.

Nordkoreanerna avfyrade ytterligare några interkontinentala kärnvapen, men dessa gensköts av det amerikanska rymdförsvaret och samtliga oskadliggjordes. Denna akt av nordkoreansk fientlighet besvarades resolut med storskalig bombning från luften och våldsam beskjutning från havet. Artilleripjäserna var högexplosiva men konventionella vapen utan klyvbart material. Eftersom det subtropiska landet saknade heltäckande regnskogar, var Nordkorea ett mycket enklare mål att ödelägga än Vietnam. Kineserna kände sig nödgade att bistå sin uppkäftige bundsförvant och lämnade, något tafatt, in en protestnot till Förenta Nationernas Generalförsamling.

På grund av deras nyss förvärvade beroendeställning anslöt sig flera länder, de flesta söder om ekvatorn, till Kinas protest. Spänningen i världen hade nått hundratusen Volt och minsta lilla gnista skulle vara tillräcklig att få hela denna krutburk som kallas Tellus att explodera.

Det ironiska med denna utveckling var att i första halvan av tjugohundratalet lade man mycket diskussionsmöda på att dryfta temat "klimatkrisen" och hur man skulle "rädda vår planet". Det talades mycket och gjordes också en del. Inte tillräckligt mycket, men ändå. Man lyckades minska ökningen av det globala temperaturgenomsnittet. Isarna på polarkalotterna fortsatte dock att smälta i oroväckande takt. Likaså gjorde inlandsglaciärerna. Stormarna tilltog i antal och styrka och förstörde miljoner människors hem. Saharas utbredning höll på att fördubblas och dess invånare höll på att på grund av den ihållande torkan svälta ihjäl i tusental.

På andra håll tyckte somliga att det var "för jävligt" att det saknades snö i fjällen, så att man inte kunde åka skidor. Hm, olika folk har då olika prioriteringar.

Sofia hade haft för avsikt att tillsammans med Calle tillbringa deras silverbröllop på en av Beldivernas sagolikt vackra öar. Dessvärre hade atollerna i semesterparadiset försvunnit i den Indiska Oceanen. Det gick inte mycket bättre för stora delar av fastlandets Pangla Pech, vars befolkning led av efterdyningarna av våldsamma regnfall som ledde till vidsträckta översvämningar samt kolossala jordskred. Många förlorade sina hem och, vad värre var, sina liv.

Mänskligheten var slutligen på randen till sin egen självförvållade utrotning, helt i egen regi och utan hjälp. Så sapiens, sapiens. Vad skulle hinna först, ett globalt kärnvapenkrig eller en global klimatkatastrof?

XII. Saharas Mirakel

Det hade blivit så gott som outhärdligt för Calle och Sofia att vara kvar vid grottan. Detsamma gällde Luigis hem i Tamanrasset. Det katastrofalt hopplösa försörjningsläget hade gjort det omöjligt att stanna, det fanns varken vatten eller någoting att äta. De tog Luigis skåpbil och körde tvåtusen kilometer rakt norrut, mot ökenlandets huvudstad Alger. Därifrån skulle de ta en båt till Genua och sedan vidare till Göteborg. Luigi skullle hem till sina föräldrar i Milano och Crassasius-Werdhemarna tillbaka till Anna, Letitia och Hubertus. Samtliga föräldrar var till åren komna och somliga var kanske inte längre i livet.

De tre ökenresenärerna hade så gott som inget vatten med sig. Det lilla som fanns kvar i plastdunken höll på att bli skämt, något som inte ens de otaligt många klortabletterna förmådde att dölja kängre. Denna varma sörja var till både lukt och smak helt enkelt vedervärdig. Sonja tog en klunk, fick inte ner den och kräktes över Calles älsklingströja i Luigis bagageutrymme. Efter åtskilliga mil kom de fram till en liten by, några hus i gulgrå lertegel vid vägen. Byns *Supermarché*, ett litet mörkt utrymme med en enkel bardisk, drevs av en medelålders man.

Sofia frågade med nästan ljudlös, kraxande röst efter vatten. Mannen bakom disken log, vände sig om och öppnade dörren till något som kunde vara ett kylskåp. Han tog fram en liten metallburk och räckte den till Sofia. Burken hade imma på utsidan och på vissa ställen gick det att se att den tidigare hade innehållit Libby's kaffegrädde. Sofia nickade tacksamt, tog emot burken och drack det ljuvligt kalla vattnet i ett enda svep. Sedan såg hon sig omkring, rullade med ögonen och sade, "detta var det godaste vatten jag någonsin har druckit i hela mitt liv".

Hon vände sig till butiksägaren och bad om två till, en burk för vardera Calle och Luigi, och ville veta vad hon var skyldig. Butiksägaren bara skrattade och lät förstå att i Algeriet kostade vattnet inget, "där det finns, finns det för alla, sån är lagen i öknen". Tyvärr hade han inget mera. Detta hade varit det enda vattnet i huset och han hade haft för avsikt att ha det i sitt kylskåp fram till kvällen. Under Ramadan finge man ju inte dricka på dagen, inte ens svälja sin egen saliv. "Men sedan hade Allah skickat denna främling som var i behov av vatten. Och hon fick det".

Sofia blev alldeles matt och förstummad. Hon hade alltså druckit upp mannens vatten, mannen som längtade efter att få dricka efter solnedgången. Hon hade tagit emot denna värdefulla gåva helt ovetande, men skämdes så att hon började gråta. Calle och Luigi hade väntat utanför, men störtade nu in till butiken. När de hade hört vad som hade hänt, ville de absolut ge denne gode samariten några pengar, men denne vägrade envetet att ta emot dem. "Här är det förbjudet att ta betalt för vatten, det är allas egendom."

När de fortsatte, försökte de att anstämma en glädjesång, men männen hade tappat sina röster och fick inte fram ett ljud ur sina av törsten uttorkade och ihopsnörda strupar. Hundratals kilometer längre bort, fem mil utanför In Salah, kom de till en bensinmack, mitt ute i ingenstans. Förutom diesel och bensin kunde man där köpa färdigtbuteijlerat vatten, vilket uppenbarligen var tillåtet. De fyllde furgontanken med bränsle, lastade på en back med vattenflaskor och körde de trettio milen tillbaka till Sofias "vattenhål". När de var framme kunde de bevittna en färgsprakande, ofantligt vacker solnedgång. Luigi menade att han hade hunnit se den "gröna blixten", men det var han ensam om.

De överraskade samariten i hans butik och pekade på dennes kylskåp. Samariten skakade ursäktande på huvudet, där fanns ingenting. Men Calle och Luigi fyllde skåpet med vattenflaskor och på detta vis betygade de sin tacksamhet. Samaritens ögon skimrade av tillbakahållna tårar. De tre resenärerna tillbringade natten i samaritens hus, tillsamman med dennes familj. Det dracks en ansenlig mängd sött sött te med färsk mynta. Nu hade de ju vatten och alla tackade Allah för detta mirakel.

Morgonen därpå gav de sig av tidigt, under människornas morgonbön och resten av resan förlöpte händelselöst. Vid ombordstigningen i Algers hamn ville tulltjänstemännen veta, varför de hade med sig så ofantligt många glasampuller med grus i. Ville de stjäla och smuggla ut det algeriska folkets mineraltillgångar? Hade de stött på en guldåder? Värdefullt uran?

Många diskussionstimmar och många mutdinarer senare så kom man äntligen ombord, med mineralproverna i oförstört skick. Det som hade avgjort förhandlingarnas lyckosamma avslut var tulltjänstemännens märkligt gränslösa intresse för utomjordingar. Sofia hade utnyttjat denna svaghet hos tullämbetets representanter och berättat sagor hämtade ur Erich von Dänikens samlade verk.

Båtresan var sedan ganska anmärkningslös, snarare tråkig, som läsning av Döda Havsrullarna. Väl tillbaka till “civilisationen” förság Calle och Sofia olika lab med prover från grottan, vilka innehöll också material från kontrollgruppen.

Analyserna bekräftade vad de hade väntat sig och hoppats på: proverna från taket innehöll typiskt mångmiljardfalt fler rheniumatomer än de från grottans botten.

XIII. På Väg

Calle och Sofia underrättade omedelbart sin dotter om de positiva testresultaten från samtliga laboratorier. Hiri blev sprudlande glad av nyheten och hela hirikollektivet bröt ut tillsammans med henne i festyra. Många dansade. I eleganta vågrörelser med upphöjda armar.

Hiris samtal med sina föräldrar förlöpte initiellt aningen konstlat. Hiri befann sig för tillfället på byggarbetsplatsen för Kuiper skeppen och det tog över en timma att få svar på en fråga. Till exempel, så kändes responsen "vi älskar dig med" till hennes avskedsord "jag älskar er" onödigt onaturlig. De ändrade sin konversation till skriftlig korrespondens vilken sändes via Månen. Det blev då åtminstone ingen tidsfördröjning mellan meningarna, men gav samtidigt en föraning om, hur postgången skulle gestalta sig den dagen Hiri slutgligen skulle ge se iväg på långfärd.

En grundläggande fråga som sysselsatte dem alla var "vad betyder det hela? Hade någon eller något lämnat ett meddelande? För typ en miljard år sen?" Detta var en svindlande tanke som inte gick att acceptera. Inte lättvindingt i alla fall. Diskussionerna bland hirisarna var i full gång. På Jorden torterade Calle, Luigi och Sofia sina hjärnor utan att komma fram till någon vederhäftig slutsats. Däremot hade hirisarna ett par vettiga förslag. Utgångspunkten var att denna grartstenstavla inte kunde ha ett naturligt ursprung. Det torde röra sig om någon slags artefakt, men inte nödvändigtvis tillverkad i ordets allmänt vedertagna betydelse, det vill säga tillverkad av människohand. Skulle åldersbestämningen av i runda tal en miljard år eller äldre vara korrekt, så diskvalificeras ju uppenbarligen människosläktet. Eller vilket annat släkte som helst, för den delen. På Jorden, helt bestämt.

Varelser från Mars? Från fjärran världar? Där gick hirisarnas uppfattning isär. En stor skara ansåg att liv i solsystemet kunde vara en realistisk möjlighet och föredrog verkliga besök från endera Venus eller Mars, när Jorden fortfararande var obeboelig. Men stjärnstoftanhängarna hade fått vatten på sin kvarn. I det kosmiska perspektivet är en miljard år inte så våldsamt mycket och för en miljard år sedan var Vintergatan redan tillräckligt gammal och vuxen för att ha haft flera generationer av stjärnvandrare eller deras budbärande maskiner.

Det enda som stod klart var att man inte kunde enas om ett enda gemensamt förklaringsalternativ. Att åsikterna gick isär skulle dock inte vara skäl nog att så osämja bland hirisarna. De älskade varandra och olika uppfattningar om dit eller dat kunde inte ändra på det. Vad gällde deras uppdrag skulle ju detta förhållande inte heller ändra någonting i praktiken. Invånarna i bosättningarna på Mars skulle hur som helst snart börja leta efter tecken på tidigare liv där. Och inom tio år skulle det har tagits många prover av det bråte som flöt omkring i Kuiperbältet.

Som det uttrycktes så kärnfullt av paleozoologen professor Isabel Martinez-Svensén från Vaduz i en direktsänd tv intervju "finns det nåt intressant där ute, får vi veta detta efter sju snabba timmar".

Hiri gjorde klart för sina föräldrar att hirisarna behövde grottans rhenium. Efter ett kort tags överväganden, som på grund av de interplanetära avstånden tog flera timmar, föreslog de att Luigi skulle vara den som skulle ombesörja kontakterna med de algeriska myndigheterna och också vara platsansvarig vid grottan.

Myndigheterna kände Luigi väl, då han vid flera tillfällen hade fått utgrävningstillståndsansöknigar beviljade. Han argumenterade att det var ett absolut måste att han personligen var på plats för att se till att de arkeologiska skatterna inte kom till skada eller till och med förstördes. Han skulle också ha med sig vakter han litade på som skulle säkerställa att ingen stal något av den värdefulla metallen. Planen var nämligen att bryta platinamalmen för den algeriska statens räkning, men i hemlighet utvinna rheniumet för eget bruk.

Efter långa palavrer i Algers regeringsbyggnader kom man slutligen överens och skrev under de nödvändiga dokumenten. Samtliga parter ansåg att de hade gjort en bra affär. Och det var ju tacknämligt. Luigi visade sig vara oerhört effektiv och gruvdriften kom sakteligen igång efter bara några veckor. Grartstensgrottans tak innehöll den oerhört höga halten av den begärliga rheniumisotopen på nästan ett halvt gram per ton malm. Detta var helt unikt.

Bärgningen av skatten var dock ingalunda ofarlig,

i och med att bortforslandet av malmen ovanför grottan betydde risk för ras och hotade att begrava gruvarbetarna. Och väggmålningarna. Och grartstensplattan. Detta fick bara inte hända! Luigi såg mycket allvarligt på denna risk. Han ville inte enbart förlita sig på sin "buona fortuna" och vidtog en rad försiktighetsåtgärder för att stabilisera berget. Hans arbetare stötte först väggarna med pelare och stag och sedan gjöts insidan av skaktet med armerad betong. Allt efter hand var det sedan fritt fram att också installera en hissanordning för transport av folk och malm. Men det var mycket trångt. Och syrefattigt.

För att utvinna den nödvändiga mängden rhenium för de två långseglarna behövde man bryta hundratusentals kubikmeter malm, mer än hundra meter snett upp inuti berget, likt gången till kungakammaren i Cheopspyramiden. Förhoppningsvis höll den ymniga fyndigheten av platina och rhenium i sig.

Efter åratal av byggande av skeppen, vilket inkluderade testandet av nya koncept och utprovningen av helt nya teknologier, var det då slutligen dags för "taklagsfest". På de två flaggskeppen hade hirisarna fäst färggranna kransar som var femtio meter i diameter och som hade flätats av återvunnet byggavfall. Efter den vilda festen med "hembryggt" öl satte man segel och skeppen började sakta glida ut ur elltoo på deras gemensamma jungfrufärd. En del hirisar kallade turen för svenränna, åkallandes könens likaberättigande. I övrigt var hirisarna normalt inte speciellt pryda. Det hände att lusten bara plötsligt föll på dem och att de kunde kopulera där de just befann sig, i det offentliga eller i det privata rummet. De saknade också gängse fördomar om sexuella preferenser. Dessa angick bara de berörda parterna.

När skeppen närmade sig asteoridbältet demonterade hirisarna fartygen vilket resulterade i en ansenlig flottstyrka av mindre "båtar" som var lättare att navigera genom detta hav av olika stora stenblock. Vid Jupiter monterades rymdskeppen ihop igen och dessa tog med planetens hjälp sats för att slungas ut ur solsystemet, långt nedanför dess plan. På så vis minskade man kollisionsrisken med Kuiperbältets kroppar.

När solvinden mojnat och strålningstrycket blev för klent, använde hirisarna sin specialutvecklade kärnkraftsdrift med mjukmedel, utan explosiv kedjereaktion. Det var detta de hade behövt rheniumet till. En annan läcker, novel detalj rörde solseglen, som var tillverkade av tunna lager av förstärkta grafenblad. Hirisarna ändrade seglens raka, plana form till nära nog perfekta konkava sfäriska ytor. De skulle hädanefter användas som gigantiska teleskop, så att de alltid skulle peka mot solen. Hirisarna skulle i all framtid veta var deras hemmastjärna Solen är. Eller rättare, har varit.

XIV. GHC 1

När Kuiper 1 och Kuiper 2 passerade Pluto, fann hirisarna att denna pytteplanet var omgiven av långt fler än de fem månar man hade känt till. De utförde diverse mätningar och beräkningar och katalogiserade sina resultat i detaljerade och översiktliga tabeller. De digitaliserade resultaten sändes sedan till Jorden. Hiri och hennes systerbröder fövånades av att de inte ens efter mer än ett dygn hade nåtts av ett bekräftande svar att Jorden hade tagit emot meddelandet. Inte ett pip, inte ett tack, *nihil.*

Hirisarna svepte över alla tänkbara och otänkbara frekensband, med föga tröstande framgång. Förutom enstaka störningar, antagligen brus från solen eller Jupiter, hittades inga meningsfulla signaler. Trots ihärdiga och förnyade anrop förblev deras mottagare knäpptysta. Hirisarna befarade det värsta: hade det sista världskriget brutit ut och ödelagt den "blåvita pricken"? Om detta var apokalypsens *facit*, hade ju homo dubbelsapiens lugnt kunnat fortsätta med att förbränna fossila bränslen och inte behövt göra något åt den hotande klimatkatastrofen. Dubbelsapiens hade själv hunnit före med en alldeles egen tillverkad nukleärkatastrof. Duktigt. Bra Gjort! Men kanske var det dags att kalla denna hominid för *homo stultus stultus.*

Hiri var alldeles förtvivlad och tom inombords. Att inte veta, vad som hade hänt med hennes föräldrar, försatte henne i ett tillstånd av apati. Hon var oförmögen att utföra sina uppgifter som hirisarnas gammelmor och lämnade över ledarskapet till Gudni Helgedottir. Gudni var stationerad på systerfartyget Kuiper 2 och ansågs ytterst lämplig för chefsjobbet. Hon var en parat liten varelse, liten till växten till och med för en hiri, men med en enormt stor hjärnkapacitet. Längden på hennes avlånga huvud var nästan halva hennes kroppslängd.

Gudni satte omedelbart i gång med arbetet. Framför allt behövde man veta åt vilket håll man skulle åka. Elizabeth Rosamunde Sailor hade hittat en nyutkommen artikel i en av de astronomiska facktidskrifterna som hon visade för Gudni Helgedottir. Det gällde en "anomali" på södra stjärnhimlen. Denna hemisfär var inte lika väl studerad som den norra, eftersom de flesta astronomer hade bott och haft sina teleskop på den "övre delen". Som planerat, så hade Jupiter slungat ut dem åt just det "nedre" hållet.

Nära stjärnan ω Pan i stjärnbilden Stekpannan hade man hittat ett litet område på himlen som var alldeles tomt på stjärnor. Området var inte stort, bara någon tusendel av en grad, men totalt svart. Inte ens rymdteleskopet Hubble 4 förmådde upptäcka en endaste liten fjärran galax. Detta var mycket anmärkningsvärt, för det brukade krylla av dem. För hirisarna betydde denna nyhet att man troligen hade hittat en klotformig hålhop. De kallade den GHC 1, där förkortningen i det vedertagna vetenskapliga språket stod för *Globular Hole Cluster* number one. Avståndet till omega Pandellae var ju välbestämt, men det var omöjligt att lista ut hur långt det skulle vara till GHC 1. Lika långt? närmare? längre? det var omöjligt att avgöra. Att ligga nära på himlen behövde inte betyda någonting, det var ju bara en tvådimensionell projektion av deras verkliga lägen.

Tack vare det enastående rymdprojektet STELLA i början av det tjugoförsta århundradet fanns det en detaljerad matematisk modell av Vintergatans dynamik. STELLA, som numera omfattade de tolv farkosterna STELLA 1-12, hade kartlagt hundratjugo miljarder av Vintergatans stjärnor, samt upptäckt och uppmätt mängder av planeter. Med hjälp av komplicerade simuleringar av det ständigt skiftande lokala gravitationsfältet kunde man avgöra hur stjärnorna rörde sig och var de hade befunnit sig i det förgångna och var de skulle befinna sig i framtiden.

På hirisarnas stormiga stormöte diskuterades hur man skulle göra framöver. Efter mycket fram och tillbaka beslöt man att merparten av hirisarna på de två fartygen skulle befinna sig i hibermode. På vardera fartyg skulle alltid åtminstone två hirisar vara på respektive skeppsbryggan i ett år. Alla skulle väckas för att inta mat och dryck, gå på toa, duscha, borsta tänderna och så vidare. En och annan skulle kanske hinna med en snabbis. Sedan skulle det bli “vaktavlösning” för ytterligare ett år. När alla hade varit en gång på bryggan, skulle man ha färdats under två hundra år i riktningen mot ω Pan. Var man inte framme vid målet då, skulle man börja på en ny omgång. Stötte man på GHC 1 innan dess skulle vakthavande naturligtvis väcka de övriga. Samma gällde vid större reparationsbehov och haveri. Att vara bara två “man” på bryggan var en ren försiktighetsåtgärd för det fall det blev ett långvarigt strömavbrott. Som alla andra sysslor skulle också navigeringen kunna lämnas åt det stora antalet självgående robotar som fanns ombord de två rymdskeppen.

Efter nästan tre hela vaktombyten började det kännas som om man närmade sig GHC 1. Den ogenomträngliga svartheten framför dem utbredde sig inte nämnvärt, den fyllde inte ens deras synfält. Men de kände dess oemotståndliga dragningskraft. Fartygens motorer hade förgäves kämpat emot och de vakthavande hirisarna stängde av dem. De drev in i svartheten. Åt alla håll var det alldeles svart. Det var "svart" också i ombordelektroniken, solen hade man förlorat ur sikte. Det fanns inte ens en tillstymmelse till brus från radiomottagarna, inte den minsta heisenbergska fluktuationen från någonting. Det hela kändes mycket hemlighetsfullt och oförklarligt. Hirisarna upplevelse liknade den som om de åkte in i en tunnel, men de kunde inte varsebli några väggar, ingen botten, inget tak. Inget upp och inget ner. De såg inte något ljus framöver, inte slutet av tunneln. De kunde inte beskriva, uttrycka i ord, vad de upplevde.

Frommsmann-bryggan såg inte alls ut som Hiri hade föreställt sig den. Hon hade tänkt sig att bryggan skulle vara som en tunnel där ingången skulle vara ett hål och grottan kunde liknas vid en utvidgad kondom som skulle avsmalna framåt. Och att de skulle bokstavligen gå igenom den, en och en, i ensam fil. För att sedan stiga ut i något som såg ut i stort sett som det de hade klivit in i, en oändlighet av stjärnor och galaxer. Nu var hon inte så säker längre att de faktiskt hade gjort en dimensionspenetrering. De satt ju kvar i sina rymdskepp. Det var i alla fall det hon trodde.

De hade inte haft någon kontakt med det andra fartyget på ett tag. Var Gudni Helgedottir och alla de övriga fortfarande där? Hiris kamrater såg på henne med vidöppna munnar och stora ögon och väntade på något sorts utlåtande från hennes sida. Det hade ju varit Hiris idé att fara hit. Så, vad hände nu? Hiri försökte hyperfebrilt att komma på nåt vettigt att säga. Men det kom ingen blixtingivelse. Hon försökte avgöra huruvida de stod still eller rörde på sig. Det var omöjligt att säga, det kändes ingenting.

Plötsligt kändes det som om de tvärstannade. Hade de rammat ett osynligt "isberg"? Sedan rycktes det i skeppet och det gungades våldsamt från ena sidan till den andra. Fartygets strålkastarljus reflekterades inte av något eller någon. Der var fortfarande becksvart "utanför" och våldsamt obehagligt. Var det nåt utanför som gungade skeppet? Fanns där osynliga jättar?

XV. Att Röra vid Dunklet

Hiri och hennes systerbröder hade blivit rädda och de flesta var likbleka i sina långa ansikten. Hiri öppnade munnen för att säga något, när hon kände att någonting osynligt tycktes ta tag i henne och dra henne med sig. Hiri hade inte upplevt någon verklig fysisk kontakt med detta, vad det nu kunde vara. Hon vevade runt med armarna som Don Quijotes väderkvarnar, men det var som om hon slog ut i tomma intet. Samtidigt kände hon sig inte attackerad av någonting farligt. Fanns det en sorts medvetenhet runt henne och hennes systerbröder? Ett medvetande som var osynligt för dem? Sen höjde Hiri rösten och sa "kära systerbröder! Jag tror att vi har klarat det - vi har via en Frommsmann-brygga gjort en dimensionspenetrering eller vi är i begrepp att göra det. Vi har lyckats!" Jubel utbröt och det hördes mången lättnadens skratt. Sedan tillade Hiri "jag tror att vi är i den mörka materians rike. Det som kallas DM av forskarna. Det är tydligen helt ofarligt för oss allihopa. Det verkar som om vi är omgivna av ett storslaget och jättelikt medvetande. Likt våra egna medvetanden, så är detta medvetande också osynligt."

Plötsligt ryckte det till igen, avstannade abrupt, ryckte till, avstannade abrupt, gungade sakta, tvärstannade, gungade snabbare, tvärstannade, ryckte till och så var det stop. Skeppet rörde sig inte. Vad var detta? Orden flög igenom rummet. Alla ville säga något. En röst hördes från de bortre raderna. Det var Bella Amanda som sade "Det liknar typ Samuel

F.B. språk - kan det vara nåt sånt, morsekod alltså?" De flesta tystnade med en gång, som om de hade haft en gemensam aha-upplevelse. "Visst, kunde det vara nåt sånt", tänkte den andäktiga skaran. "Låt oss pröva en egen variant och se vad som händer", sa Hiri och började leta efter något att dunka mot skeppets väggar med. En av hirisarna hittade en skiftnyckel och räckte densamma till Bella Amanda med orden "Bella Amanda, gör din grej". Den Vackra Älskvärda tog emot skiftnyckeln och dunkade den tre gånger i golvet, "donk donk donk". Därefter drog hon skiftnyckeln en gång längs väggen, vilket genererade ett utdraget repande ljud "kriiiish". Hon fortsatte med "donk donk", "donk kriiiish donk kriiiish", "donk kriiiish donk", "donk donk donk donk", "donk kriiiish donk kriiiish" och avslutade med ett "donk kriiiish donk". Hon log och sa "*vi är här*". "Tror du att de förstår svenska?" var det någon som undrade.

Bella Amanda, som hade tänkt samma sak och därför förväntat sig frågan, svarade snabbt, "ingen aning. Med spelar det egentligen nån roll? Jag vet ju inte vad de talar för språk, om de nu talar nåt över huvud taget. Vi får väl avvakta och se." De behövde inte vänta länge, utan skeppet skuttade plötsligt tre gånger framåt, sedan gungade det lungt en gång och därefter pausade det. Skutt skutt, paus, skutt gung skutt gung, paus, skutt gung skutt och så vidare. Svaret var precis samma meddelande som hirisarna hade skickat i väg och var i princip bara en upprepning, fast i termer av båtryckningar och sjösjukegungningar. Även om meddelandets innehåll högst troligt inte blev förstått av de Dunkla Männen, som man kallade DM varelserna, så var detta dock bevis på deras existens och att de hade ett medvetande som förmådde varsebli andra medvetanden.

Eller var det verkligen det? Svaret var identiskt in i minsta detalj. Skutten, gungningarna och pauserna var exakt lika långa som deras. Till och med de olika ljudvolymerna hade härmats som graden av mjukhet i skutt eller gungning. Det hela verkade väldigt artificiellt. Som gjort av en maskin. Som i sin tur var tillverkad av vem eller vad? Hiri och hennes systerbröder var rådvilla. Vad skulle man ta sig till? Hiri vände sig mot sina kamrater "vi behöver få en entydig indikering för att svaret har lämnats medvetet och att avsikten har varit att försöka kommunicera med oss. För att kommunicera behöver vi något slags språk. Som båda parter kan förstå. Att förmedla våra tankar kan vara svårt. Till exempel, när vi tittar på en tavla, så ser vi helheten omedelbart. Vi varseblir alla detaljer i denna tvådimensionella skapelse simultant. Men att beskriva tavlan med ord skulle ta lång lång tid. För att vårt språk är endimensionellt, ett ord efter varannat, inte ord ovanför, nedanför, bredvid varandra, inte överallt. Skulle *vi* förstå ett två- eller till och med flerdimensionellt språk? Hur ska vi bära oss åt? Några förslag?"

Bella Amanda yppade en viss otålighet när hon utbrast "jag vill påminna er om anekdoten om de två gubbarna som satt bredvid varandra i var sin isoleringscell. I komplett mörker. Den ene var svensk från Umeå och den andre tibetan från en förort till Lhasa och deras språk hade inga som helst likheter med varandra. Indoeuropeiskt versus mongoliska, liksom. Dessutom låg det ett helt universum av erfarenheter mellan deras olika kulturer. De hade helt enkelt totalt olika referensramar. De kunde knacka på väggen som skilde dem åt, men kunde de kommunicera med varandra?" Frågan var retorisk och hon förväntade sig inget svar. Efter en liten effektsökande paus fortsatte hon med "men det viktiga i kråksången är att de båda tillhörde hominidsläktet. Deras språk, om än så olika, hade utvecklats av en gemensam nämnare, nämligen att de var baserade på hur människor varseblir sin omgivning. De hade samma sinnen, framför allt synen, men också hörseln och känseln. Och så lukt och smak, förstås." En lång konstpaus till. "Så, de två som inte kunde tala med varandra, hade dock en gemensam bas att stå på. De kunde koncentrera sig på det de hade gemensamt och inte på deras olikheter. Med tiden utvecklade de gemensamt ett alldeles eget språk. Inte helt olikt morsekoden. När vakten kom med mat, så knackade en av dem en gång, som betydde "Mat". Två knackningar betydde "Gott", tre "inte gott" och tre plus en skrapning "Äckligt". Sedan byggde de på och utökade sina ordförråd."

"Men som du sa, så tillhörde de ju samma biologiska art, samma gener liksom!" sa Danne Daneson på första raden. "Precis!" Nu såg Bella Amanda triumferande ut. Hon tog ett djupt andetag och sprudlade "filosofer som Bertrand Russell och Kurt Gödel, till exempel, och forskare som Erwin Schrödinger och

Frank Drake och flera flera andra före dem menade att det finns ett universellt språk, som alla intelligenta varelser i universum skulle förstå, oberoende av vad de var för ena. Och detta språk skulle vara matematiken. Med detta argument motiverade Carl Sagan sina meddelanden på Pioneer och Voyager sonderna. Dessa var ju avsedda att lämna solsystemet och flyga ut i den fria rymden och kanske plockas upp av någon. Vi kan väl testa detta, med matematiken, alltså. På så vis skulle vi kunna luska ut, om de Dunkla Männen fattar eller inte. Vad säger ni?" Ett utbrett bifallande mumlande åtföljt av ett kollektivt nickande kom till svars.

Bella Amanda, som fortfarande höll i skiftnyckeln, sa "vi kan väl göra så här" och slog i golvet "donk donk donk", paus, "donk donk donk donk donk", paus, "donk donk donk donk donk", lång paus, "donk", paus, "donk", paus, "donk donk donk".

Många såg frågande ut, men Hiri hade fattat meningen av dunkandet med detsamma. Hon deklarerade "Tolkar man antalet dunkningar som naturliga tal och om man dividerar talet före den långa pausen med det som kom efter, får man fram ett närmevärde på π. Och detta med en noggrannhet av en på tio miljoner, det vill säga $355 \div 113 = 3,14159292$. Detta tal dividerat med π ger $1,0000000849\ldots$, ganska nära eller hur?" Hon var minsann smart, den där Hiri.

Hiri hade knappt hunnit avsluta sin mening, när det blev ett våldsamt skuttande med hastigheten av ett avfyrat maskingevär och med väldigt korta pauser emellan "skotten". Det hela kom så pass oförhappandes att hirisarna inte var förberedda på vad som skulle hända. De flög omkring i salen som om de hade blivit kastade av en jättelik hand och landade huller om buller. De var helt omtumlade. Några hade dock uppfattat att det hela hade börjat med tre skutt, paus, ett skutt, paus, fyra skutt, ett skutt och sedan hängde de inte längre med. De var inte helt säkra på sin sak, men gissade att svaret symboliserade siffrorna i talet π, antagligen med hundratals, kanske tusentals, miljontals decimaler, innan detta sju helsickes skuttande slutade. Detta var ytterst besynnerligt! Hur skulle hirisarna tolka detta? Var det bevis på intelligens? Medvetenhet? Vilja till kommunikation? Men var det inte extremt snabba beräkningar som just maskiner var väldigt duktiga på? Kunde det vara fråga om avancerad AI som de hade att göra med? Sådan maskinintelligens som kallades *Liv 3.0* i en bok av citat: *världens smartaste svensk*?

I så fall hade maskinerna tagit över och dubbelsapiensens värsta mardröm hade besannats.

Bella Amanda tog, lite förlägen, till orda igen "kanske var det numeriska talspråket trots allt inte den rätta metoden för att komma underfund med, huruvida vi "gästar" andliga väsen och inte själslösa maskiner. Kan vi komma på nåt bättre?" "Kärleken!", utbrast någon och alla stämde in "Kärleken! Kärleken! Kärleken!" Stora vågor i ett hav av varma känslor skölde över dem. Dessa känslor omfamnade hela kollektivet och än en gång förmedlade till samtliga vad det betydde att vara en hiri. Ordet *kärlek* saknade en rationell förklaring, en definition, men alla visste vad ordet betyder. Alla kände kärlek, på djupet, till alla sina fränder. Till naturen. Till Jorden. Som de inte hade sett på evigheter.

Men nu fick man på Hiriskeppet koncentrera sig på att utveckla ett gemensamt språk med sina "värdar" och sedan etablera förnyad och fördjupad kontakt. Hirisarna tänkte följa svenskens och tibetanens exempel och börja med begrepp kring ordet "mat". Fast här kom ingen fångvakt och serverade mat. Hur skulle man bära sig åt? Hiri skakade på huvudet och sade "jag tror att vi måste börja från grunden. Vi måste förstå, vilka de är vi har att göra med. Jag antar att vi är i den mörka materians rike. Där används inte ljus och strålning, utan bara tyngdlagen. Men för att göra detta, det vill säga hantera och manipulera den, behöver man förstå gravitationen. De här DM figurerna förstår gravitationen på den mest enkla, subnukleära, ja rent av subjamesjoyceiska, nivån. De förstår universums lagar oändligt mycket bättre än vad vi gör. Vi behöver konstruera ett gemensamt språk baserad på matematikens lagar. Jag tror där har Bella Amanda rätt."

XVI. Kära leken

Deras gemensamma alfabet utökades allt eftersom. Hirisarna ristade tre- och fyrkanter av olika längder och breddar. Storleken beskrevs av antalet slag med skiftnyckeln, riktningen av ristningarna beskrev formen. Det ledde till gamle greken Pythagoras och de kunde utöka talriket utöver enbart det naturliga. Och så kände de ju till Arkimedes konstant, talet π. Det var naturligt att cirkeln gjorde sitt intåg, följd av sfären, trigonometri och sfärisk geometri. Resten gav sig sedan ganska naturligt. Det gick så småningom ganska smidigt att kommunicera med varandra medelst matematiska begrepp, men det visade sig vara betydligt svårare att förmedla ord som avsåg vardagliga ting, som mat, dryck och hunger. Vid försöket att introducera ordet *mättnadskänsla*, fick de frågan vad känsla var för talsystem. Hirisarna gjorde flera fruktlösa försök att förklara, men gav sedan upp.

Hirisarna ville veta vem de hade att göra med. På frågan hur många deras osynliga värdar var, fick de ett obegripligt svar, vars mening de hade tolkat som "en många många". På frågan om de kunde se hirisarna, svarade de "vad se?" Om man såg bakåt i tiden, varifrån kom då deras värd. Begreppet "bakåt" tycktes vara helt okänt för hirisarnas samtalspartner. Den lät förstå att den endast kunde "framåt". Dock etablerade man så småningom en ömsesidig förståelse för vilka saker man inte skulle bry sig om att dryfta, eller ens försöka att göra det. Efter ett mödosamt och långdraget arbete var man sedermera i stånd att hjälpligt samspråka med varandra.

Hiri visste fortfarande inte vad denna mystiska konversationspartner var för något. Hon kände dock att det var dags att göra något åt saken. En vansinnesidé genomkorsade hennes briljanta hjärna. För att visualisera begreppet *kärlek* skulle hisrisarna ställa till med en stor kärleksfest. Det skulle bli musik, dans och en hel del öl, men framförallt kramande, kyssande och kanske till och med lite rajtantajtan. Huvudsaken var att det blev kontakt, mycket kontakt, *varm kontakt.* Med hjälp av denna föreställning hoppades Hiri att de skulle "demaskera sin värd och se dess sanna ansikte". De övriga hirisarna var genast med på noterna. Att kärleka vad den bästa lek de visste. De sjöng med vackra stämmor lik älvor

Livet är underbart,
när underlivet är bart
och man kan få sig ett nyp,
la la la, la la la - typ.

och på flera håll började man att kela och pussas. Efter en stund intensifierades akten till ren koital verksamhet. Omfattningen av gruppknullandet skulle till och med ha fått den italienska parlamentsledamoten Cicciolina att rodna. De akrobatiska ställningarna som visades upp hade man inte sett ens i Kama Sutras originalutgåva. Hirisarna gav prov på förfinad förföringskonst och östmongolisk yoga på allra högsta nivå.

Scenen liknade en överbefolkad nordtysk badstrand och den utbredda nakenheten förvirrade deras "värd".

Denne ville veta varför hirisarnas mest värdefulla organ, alltså deras genitalier, befann sig så pass nära deras kloaker. Där skulle ju så fina saker inte vara! De borde finnas bredvid munnen, eftersom hirisarna uppenbarligen visade upp en show för att beskriva ordet *mat*.

DM hade lagt märke till att flera erigerade hiripenisar stod rakt upp som spön i backen och hade slutit sig till att den kopulerande skaran ville förmedla begreppet *varm korv*. Den fick det där med värme rätt, men knappast resten. Det där med *mat* var besynnerligt. Betraktade värden "inkräktarna" som nåt slags färska kalvschnitzel? I princip såg ju alla hirisar likadana ut och denna skara liknade en hjord av något slags kopulerande djur. Att slakta dem skulle därför antagligen inte frammana moraliska betänkligheter. Det skulle bara kännas som "hemmavid", helt naturligt med den självklara rätten att göra korv av dem.

Underförstått förstås, att deras värd funkade som folk hemma. Insikten gjorde Hiri mycket förskräckt, men också fundersam. Hon hade fortfarande inte fått grepp om var de var, och med vem eller vad. Hur länge skulle denna katt-och-råtta-lek pågå? Vad hade hänt med det andra skeppet? Skulle de någonsin återförenas? Ängsla, rådvillhet och uppgivenhet sköljde över henne.

Hiri kom att tänka på sina föräldrar. Avskedet hade kommit plötsligt och blivit väldigt hastigt, som om det borde snabbt skyfflas undan. Inga hjärtescener. Hiri längtade något våldsamt efter dem, så att det högg till i hennes platta bröst. Tårar rann nerför de långa kindarna. “De dog nog för länge sedan”, tänkte hon med smärta. “Enligt onbordklockan har vi hirisar levt i mer än sexhundra år. Förutom de tolv som inte längre är med oss. Trots att vi är så många har vi levt i harmoni med varandra, utan avundsjuka, hånskratt eller skadeglädje. Och, framförallt, utan svantelagen. Detta är en mäktig känsla.” För övrigt hade de tillbringat sina sexhundra år utan korruptionens börsnoteringar, utan känslokalla mobbare eller giriga spekulanter i människornas penningstinna krämarkultur.

Den långa separeringen från sina föräldrar hade gjort Hiri nedstämd under en längre tid. Hon var dessutom så förtvivlat olycklig över att inte ha träffat sin älskade Søren på evigheter. Den Søren Svaalby hon mindes var en gladlynt gutt från Höga Norden. De hade inte fått åldras tillsammans, men det hade de vetat och accepterat. I alla fall på låtsats. Søren var ju försedd bara med dubbelhelixceller och de höll inte så länge. Ändarna i dubbelhelixarna förkrympte redan tidigt. Hon skulle aldrig mer få träffa honom igen. Det smärtade nåt grymt.

Under hela kärleksfesten hade Hiri stått stilla som en saltstod. Hon hade gråtit sig torr. Men i hennes huvud flög tankarna runt i en virvlande dervischdans. Hon och de övriga hirisarna hade ju hela tiden ansett att de efter passagen genom Frommsmann-bryggan hade hamnat någon annanstans i den stora svarta rymden. I deras eget universum, eller möjligen i någon annans. Men i alla fall i rymden. Fanns det något sätt att ta reda på om det var så, det vill säga, hur det faktiskt förhöll sig med den saken? En upplysande blixt for igenom henne, när hon insåg att de hade sitt stora teleskop altid riktat mot sin egen sol. "Som sexhundraåring blir man ju lätt tankspridd och kan glömma det ena och det andra," skojade hon med sig själv. Hon störtade i väg till observationsplattformen. Hon ville veta med en gång.

Hiris intensiva tankeverksamhet hade förnimmats även av många andra hirisar, som följde henne med blicken. Självklart var också de spända och förväntansfulla. Det tog en lång stund, innan Hiri hörde av sig "kan inte se nånting. Ingen sol. Ingen annan stjärna heller, för den delen. Vi mottar dock radiobrus, så det är inte helt kört." Det där med radiobruset väckte allmänt intresse, för att det betydde att de inte befann sig inuti ett DM-moln, det vill säga ett moln av mörk materia. Där skulle det vara "knäpptyst på alla frekvenser" som 813 uttryckte saken. 813 var intresserad av elektronteknik och hade läst om DMs förmodade egenskaper. 813 hade inte varit intresserad av att byta namn, utan bibehålllt sitt av försvarsmakten tilldelade nummer. "För att för alltid påminna mig om koncentrationslägrets förnedring."

Andra var dock redan i färd med att lokalisera radiobrusets ursprung. Varifrån det kom och om det hade en särskild våglängd. Som till exempel den där på 21 cm, som ju var den förment universellt vedertagna av väteatomens spinnflipp. Man ansåg ju allmänt att alla kände till den. Eller var det inte bara en särskild, utan något helt annat, fördelat över många frekvenser? Bruset verkade inte komma från något bestämt håll, utan tycktes vara likadant runtom. Hiri ställde sig upp och började tala "vi vet inte var vi befinner oss och vem eller vad som omger oss. Och det verkar inte som om vi skulle få reda på det. Inte inom en snar framtid, i alla fall. Men vi verkar alla överens om att vi behöver göra någonting. Det som jag kan komma med är följande. På vägen hit har vi ju på daglig basis fyllt i vår log. Där finns ju våra exakta kordinater. Så, om vi åker precis baklänges, i våra egna "fotspår" så att säga, borde vi ju komma ut ur klämmen. Så småningom eller kanske ganska så snart. Vad säger ni?"

"Vända om! Vända om!" ropades det rungande i en enstämmig kör. Att åka tillbaka verkade vara en enhällig önskan och hirisarna satte genast i gång med avreseförberedelserna. Man fick upp motorerna i varv, men skeppet rörde sig knappt. Det stod på fläcken med vrålande maskiner. Plötsligt verkade det komma loss. En aning bara. Det var som om ett jättelikt gummiband höll i fartyget. Gummibandet tänjdes mer och mer och skeppet rörde sig långsamt framåt. Tills det kom till en halt. Skeppet stod stilla i det svarta mörkret och darrade lite grand. Sen slungades fartyget plötsligt ut med en våldsam kraft och for baklänges iväg som en pil från en spänd båge. "En osynlig katapult" var det en av hirisarna som anmärkte. Trehundraåttioåtta själar andades ut. "Vi är inte där än", men Hiri var försiktigt optimistisk.

XVII. Att Lätta Ankar

Efter ytterligare två vaktombyten om ett år vardera började man skönja ett svagt dimmigt skimmer utanför skeppet. Allt eftersom framträdde det fler och fler stjärnor och efter ett tag befann man sig i något som liknade deras eget universum. De kände inte igen ljusprickarnas grupperingar på himlen i vad som kunde föreställa stjärnbilder. Det stora teleskopet pekade åt ett konstigt håll, men deras sol syntes inte till.

Under tiden hade "radiooperatörerna" genomsökt ett stort antal frekvenser på teleskopets mottagare och kommit fram till att denna från-alla-håll-strålning liknade den kosmiska bakgrunden - den så kallade CMBn - såsom den hade uppmätts på Jorden. Men anmärkningsvärt var att nu var den skenbara temperaturen högre. Hirisarna hade funnit att denna var tämligen exakt tre Kelvin. Enligt standard modellen för Big Bang motsvarade detta CMBn för dryga miljarden år sedan. Hade de trots allt verkligen passerat en Frommsmann-brygga och gjort en dimensionspenetrering?

Böni ropade förtjust rakt ut "har vi kommit ut igen i *vårt eget universum* från förr i tiden?" Hiri lade sin panna i långa veck och mumlade "Det var som sjuttsingen!" Hon ogillade svordomar, men använde dock lika väl farao i stället för fan, till exempel, eller jädrans i stället för djävligt. Gjorde det någon verklig skillnad? I alla fall verkade hon förbluffad och försökte samla sig och smälta vad som hade hänt. "Böni har en poäng", tänkte hon, "ja, så måste det vara".

“Hej, kära ni! Jag håller med och tror att Böni har träffat spiken på huvudet. På något okänt sätt har vi slussats igenom en Frommsmann-brygga och hamnat då på ett ställe med nya fyrdimensionella koordinater. Rummet och tiden hänger ju intimt ihop. Så, ett nytt ställe i rummet betyder också en ny tid.” Hiri gjorde en liten paus. “Det hela är ju ofantligt spännande och vi har mycket att studera och att förstå. Väldigt mycket, faktiskt. Jag föreslår att vi delar upp oss i mindre studiegrupper och jobbar på. Cirka tjugo systerbröder per grupp verkar bra. Efter tre dagar kan vi ha en första avstämning. Då kommer vi att få en hum om huruvida vi gör några framsteg. Kanske behöver vi också omgruppera oss. Verkar detta okej?” Allmänt bifall godkände verksamhetsplanen.

Ganska snart blev det dock uppenbart att antalet grupper var för stort, samt att tjugo medlemmar per grupp upplevdes som för litet. Man bestämde sig för att ha fyra grupperingar med nittiosju hiris i varje. De teman man skulle studera var: i. finna metoder för att lista ut var man befann sig vid denna tidpunkt, ii. komma med förslag av vilken typ av mål man skulle besöka härnäst, iii. utarbeta en exakt färdplan, inklusive rymdskeppets bemanning och hirisarnas hiberneringsroutiner *et cetera* och iv. beräkna bränsleförbrukningen för de olika scenarierna. Ett allmänt önskemål var dessutom att man skulle få mera tid på sig, kanske ett halvår eller så.

Det rådde stor enighet om detta och hirisarna började, som så ofta när det rörde sig om viktiga ting, med en gemensam meditation. Denna varade i sexton dagar. Därefter kände de alla en behaglig vederkvickelse. Nu var de pigga och fulla av skaparlust och de satte omedelbart i gång med sina respektive åtaganden.

Den första gruppen hade en rejält tuff uppgift att kämpa med och man var inte alls säker på att man hade någon bra lösning på problemet. Hirisarna hade slutat sig till att man troligen befann sig i utkanten av en galax, som tycks vara av den spiralformade sorten, inte helt olik Vintergatan. De hade kunnat bestämma läget av mitten av detta spinnande hjul av lysande stjärnor, färgsprakande nebulosor och strimmor av mörka moln av damm och sot. Deras största svårighet låg i valet av ett rimligt antagande vad gällde själva galaxen. Med hjälp av Ockhams rakkniv valde de den enklaste av myriaden av hypoteser, nämligen att de befann sig någonstans i sin egen Vintergata. För den hade man ju en hel arsenal av högklassiga observationer och analysverktyg till sitt förfogande. Framförallt en detaljerad matematisk modell för den dynamiska utvecklingen av dess hundratals miljarder stjärnor. Med hjälp av denna modell kunde de räkna ut var någonstans deras sol befinner sig vid en given tidpunkt. Som till exempel för drygt en miljard år sedan, där de sälva befann sig för närvarande, *sic!* Sedan skulle de kunna snabbspola modellen framåt till tiden för sin avfärd från sitt solsystem, jämföra resultatet med dess sanna läge, justera ingångsparametrarna och köra modellen igen. Tills de fick en bra matchning mellan modell och "verklighet". Det var det de hade kommit fram till nu. Det bästa värdet för deras nuvarande tid var ettkommafyra miljarder år "före Kristi födelse" (hm...), det vill säga deras "egen ursprungliga tid". Beräkningarna hade varit ytterst maskinkrävande och av dennna anledning hade de inte blivit klara förrän först efter fyra månader av ihärdigt arbete.

Detta stod i bjär kontrast till den tid det tog att bestämma nästa resmål. Detta tog mindre än tre timmar. En överväldigande majoritet i grupp två hade röstat för återvändandet till Jorden. Trots risken att de kanske inte skulle känna igen sig. Därför bestämde man sig för att stanna vid lämpliga planeter "längs vägen". Där skulle man utröna om någon av dessa planeter hade frambringat organiska livsformer. Med resultaten av grupperna ett och två i handen var de två resterande uppgifterna mycket enkla att lösa. Modellberäkningarna visade åt vilket håll man skulle åka och ingenjörerna fann att bränsletillgången var tillräcklig, och detta med bekväm marginal.

Från och med nu hade de hållit solen stadigt inom teleskopets sökare. "Den är nu ungefär åttonde i *V*-bandet", kom beskedet från teleskopets ledningskonsol. "Vi är knappa hundrafemtio ljusår hemifrån", sade Hiri, "så jag föreslår att vi går in i hibersömn och styr mot Jorden." De flesta av hirisarna försatte sig i hiberneringstillstånd. Bara några få var vakna. Dessa var sysselsatta med att hålla konstant uppsikt över alla skeenden på och utanför skeppet. De höll kursen mot solen, men avsökte också andra stjärnors planetsystem. Efter en ansenlig restid upptäckte de en väldigt lovande planet kring en stjärna inte helt olik solen. Planeten var aningen större än Jorden och var också täckt till största delen av vatten. Flytande vatten, det vill säga, hav. Stora vita molnsystem tydde på en gynsam atmosfär.

XVIII. Ecco Terra Nova

De hirisar som var på vakt på kommandobryggan lade skeppet i omloppsbana kring planeten och väckte sedan de andra. En allmän förväntsfull spänning spred sig bland de yrvakna. Hiri blev mycket uppspeld, när hon upptäckte en landmassa vid horisonten. Bara minuter senare flöt de fram högt ovanför den fasta marken, som svartrostbrunt avtecknade sig tydligt mot det blåsvarta skimrande havet. Där fanns fläckar av grönt, men inte så många och så stora att man storknade. "Det finns inga Amazonasskogar i det här Amerikat", tänkte Hiri. En kedja av aktiva vulkaner ägnade sig åt sin utbrottsverksamhet och lät het lava flöda i svartröda ränilar utför sluttningarna ner mot havet. Fontäner av förångande vatten följdes åt av ett dånande oljud längs kusten.

När Hiri frågade vilka som ville ner och landa, var det så gott som alla som skrek "Jag vill! Jag vill! Jag vill ner!". Att transportera ner alla på en gång var en omöjlighet. Skeppets färjor rymde enbart uppemot hundra inidivider var. Max. Och de var nästan fyrahundra till antal. Hiri föreslog att de skulle åka i fyra vändor och lotta ut ordningen i en virtuell tombola innehållande nittioåtta digitala lotter med siffran ett, ytterligare nittioåtta med siffran två och så vidare för numren tre och fyra. 813, hirin utan namn, hade redan börjat att programmera tombolan, som i princip var en antik slumptalsgenerator av IBM, och de mest ivriga hirisarna hade redan börjat att bilda en ordnad kö. Platserna tilldelades genom att trycka ner en valfri tangent, varpå ett av de fyra avgångarna visades på skärmen med sitt nummer.

Janne Bereit, en ståtlig hiri med långt svart hår och styv penis, bad att få ordet och sade sedan, “Vi kanske borde inte alla åka ner till ett och samma ställe, utan sprida ut oss till fler platser. På så vis kan vi samla in information från olika lokaler. Sen kan vi mötas här igen och berätta för de andra vad vi har sett.” Bella Amanda lade till, “för att alltid ha någon här ombord borde det första partiet återvända, innan nummer fyra ger sig av.” Båda förslagen mottogs med allmänt gillande.

Med hjälp av UV- och infrarödspektroskopi analyserades atmosfärens molekylära beståndsdelar. Atmosfären var mättad med vattenånga, kväve, metan och ammoniak och vägde dubbelt så mycket som Jordens. Vulkanerna bidrog med svavelhaltiga ämnen som illa luktande vätesulfid och frätande svavelsyra. Det fanns inte mycket koldioxid som genast efter bildandet försvann i havet, likt det sällsynta syret som förenades med järnet på planetens yta och färgade den röd. Hiri tyckte att landskapet, ja hela planeten, såg ut som det kanske hade sett ut på Jorden för miljardtals år sedan. Hon kände att de övriga hiris delade hennes tankegångar.

Framförallt på grund av den mycket låga syrehalten, men också med tanke på den frätande svavelsyran, anmodades alla hirisar att ta på sig sina rymddräkter. När den första kontingenten var klar för avfärd, kommenterade de kvarvarande att deras systerbröder såg ut som en armé av inkräktande främlingar. Men dessa tänkte inte att invadera denna främmande planet som saknade en större måne. Tvärtom, så kom hirisarna ju med fredliga avsikter. De var helt enkelt bara nyfikna. Hur det såg ut på andra jordliknande planeter. Var denna månlöshet viktig?

XIX. Livets Hemligheter

Att ha måne eller *att inte ha måne* verkade inte vara en särskilt viktig fråga. De gröna kilometerstora fläckar som Hiri hade sett från rymdskeppet visade sig vara livlösa rester av uttorkade organismer från havet. De påminde om stromatoliter på Jorden. Dessa sänkor med grönt måste en gång ha varit vattenfyllda och sedan har marken höjts och bildat dessa formationer som liknade jättebaljor. På grund av plattektonik? Det fanns ju ingen större flod och ebb som kunde ha fyllt och tömt baljorna. Men en sak var alldeles uppenbar: Det har funnits liv på denna annars så öde planet. Varhelst det månde vara, *livet uppstår närhelst förutsättningarna är de rätta.* Nu hade denna långtstående hypotes äntligen bevisats! Genom det allmänna jublet trängde sig en pipig röst, "Kan det möjligen vara fråga om liv i en hiberneringsfas? Om vi tillsätter vatten från havet, kommer den vissna spenaten att vakna till liv igen?" Danne Daneson höll andan, lite rädd att han gjort bort sig och befunnits som löjlig av de andra. Men Hiri ropade, "Vilken bra idé! Vi gör ett försök och väntar och ser vad som händer."

Hirisarna spekulerade om det fanns årstidsväxlingar, vinter och sommar, torr- och regnperioder. I så fall vore det ju inte helt orimligt att de gröna organismerna under regnperioden gick in i någon sorts regnperiodsöm. Att stå i svavelsyreregn skulle ju definitivt vara ohälsosam. Men, då vore ju att spruta vatten på "de gröna" inte någon bra idé, eller hur? Men det blev annorlunda än vad de hade väntat sig. Så fort de hade tömt några kanister vatten, började det växa fram stora gröna fingrar som sökte sig mot havet. De sög i sig mängder med havsvatten och den platta gröna mattan blev rundare och fylligare för varje minut tills den liknade en darrande gelépudding, fast en ofantligt mycket större portion än den hemma hos moster Erna. Den kilometerstora "puddingen" började röra sig långsamt mot vattnet. Detta påminde om nykläckta sköldpaddsungar som i tusental alla rusade mot havet. Efter att ha just krupit fram ur sina nedgrävda bon i sanden. Hur visste de åt vilket håll de skulle? De tog aldrig fel. Kände de lukten av havet? Och, hur kände den göna, flera kilometer stora geléklumpen vägen? Den hade ju ingen näsa. Hur kommunicerade de olika beståndsdelarna i detta väsen som tycktes bestå av enbart en kolossal mängd encelliga organismer? Men den verkade definitivt vara vid liv nu. Det fanns *Liv* på denna planet! Vilken upptäckt!

Men vissa uppenbara och livsavgörande frågor tornade upp sig framför hirisarna. Hur kunde de olika delarna av denna gigantiska gröna varelse veta vad de gjorde eller skulle göra? Hur kommunicerade den? med sig själv, med omgivningen? kunde den "se", "höra"? förnimma lukt? vibrationer, känsel? hade den något som liknade en hjärna? flera sådana?

Det såg faktiskt så ut som om den gjorde några försök att fånga in ett flertal hirisar genom att vältra sig över dem, men dessa var för snabba och undkom oskadda. "Det där var en hungrig kamrat", var det någon som andlöst fick fram, medan hen sprang för glatta livet. “Oj då, det där var den största jäkeln jag har sett”, anmärkte en annan och tillade, “om det är någon sorts köttätande växt, bör vi nog se upp.” Världen runt omkring dem kändes egendomlig. Det var fullkomligt vindstilla, det blåste ingenting, det rådde total stiltje. Där fanns inget brus från havet, inga vågor som slog mot strandkanten, inte ens det minsta lilla skvalpandet. De delar av denna koloss som dök ner i vattnet förorsakade en inverterad sunami, som tryckte en gigantisk, kilometerhög våg ut till havs. Hirisarna stod och följde skådespelet med blicken i timmar. När slutligen hela den gröna massan hade försvunnit under havsytan, fick de med häpned se hur den jättelika varelsen, bara minuter senare, kastade sig upp ur vattnet lik en kaskelotval vid norra ishavet. Men denna “val” var ofantligt många gånger större. Den skapade en enorm svallvåg som nu rusade in mot land. Hirisarna fick springa för glatta livet för att rädda sig undan de forsande vattenmassorna. Efter ett tag såg de, hur den torrlagda bassängen återigen hade blivit vattenfylld. Vattnet i grytan skimrade vackert grönt och på samma gång aggressivt svart.

När hirisarna hade återvänt till färjan som stod en halvmil inåt land, såg de med förvåning att denna var omringad av grön gelé. Det verkade nästan som om den gröna massan väntade på dem! Man kunde få för sig att stora gröna fingrar trummade på ett imaginärt, osynligt bord. Det hela var klart obehagligt! Hirisarna var nu avskurna från sin färja. Hur skulle de nu komma tillbaka till skeppet högt ovanför dem?

Janne Bereit skulle visa sig modig och förklarade för de andra sin våghalsiga plan. När natten hade lagt sig över det kala landskapet, skulle han lugnt och försiktigt vada igenom den gröna geggamojan och sedan gå in i färjan, starta upp den och hämta de övriga. Han hoppades att "grönlingen", som han kallade den alglika massan, skulle sova och att han, Janne Bereit, inte skulle väcka den. När det var dags, gav han sig iväg. Hirisarna lyssnade ut i natten, med andan i halsen. Janne tycktes vara nästan framme, när en grön arm tog tag i den förskräckte hirin. Janne Bereit dök under och försvann i den gröna sörjan. Han hade slukats, blivit algfoder. Hirisarna jämrade sig och grät bittert. De sörjde sin älskade hirivän.

Fortfarande snyftande undrade Hiri "är det här verkligen fråga om köttätande alger? De är väl växter, eller hur? Encelliga varelser", hon gjorde en paus och fortsatte med "är de kanske kannibaler?" Gråtandet och snyftandet upphörde genast och någon utbrast "vi lockar fram ett till monster ur havet och lurar det att följa middagen, det vill säga oss. När de två möts kalasar de förhoppningsvis på varandra och inte på oss. Vad säger ni om det?" Ett allmänt tjatter utbröt, men det verkade också att samtliga tyckte att detta var en utmärkt plan. Hoppeligen bättre än den förra.

Genom att plaska i havet och föra en massa oväsen lyckades de faktiskt att locka till sig ett grönt monster till. Detta gick genast till attack och ett par hirisar som stod för nära kunde just med nöd och näppe rädda sig undan de slemmiga armarna. Detta eggade algmassans jaktinstinkt ännu mer och det blev ganska lätt för hirisarna att lura den att följa dem. När de två algvarelserna slutligen möttes, gick det inte alls som planerat. I stället för att börja mumsa på varandra, förenades de vänskapligt till ett ännu större åbäke, om nu detta skulle kunna vara möjligt. En enda gigantisk grönling, stor som Manhattan. Hirisarna kutade vettskrämda åt alla möjliga håll, vilket förvirrade gönlingen fullständigt. Den kunde plötsligt inte bestämma sig åt vilket håll den skulle skicka ut sina armar. Deras undersidor hade en beläggning av klistrigt slem vilket gjorde deras armar till utmärkta fångstredskap. Grönlingens bara kortvariga rådvillhet räckte för att hirisarna kunde kila iväg. De sprang uppför en backe. På säkert avstånd betraktade de den gröna jätten som nu synbart uppgivet höll på att långsamt dra sig tillbaka till havet.

Landskapet omkring dem blev åter svart och skrovligt poröst. Enstaka öar av ung granit stack upp ur den färgledsna vulkanmarken. På andra håll, längre bort, höll ny, trögflytande stenmassa att stelna till bisarra formationer med vassa kanter. Kisel i alla dess skepnader, i förening med syre och metall. En planetskorpa i vardande. Hirisarna betraktade skådespelet med stum vördnad. "Såg det ut så här på den unga Jorden?" var det någon som undrade.

Man gjorde färjan redo för start. De hade precis hunnit lyfta från marken, när en våldsam jordbävning skakade sönder hela det kala landskapet. "Det var nära ögat", sade Bella Amanda förskräckt och de övriga nickade instämmande. De blev känslomässigt varse att de andra två hirigrupperna också höll på att återvända till skeppet. Vad skulle de ha att berätta?

Efter den vanliga, hjärtliga hiriska välkomstceremonin med många kramar och pussar av de olika grupperna som hade varit "i land" var alla hirisar åter igen samlade i den stora salen på det stora rymdskeppet. Deras berättelser var på något sätt likartade, men på samma gång också väldigt skiftande. De olika berättelsernas sensmoral var dock att den samlade bilden av denna "jordliknande" planet var att den visst liknade den deras Jord och ändå inte. Kanske för ett par miljarder år sedan, men inte i dag. Detta ledde till den stora frågan, som hade sysselsatt Hiris hjärna ett bra tag nu, "vilken tid lever vi i nu? Vi verkar ju leva i *vårt eget* rum även efter passagen genom Frommsmann-bryggan. Det här är ju det universum vi känner till, men har Frommsmann passagen vridit på tiden? Så att vi har hamnat i en sammarumannantid? Har vi möjligtvis böjt tiden? Krymt den, töjt den eller förskjutit den längs en okänd, imaginär axel i en annan dimension?" Det rådde allmän rådvillhet och förvirring. Ingen hade ett bra svar.

Efterspel

I. Glacies Dulcis

Calle och Sofia Crassasius-Werdhem hade sedan länge givit upp hoppet att någonsin få återse sin älskade dotter. I dag var det tjugofem år sedan Hiri försvann ut i den nattsvarta rymden. Som vanligt skulle Crassasius-Werdhem paret högtidlighålla också denna årsdag, i synnerhet denna tjugofemårsdag. På årsdagarna brukade de laga Hiris favoritefterrätt, nämligen hemgjord vaniljglass med varm chokladsås. Här nedan följer receptet.

Hemgjord Vaniljglass med Varm Chokladsås:
3 - 4 portioner

glass: receptet är för italiensk sådan, typ *gelato*:

2 ägg
1 1/4 dl strösocker
1 vaniljstång
2 1/2 dl mjölk
2 dl vispgrädde

Skär upp vaniljstången på längden och lägg den i kastrullen med mjölken. Låt sjuda upp. Ta ut vaniljstången och skrapa ut fröna. Lägg tillbaka stången.

I en bunke vispa äggen och sockret pösigt. Häll i sedan, lite åt gången, den varma vaniljmjölken under vispning. Häll tillbaka i kastrullen och sjud ständigt rörande tills krämen tjocknat. Låt svalna till rumstemperatur. Ta upp vaniljstången och rör i grädden. Starta glassmaskinen och häll i glassblandningen. Maskinen stannar när glassen har krämig konsistens.

sås: receptet är för svensk *chokladsmak*:

2 dl vispgrädde
2 dl strösocker
100 g smör
3 msk kakao
1 tsk vaniljsocker: OBS!!! Vaniljsockret tillsätts efter kokningen !

Blanda grädden, sockret, smöret och kakaon i en kastrull. Koka upp och låt sedan sjuda i 5 - 10 minuter på svag värme. Ta kastrullen av spisen och tillsätt vaniljsockret under omrörning. Kan serveras varm eller kall.

De satt på var sin pall utanför huset och lapade i sig den gudomliga glassen. Kinas bästa gåva till mänskligheten. Med varm chokladsås ringlat över de vackra quenellerna. Nektar och Ambrosia! Som att sitta uppe på Olympen. På var sin pall i solen.

Ut genom köksdörren kom Harald Heldan, som absolut inte ville missa glassfesten, med en skål och sked i handen. Harald Heldan var sonen Sofia och Calle fick för närapå tjugo år sedan. Han blev till en vacker morgon i "deras" grotta i Ahoggarbergen. De var båda sömndruckna och själva knullet kändes det inte så mycket av. Men de älskade. Älskade med innig känsla. Eros satt och såg förnöjd på. Kort och gott, Harald Heldan var ett äkta kärleksbarn. I motsats till deras första kärleksbarn, Hiri, var han en alldeles "normal unge", inte för långsmal och inte för kort. Sofia och Calle hade döpt honom Harald Heldan för att hedra dennes syster Hiris pojkvän Sørens nordnorske far Halvdan Svaalby som hade avlidit samma dag Hiri for iväg ut i rymden. Den dagen led den förtvivlade Søren dubbel förlust. Calle och Sofia tog honom under sina vingar och hjälpte honom att komma upp på fötter igen.

II. KSC

Harald Heldan hade ju förstås aldrig träffat sin syster. Hiri hade åkt innan han ens var född, men föräldrarnas berättelser om henne fascinerade honom så pass våldsamt att han hade fått den vansinniga idén att han skulle ut och leta efter henne. Det var därför han befann sig nu på Kennedy Space Center, KSC, för att utbilda sig till astronaut. I USA räckte det med att vara årton för att få ta astrokort, medan i Europa fick man vänta tills man hade fyllt tjugofem. I Kina tog de till och med fjortonåringar.

Av sina kurskamrater kallades Harald Heldan för "Harry", för att de tyckte hans namn var både för krångligt och för långt. De kunde komma ihåg bara korta ord. Denna morgon diskuterade de vilt en nyhet som hade farit runt jordklotet som en oljad blixt. Den moldaviska undersökande journalisten Zinaida Pandu hade avslöjat vad som hade utspelats på Camp Hiri. Hemligheten hade höljts i ett komplett dunkel i årtionden, men hade nu ryckts ut i dagens ljus. Numera låg anläggningen öde och nedlagd. Inga fysiska bevis gick att uppbringa som kunde avge vittnesmål om skeendena på denna ökenplats. Så, argumenterade man från officiellt håll, byggde Zinaida Pandus påståenden på ren spekulation. Det som inte var spekulation var dock att man i Skottland *de facto* hade övergett Hiri-klonings-programmet. Detta på grund av att det hade sipprat ut till offentligheten att USAs president hade insiderköpt aktier i den skottska kloningsindustrin. Presidentens smutsiga byk ledde till att denna industri gick i konkurs. På en global skala.

USAs president däremot fortsatte obekymrat att presidera.

Men några hirisar gick det inte längre att uppbringa på Jorden. Och eftersom halva befolkningen på Jorden numera härstammade från Kina, var största delen av astrokursdeltagarna kinesiska barn. Dessa spelade ständigt, utan att blicka upp, på sina mobs i handflatorna. Läraren hade sedan länge givit upp att försöka påkalla deras uppmärksamhet. Det fanns mycket folk numera, men tyvärr såg det annorlunda ut på fronten antalet djur. Noshörningar, elefanter, tigrar, bland annat, samt flertalet hajarter var utrotade sedan länge. Allt som fanns kvar av denna en gång så magnifika fauna var ett fåtal gammalmodiga tvådimensionella saker som kallades "film". Ansvariga till försvinnadet av djuren var framförallt gamla dumma idiotiska bockar som trodde att kinesiska vaginor skulle bry sig om tigerpenisar.

Harry satt försjunken i sina tankar, när läraren riktade en fråga till honom, "hur länge skulle det i dag ta att åka till Proxima Centauri?" Harry for upp ur sina drömmar och svarade "det är ett gäng år, men jag skulle åka i alla fall. Absolut." I sina rödrutiga äppelknyckarbyxor med svarta hängslen och fiskbensstickad kanariegulrandig långärmade curlingtröja såg Harry aningen uppkäftig ut.

"Kan du ge mig ett mera detaljerat svar, typ med siffror, liksom", läraren lät sig inte provoceras, men använde ändå sarkastiskt gammalt ungdomsspråk.

Harry fyrade tillbaka, "men beror det inte på hur fort man kör?"

"Jag sade *i dag* och menade med det *med dagens teknologi*," läraren lät bli att visa sin tilltagande irritation.

"Proxima Centauri är ju drygt fyra ljusår bort, så, om vi åkte subrelativistiskt, säg med en procent av ljushastigheten, skulle det ju ta åtminstone fyrahundra år. Men eftersom vår teknologi klarar inte ens av en tiondel av det, skulle det nog ta mer än fyratusen år. Det var det jag menade med *ett gäng*. Accelerations- och inbromsningstiderna skulle göra att det toge ännu längre tid."

Med ett orörligt stenansikte hördes läraren säga "tack, Harry! Det här handlade ju om vår *närmaste* stjärna, förutom vår sol förstås, och det är väl värt att begrunda, när vi talar om rymdfart. Månen är bara en god ljussekund bort och det hade varit jobbigt att komma dit, nittonhundratalets stora bedrift. *a giant leap for mankind*, som de då sade. Giant leap! Löjligt". Läraren gjorde en paus, sedan fortsatte han med "så mina damer och herrar, vi behöver verkligen jobba på. Kom tillbaka med goda idéer."

Kort därefter avslutades lektionen. Harry satt kvar och stirrade framför sig. "Att hitta Hiri blir nog inte så lätt," tänkte han. Sedan begav han sig till parkeringsstationen och satte sig i en av övningsfarkosterna där. Harry anropade trafikledningen, som av gammal hävd fortfarande kallades *tornet*, och begärde starttillstånd, samt godkännande av att han skulle lägga sig i en 600 km hög bana. Eller snarare 600 km låg bana, en så kallad LEO. Däruppe skulle det vara aningen glesare än på lägre flygnivåer med kringsvirrande rymdleksaker. Dessutom hade man bra sikt både neråt och uppåt. Strålningsvärdena torde också vara lägre än på marken.

Tidigare hade de ursprungligen mindre skärmytslingarna urartat och eskalerat till en storskalig väpnad konflikt. Kriget hade varit kort, men skoningslöst. Oräkneliga miljoner människor hade omkommit. Från sin höga utsiktspunkt såg Harry att stora delar av norra Amerika, Indien, Kina och så gott som hela Europa låg i spillror, svarta och sönderbrända. De flesta av de få överlevandena hade sökt sig till Sydamerika, centrala Afrika samt det inre av Australien. Till områden, där vanligtvis ingen bodde. Och som saknade varje form av organiserad infrastruktur, inga hus, ingen el, inga toaletter, men skriande problem med vatten. Vissa anläggningar, som KSC, hade dock återuppbyggts, på grund av sina fördelaktiga eller strategiska lägen.

Den politiska totalitära styrningen av medborgarna i det stora landet i öster inbegrep alla tänkbara, och otänkbara, områden. Bland de mera märkliga inblandningar i människornas privatliv fanns det frågor angående deras reproduktion. Inte så mycket vad gällde själva akten, det vill säga hur man skulle göra, utan de påbud som avsåg föräldrarskapet som sådant. Det hade lagstadgats att det statligt tillåtna antalet barn per kvinna skulle begränsas till högst ett. Detta i samband med att den allt ökande livslängden hos befolkningen gjorde att försörjningsbördan av landets seniorer blev allt svårare att hantera, eftersom allt färre i samhället arbetade produktivt. Man löste detta på ett lika cyniskt som effektivt sätt, nämligen att sprida en virial, ej behandlingsbar sjukdom som specifikt inriktade sig till icke-arbetsföra personer över sextiofem år, alltså ålderssstigna pensionärer som belastade statens finanser. De gamla dog som flygor och landet genomgick en påtaglig rejuvenering. För staten betydde detta fler välkomna inkomster och färre kostsamma utgifter.

En udda grej i sammanhanget är att de som hade instiftat lagarna hade själva gått långt över tiden. De ville inte dö, som de flesta bioorganismer. Men framför allt ville de inte dö av någon målsökande virial, ej behandlingsbar sjukdom. De bodde därför avskilt i hårt bevakade områden utanför huvudstaden, utan insyn för utomstående. Intrång av obehöriga bestraffades med döden. Exekutionen verkställdes omgående av områdets vakter. För att försvåra insyn uppifrån, med drönare eller spionsatelliter och liknande, var dessa politkomplex dolda under stora kamouflagenät. Harry skulle inte vara kapabel att se dem, även om han befann sig precis ovanför.

III. Shanghai Planen

Den tanke som oavbrutet gnagde i Harry var "hur ska jag kunna ta mig till Mars och Hiris syskon?" Den övningssvävare han satt i var naturligtvis helt utesluten, den skulle aldrig kunna komma upp i den hastighet som behövs för att frigöra sig från Jordens tyngdkraftsfält. Han skulle vara tvungen att komma över ett interplan. Men de var mycket välbevakade. Även om han skulle lyckas att tanka upp interplanet utan att väcka uppmärksamhet, skulle det vara befängd att tro att han skulle kunna starta det och komma iväg, innan man sköt ner honom. Men även, om han var beredd att chansa, skulle de andra i hans familj - Sofia, Calle och Søren - vilja ta risken att dö på kuppen? Han hade ännu inte ens pratat med dem.

Men där fanns också den banala svårigheten att han inte ensam skulle vara i stånd att lyfta ett interplan ens en centimeter från marken. Det krävs en besättning av åtminstone sex utbildade personer. En besättning av personer som visste vad de hade att göra. Hans tankar gick till hans kurskamrater i astroskolan och han bjöd in sina bästa vänner till ett oskyldigt ölkalas på hans rum. Fastän varande från Thailand, var tvillingarna Somporn och Somsak Pornakrap inte siamesiska sådana. De var genast med på noterna, liksom vietnamesiskan My Dîk och Bernardo Bernucci från vad en gång hade varit Rom. Efter en liten stund anslöt sig också det österrikiska underbarnet Helga Schulze. Lahoresonen Dilip Singh från Punjab i Pakistan var fortfarande tveksam om han skulle närvara, eftersom han av religiösa skäl drack bara juice och det fanns det inte vid denna enkla backanal. Slutligen slog han sig dock ner bland de övriga.

Harry höjde sin flaska, skålade och gick sedan utan omsvep rakt på sak. "Jag skulle vilja be er att hjälpa mig att åka till Mars." Han fick häpna, öppna munnar till svars. "Alltså, jag menar att vi skulle sno ett interplan och köra raka vägen till den röda planeten. Jag kan ju inte ratta skeppet ensam." Tio sekunders tystnad. Sedan brakade det loss med ett virrvarr av förvånade utrop och högljudda frågor. "Ja, men va' då? Ska vi bara stjäla ett interplan och ge oss iväg utan att fråga om lov? Hur har du tänkt dig att du ska fixa det? Vad blir det av oss då, på Mars?" och så vidare. Harry lyfte blidkande armarna och sade "vi ska inte stjäla någonting, utan bara låna. Jag vill inte heller att ni ska riskera att bli relegerade från skolan. För att undvika bestraffning, säg bara att jag hotade er och shanghajade er. Jag kommer nog att stanna kvar på Mars, men ni kan ju sedan ta skeppskrället och åka hem med det. Vad säger ni? Behöver ni tänka över det? Det skulle bli ett härligt äventyr."

Dilip var den första att yttra sig, "är man vänner så är man. Det är klart att jag ställer upp. Farsan kommer att slå ihjäl mig." Sedan lade han skämtsamt till "men ni behöver bunkra juice för mig." Skratt från de övriga och sedan "ja, för fasicken, vi åker!" De dunkade varandra i ryggen och svor glatt. Helga sade försynt och med låg röst "Det här kommer nog att bli skolårets absoluta höjdpunkt. Gud, så kul!"

Bistämmande nickningar från de övriga, de skulle alla vara med.

“Planeten står just nu i femtielfte huset och är på väg ner. Så, med andra ord, kommer det att ta nästan ett helt år innan vi kommer fram,” anmärkte den ene av Pornakrap tvillingarna som tillsammans ansvarade för navigeringen. “Hoppas att det är okej med er”, fyllde Somsak, tvilling nummer två, på med. De andra ryckte på axlarna - vad hade man för val? Bernardo flikade in “vi behöver nog göra upp en plan hur vi ska komma över och iväg med ett interplan. Är det någon som har en lysande idé?” Då trädde den annars så försynta och blyga My fram, som fram tills nu hade hållit sig i bakgrunden. “Det bästa och mest effektiva vore nog att vi tjejer flirtar med vakterna och distraherar dem, så att ni killar kan smyga förbi och norpa plåtburken ur hangaren. Verkar det bra, Helga?” - “Det är nog ett jätte bra förslag, men kanske kommer det att behövas mer än bara en flirt. Skulle du vara beredd på det, My?” Helga hade nog en poäng där. My svarade förvånansvärt obekymrad “självklart! En för alla, alla för en.” Då, så. Helgas veck i pannan slätades ut, “det kan ju bli en riktigt rolig resa”, fick hon fram.

IV. Ett Interplanetarium

Förberedelserna var i full gång. Två veckors intensivt arbete led mot sitt slut. Den största svårigheten hade varit att skaffa tillräckligt med bränsle. Men då trädde Bernardo fram. Hans mors familj, Salva-Agrippa, ägde i Florida en av världens största fabriker för framställning av raketbränsle. Bernardo var ju en Bernucci, men en Salva-Agrippa på mödernet och därmed en potentiell arvtagare till Salva-Agrippa koncernen, som förutom raketbränsle också tillverkade femton olika storlekar av grenlösa nylonstrumpor och *one size fits all* suspensoria för ishockeyspelare.

Bernardo hade tagit sitt lastbilskörkort för ettusensextioplus tonnare vid sexton års ålder och brukade förut på sommarloven jobba på fabriken som lastbilsförare. Han var ett välkänt ansikte bland de anställda och rönte därför ingen större uppmärksamhet, när han en vacker dag kom farande med en stor tankbil på väg mot utfarten från fabriksområdet. Grindvakten gjorde på skoj honnör och fällde upp bommen. Bernardo log mot henne och blåste sedan ut ett andetag av lättnad. “Lätt som en plätt”, tänkte han högt.

På KSC var det febril aktivitet i en av hangarerna. För säkerhetens skull hade de stängt den stora elektroniska porten som nu kunde öppnas bara inifrån. Där befann sig astrokompisarna och var fullt sysselsatta med att gå igenom startprotokollet, lasta förnödenheter, bädda kojorna och tömma latrinen av “tusenfotingen”. Smeknamnet av den här typens fartyg antydde att det rörde sig om en tusenfotare, det vill säga att skeppet hade en längd av trehundrafem meter. Det var av äldre modell och med en maximal diameter på sextio meter tillhörde det mellanklassen. De sade *hon*, när de talade om fartyget, och hade döpt henne till *Antonia*, eftersom hon med sina sex motorer på sätt och vis påminde om det antika konstverket *Antonov 225*.

Planen var att ge sig av följande natt. Det var lågsäsong på KSC och inte mycket folk i rörelse. På natten skulle det finnas knappt en själ ute. KSC var sedan länge en civil planetodrom och den militära närvaron med dess tunga vapen var således ytterst begränsad. Man skulle använda den numera sällan utnyttjade banan för start och landning från "de flygande stekpannornas" tid. Visserligen hade banan byggts ut betydligt åt bägge hållen, men beläggningen var av den gamla sorten och inte speciellt härdig.

På den ena sidan sträckte sig banan ända fram till havet. Tanken var att man skulle starta mot havet till och sedan flyga lågt över vattnet tills man hade nått internationellt territorium. Den väldigt låga stigningsvinkeln krävde allt kunnande av en vältränad pilot. Om allt gick planenligt, skulle de efter dryga elva kilometer vara på enbart tvåhundra meters höjd, från vilken de sedan skulle stiga brant till den kortvariga parkeringsbanan på tvåhundra kilometer, innan de skulle ta språnget till Mars. Detta var planen.

Till allas förvåning gick det fakiskt som det var tänkt. Inga problem alls. Inga vakter som larmade. Ingen artilleribeskjutning. Inget motorkrångel. *Anto-*

nia gled iväg som en sjöglad albatross och flög sedan helt obehindrat upp i rymden. Nu hade de redan varit på väg i drygt två månader och beundrade den vackra dubbelplaneten i panoramafönstren. På det här avståndet var Jorden och Månen som vackrast ihop.

Mars var ännu en oansenlig liten prick. My Dîk utbrast med hes stämma till en melodi hennes mamma brukade nynna

jag kommer, jag kommer - jag kommer,
jag kommer, jag kommer - jag kommer,
jag kommer, jag kommer - jag kommer - inte,
jag kommer inte hem till Mars i kväll.

De övriga skrattade och sjöng förtjust med. Den gemensamma kantaten utgjorde ett litet, men mycket välkommet avbrott i tristessen ombord. På *Antonia* var det allmänt tråkigt. Väldigt tråkigt. Det hände inte mycket från dag till dag. Utanför de små fönstren var det jämsvärta som var broderad med små ljusprickar.

Färgläggningen av rymdskeppen var grann och interplanen påminde inte alls om de tråkigt enfärgade vita eller svarta fantasifartyg av forntidens *science fiction* filmer. Färgerna var starkt lysande med grälla toner av rött, gult, blått, grönt, ockra och lila. Syftet var inte enbart estetiskt betingat utan skulle framför allt vara till hjälp för passagerarna att hitta och finna sig till rätta. Vid ombordstigningen fick de var sitt enfärgade armband som var nyckeln till deras inkvartering. Armbandet bar deras rumsnummer. Rummen var placerade på bäggge sidorna av korridorerna på det sexhörnade bostadshjulet. De färgglada hissarna gick till hörnpunkterna av sexhörningen och de sex korridorernas längd motsvarade halva bostadshjulets diameter, som var ansenliga hundratjugo meter. Bostadshjulet snurrade oavbrutet för att åstadkomma något som liknade tyngdkraften på Jorden och stannade bara kort för att släppa på, eller av, folk i hissen. Man fick invänta sin färg.

De som mindes sin hellenistiska historia skulle beteckna rummens inredning väldigt spartansk. Väggarna var släta alugrå välvda ytor. Endast få rum hade någon form av väggkonst eller annan dekorering, de flesta andades kal trötthet. Golven var mycket naturtroget målade i olika parkettmönster av ek eller ask. De tunna färglagren vägde mycket mindre än det träslag de föreställde och detta gjorde det mera lämpligt för rymdfärd. Mattor av ull eller liknande var strikt förbjudna ombord på grund av det damm dessa skulle producera.

De sex rymdfararna från Moder Jord slog ihjäl tiden med själslig och kroppslig träning, som läsning och styrkelyft och löpning, med eller utan musik. Med två av den ena och fyra av den andra sorten fanns en uppenbar könsobalans. Vad anbelanger deras respektive bopålar i sexuallandskapet visade ingen av dem uppenbara homofila preferenser eller klara tendenser till andra icke-“normala” böjelser. Den statiska hormonladdning som fick de fina fjunen på armana att stå rakt upp kändes i hela skeppet. Pojkarna blev tilltagande desperata, men även flickorna betedde sig pilska. Den söta tunga luften blev mättad med erogener. Alla började känna att det blev dags för parbildning. Med de ofördelaktiga manliga oddsen låg valet hos tjejerna.

Helga Schulze var ett Wiener underbarn, som likt Amadeus hade komponerat sonetter redan som fyraåring. Hon hade sedermera vunnit allt som fanns att vinna i tävlingssammanhang vad gällde ungas pianospel. Hennes händer, med sina långsmala fingrar, brukade formligen flyga över tangenterna, men hennes anslag var fullt av inlevelse och sensualitet. Fast de fyra besättningsmännen såg för tillfället inte så mycket på hennes musikaliska kvaliteter som på hennes långa rakade ben, vältilltagna byst och fasta rumpa.

My Dîks bröst var små, men hon var inte på långa vägar lika platt som Hiri. My skulle ha glädje av sina bröst ända upp i hög ålder, ty de skulle fortfarande stå upp och inte hänga ner som att par kalebasser, ett vanligt fenomen i seniora kvinnokretsar. I sina åtsittande underställ såg hon oerhört välproportionerad ut. Hon bar ingen behå, och vårtorna framträdde tydligt. Hennes minimala stringtrosor lät hennes blygd i det närmaste exponeras, skyld av endast det tunna tyget av underställets.

Varken Helga eller My hade någon personlig favorit bland killarna, de var liksom okej, ingen *grande amore*. De skulle alla duga som lekkamrat åt dem. När det gällde fördelningsfrågan hade Bernardo föreslagit att man skulle dra lott. Det fanns dock ingen större entusiasm för detta hos vare sig flickorna eller de tre övriga pojkarna. När de höll på att diskutera, sa My plötsligt "jag kan tänka mig en trekant med tvillingarna, men föredrar att ta Bernardo, Dilip och Harry en och en." Efter en förbluffad tystnad anmälde Helga "vi verkar tydligen vara med på noterna, men jag skulle vilja tillägga att vi tjejer ställer upp endast när vi har lust och att det är upp till oss vem vi vill para oss med. För det här är väl knappast brinnande kärlek och ni ska inte bli fäder åt våra barn."

Killarna tyckte att detta var ett generöst erbjudande och tackade förstås ja. My nickade till Somporn och Somsak "när ni har duschat, kan ni komma till mitt rum." Tvillingarna försvann omedelbart.

Pornakrap bröderna överraskade My. De var oväntat välutrustade i förhållande till deras kroppslängd. My var visserligen liten och spänstig, men inte särskild trång, hon hade tydligt legat i träning förr. Hennes yviga behåring kring de köttiga blåsvarta blygdläpparna förvirrade tvillingarna i förstone, men bidrog snart till deras långvariga förstyvning. Både hon och bröderna blev så småningom vilt upphetsade och de hängav sig helt åt gemensam njutning. Efteråt satt de på Mys säng, utmattade men glada. De hade funnit varandra och kände varken skamsenhet eller förlägenhet. De gick till bastun tillsammans och kopplade av.

Under tiden hade Helga avverkat Bernardo som flinade triumferande mot "näste man". Harry hade varit i bastun tillsamman med My och tvillingarna och satt nu ren och nyduschad i en vit morgonrock i Helgas sovgemak. Helga kom ut ur badrummet. Hon var redan, eller fortfarande, naken. Harry blev mycket betagen av det hans ögon försåg hans hjärna med, “vilken bombastisk figur! vilken brud!” svarade hans hjärna. Helgas kropp var tydligen helt och hållet i hans smak, absolut. Men när de började hångla och förspela, föreföll hon stel och förblev kall och torr. Harry avbröt förlustelseakten, eftersom han skulle ha känt sig som en våldtäktsman, om han hade fortsatt och trängt in i henne. Helga tittade upp och sade “tack, snälla. Vi tar det en annan gång, när vi båda känner för det.” Sedan gav hon Dilip Singh en flink avrubbning med sin långsmala mjuka vänsterhand. Dilip bet sig på läpparna och suckade högt, när hans sperma hamnade mellan Helgas bröst.

När de åter var församlade kände de för att fira det stora förenandet. De bjöd Calle, Sofia och Søren att vara med och ha lite rymdfoder och dryck. Dessa bestod av pulver som löstes i vatten som hade återvunnits av deras urin och avföring. Även om man bortsåg från, det vill säga försökte förtränga tanken på, vattnets källa, var dessa anrättningar knappast några kulinariska läckerheter. Men de var enkla att tillaga och krävde knappast Escoffiers stora kokbok eller Bocuses fantasi. För den som var född gourmet var rymdresor inte att rekommendera.

De tre gästerna hade kommit ombord med den stora tankbilen, dolda i hytten bakom Bernardo, som hade stått vid styrkonsolen till det stora åbäket. I hangaren hade de sedan gömt sig i de bakre kvarteren av *Antonia* och stannat där ända från början och så gott som under hela resan. Någon enstaka gång hade de strosat omkring på det jättelika fartyget, men för det mesta höll de sig undan för att de trodde att de skulle vara i vägen och distrahera astronauterna på förskeppet. Men nu hade de sällat sig till sina värdar. De tre hade tagit med sig två flaskor av en förkrigsårgång av Dom Pérignon för att fira femtio dagar i rymden. Ungdomarna visste inte riktigt vad det var i buteljerna, men de anade att det rörde sig om någon sorts prosecco. Helga försvann för att leta fram några bägare i riktigt glas, men återvände tomhänt. “Sånt som glas finns inte här. Vi har bara de här papperskopparna.” Calle svarade att i så fall skulle de halsa och dricka direkt ur flaskan, att använda pappmuggar kom inte i fråga. Flaskorna gick laget runt och det hördes ett och annat förvånat utrop “Ojdå!” - “Ja men, gu’så gott!” - “Herregud, vad är det här för nåt?” och liknande.

Calle berättade att han i tjugofem år hade sparat tre flaskor av dessa änglatårar. När han och Sofia skulle återförenas med Hiri skulle de skåla ordentligt, “En panna var”, var det tänkt. Men så tittade han lite förläget på Søren och tillade “det är klart att vi skulle dela med alla i familjen. I vilket fall som helst, så finns det numera bara en flaska kvar.” Sofia bröt in “Vi har inte givit upp hoppet, men innerst inne kanske vi inte tror att vi kommer att se vår dotter igen - vi kommer nog inte leva så länge. Tills hon kommer hem, alltså.”

V. Välkommen till Hiristan

Under långa rymdvistelser hade i flera fall sociala påfrestningar bland besättningarnas medlemmar bidragit till nära nog misslyckade uppdrag. Men i och med att man på *Antonia* hade funnit ett godtagbart arrangemang mellan gruppens medlemmar vad gäller deras sexualliv, hade det förblivit möjligt att tygla de starka spänningarna och att undvika överslag. De hade alla kunnat leva i någorlunda gott samförstånd med varandra. Søren hade anslutit sig till astropojkarna och fått sig en avrubbning av flickorna, han med. Med tanke på deras relativt höga ålder var Sofia och Calle i sin relation dock fortfarande högst aktiva. På alla plan.

När man nu närmade sig resans slutstation, var alla förväntansfulla och såg fram emot att åter igen ha fast mark under fötterna. Alla längtade efter att slippa motorernas konstanta hummande och att bli av med denna oupphörliga tinnitus. Man kunde ju bli vansinnig för mindre.

Landningprotokollet krävde hela besättningens fullständigt koncentrerade uppmärksamhet. Checklistan innehöll ettusensextiotre punkter som var och en skulle klaras av innan man påbörjade själva landningen. De låg sedan fyra dagar i omloppsbana kring Mars och bockade av checklistan, vilket skulle ta ytterligare ett dygn att slutföra. När de slutligen blivit klara med inmatningarna av alla data, körde de igenom simulatorn för att säkerställa att alla parametrar hade sina korrekta värden. Sedan var det äntligen dags.

Att landa på Mars var inte samma sak som att landa på Jorden. Med sammanbiten min och vita knogar höll Harry skeppet stadigt, när detta likt en gigantisk eldkula rusade genom den tunna atmosfären. Harry höll kursen mot den tjugoen kilometer långa landningsbanan i Utopia Planitia. Ombordelektroniken meddelade via högtalare överallt i skeppet nedräkningen till "touch down". Alla satt fastbältade i förens passagerarsäten och höll andan. Trettio sekunder till... sedan kändes det en dov duns och därefter våldsamma g-krafter framåt, när skeppet bromsandes in med skrikande däck. Slutligen rullade det någorlunda mjukt ut längs den smutsigröda marken.

Besättningen och deras tre passagerare klev in i sina rymddräkter och satte sig sedan in i bussen. De rullade ut ur interplanets akterlucka och påbörjade sedan den sex timmar långa körningen till Hiristan, hirisarnas huvudstad. "Huvudstad" var lite att ta i, det var den enda bosättningen av Hiris avkomma och de var allt som allt knappt femhundra personer, med de få flyktingar, som hade hunnit ut ur Jordens apokalyps, inräknade.

Efter åtskilliga timmar var personerna i vad som kallades bussen trötta och mörbultade. Utsikten bjöd på en enastående enformighet som snabbt hade blivit tråkig och sövande. Men det eviga guppandet av bussen gjorde att de inte kunde somna utan bara satt dåsiga och viljelösa.

Plötsligt ropade någon "Vi är framme!" och alla for upp för att se vad det var fråga om. Den gigantiska av grafen tillverkade kupolen syntes på mils avstånd i det platta landskapet. Den var sextio meter hög och låg i mitten av Hiristan. Den omgärdades av ett stort antal mindre. Kupolerna var egentligen stora ballonger som höll ett högre tryck på insidan än den omgivande atmosfären och som var fyllda med marsluft samt kväve som hade tillverkats och tillsatts av hirisarna. Gröna växter bidrog med syresättningen. I den stora centralkupolen fanns en skog av tjugo, trettio meter höga kokospalmer som blommade och bar frukt året om. I anslutningen låg en liten dunge av dadelpalmer och citrusträd. Samtliga växter var odlade av planterade kokosnötter, dadel- och limekärnor som hade ingått i hirisarnas reseproviant på deras flytt till Mars. Förutom skogen av bambu och bananplantor kring en liten damm fylld med vatten fanns det blommande växter som var odlade ur medtagna frön från Jorden. Det fanns inga naturliga pollinatörer som bin och andra insekter, men hirisarna hade tillverkat små insektsliknande mekaniska flygande ting som gjorde jobbet. På liknande sätt hade man sett till att artificiella maskar luckrade upp jorden eller rättare sagt, marsen. Grönskande växter, svirrande "insekter" och grävande "maskar" fanns i var och en av kupolerna. Detta utgjorde första steget i "terraformingen" av den döda röda planeten.

Utanför den stora kupolen i Hiristans centrum hade mängder av hirisar samlats för att välkomna sina oväntade gäster. Nyfikenheten hängde som ett åskmoln över torget, som var byggt som ett annex till den stora kupolen. Vilka var de och vad ville de? Tydligen var de inte hirisar, utan sådana som Hiris föräldrar, Carl och Sofia Crassasius-Werdhem. Men dessa syntes inte till bland personerna längst framme i bussen. En yngling hade dock ett utseende som bar släktdrag med Hiri. En av de små bosättarna trädde fram och frågade Harry vem han var och vad hans ärende var på Mars och, framför allt, varför han hade kommit till hirisarnas bosättning. Harry stramade på ryggen och svarade "Hejsan, jag heter Harald Heldan Crassasius-Werdhem, men kallas vanligen Harry. Hiri är min syster och våra föräldrar Sofia och Calle och hennes pojkvän Søren är också här med mig. Mina bästa vänner från astronautskolan riskerade avstängning och kanske till och med fängelse för att hjälpa oss att ta oss hit. De kommer att återvända till Jorden med det interplan vi kom med." Harry gjorde en paus, sedan fortsatte han "Vi som är Hiris familj skulle dock vilja stanna hos er, om ni tlllåter. Vi är ute efter att hitta Hiri. Jag har aldrig träffat min syster och längtar efter att få krama henne."

Johanna Schmelzenegger, den hiri som först hade talat med Harry, vred på huvudet och såg sig omkring. Samtliga hirisar nickade och log och suggererade att Johanna skulle fortsätta. Åter igen tog Johanna till ordet "vi kände på oss att ni kom med fredliga avsikter och ni är mycket välkomna. Att ni är Hiris familj och vill vara med oss gör oss mycket lyckliga. Och stolta. Tack för att ni kom!" Ett vilt jubel utbröt på torget. "Nu ska vi ha fest!" var det någon som utropade och fick genast ett rungande svar från de övriga "Nu ska vi ha fest! Nu ska vi ha fest! Nu ska vi ha fest!" Den här festen blev långt mindre sexualiserad än den förra, utan hirisarna koncentrerade sig på vänligt umgänge med gästerna. Att språka, inte att pippa, var kvällens motto.

VI. Fredsguden Mars

Harry, hans föräldrar och Søren Svaalby hade ju verkligen kommit med fredliga avsikter, men inte mycket mer - de hade inga presenter eller minsta förnödenhet med sig. Det var illa och pinsamt. Allt de skulle kunna bidra med till festen var den flaska Dompa 2008, som Calle hade sparat. De flesta av festdeltagarna skulle inte ens få en droppe och huvudpersonen, självaste Hiri, var ju inte där. Nu hade det varit det rätta läget, för att någon skulle kunna det där Jesustricket. Vilket ingen kunde. Men att det skulle fattas dryckjom var det inte tal om.

Gästerna hade lagt märke till att överallt fanns det långa pålar som sträckte sig mot himlen. På dessa pålar klättrade gröna klängväxter. Humle! Det var humle, alltså fanns det öl. Mycket rikligt dessutom, öl i stora tunnor som lagrades så här års “utomhus”, utanför den stora kupolen, där det var svalt till och med mitt på dagen. Maten som serverades av kökshirisarna var baserad på det som odlades i Hiristan. Det fanns inga djur och hirisarna var ju hur som helst vegetarianer. Harry och de övriga var mycket hungriga och slukade kålsoppan med behag. Sofia bad kockarna om receptet. Här följer det de berättade för henne:

Hirikålsoppa: 4 rikliga portioner

dag 1:

1.5 l vatten
2 buljongtärningar

700 g vitkål
6 potatisar (normalstora)
2 morötter (normalstora)
2 lagerblad
5 kryddpepparkorn
1 dl finhackad persilja

Koka upp vattnet med kryddpepparn, lagerbladen samt buljongtärningarna. Skär kålen, morötterna och potatisarna i ganska stora tärningar och lägg dem i det kokande vattnet. När soppan kokat upp igen, sänk värmen och låt koka under lock i 30 - 40 minuter (känn efter med potatispickaren). Ställ svalt och låt vila över natten.

dag 2:

Koka upp soppan och servera med färskt bröd och smör och/eller ost till. Strö över den finhackade persiljan precis innan serveringen. Om ytterligare vätska behöves, vore det gott med öl till maten. Och traditionsenligt.

Harry och hans familj ville veta hur det var att leva på Mars, längtade hirisarna inte tillbaka till Jorden? Hirisarna berättade med inlevelse vad som hade hänt. De hade kommit i väg med sitt interplan och legat i en parkeringsbana runt Jorden, innan de skulle in i transferbanan som skulle föra dem till Mars, deras slutdestination. När de tittade neråt och beundrade den vackra blåvita planeten, hände det plötsligt något helt förödande. Överallt växte det svampar efter våldsamma bombexplosioner. Svamparna såg uppifrån ut som de platta topparna på cumulus nimbus moln. Nedanför spred sig bränder åt alla håll. Detta vedervärdiga skådespel pågick i över en halvtimma. Sedan var det plötsligt slut. Med bombningarna. Men bränderna förökade sig i rasande takt. På de ställen där man kunde se genom röken och de enorma dammolnen möttes ögonen av synen av en obeskrivlig förstörelse. Städerna var utraderade. Landskapet perforerades av enorma kratrar. Skogar var tillplattade. Jordens städer och bebyggelser hade förvandlats till en enda stor ruin.

Det som hade hänt utanför Afrikas kust, långt ute i Atlanten, var ytterst besynnerligt. En mäktig atombombsexplosion hade ägt rum långt utanför Mauretaniens territorialvatten. Ville någon nukbomba Cap Verde öarna??? Vad än målet månde ha varit, så hade det missats med en kolossal marginal. Även om man hade siktat på Mauretaniens huvudstad Nouakchott, vilket lika väl skulle ha varit helt oförklarligt, var träffsäkerheten hos denna missil inte ett av teknologins under. Hela Nouakchott hade förskonats och staden hade förblivit intakt. Dock ödelade kort därefter den tsunami bomben hade utlöst hela staden, med hundratusentals döda. Lik och bråte sveptes långt upp på land.

Hirisarna var på väg till Mars, som sedan antiken hade personifierat krigsguden. Men de lovade varandra att de skulle göra planeten till en fredens plats. Jorden hade visat sitt sanna ansikte. Det var Tellus som var krigsguden.

VII. En Röst i Rymden

De låg under den stora kupolen på bastmattor och lapade i sig den goda ölen. Calle ville veta, var hirisarna hade fått jästen ifrån: det fanns väl inga svampar på Mars... eller? Johanna Schmelzenegger skrattade och berättade att de, alltså hirisarna, i markprover på Mars hade hittat frystorkade sporer av någon typ av svampkultur. De innehöll DNA, vars molekyler dessutom hade samma kiralitet som Jordens organismer. De hörde inte hemma på Mars.

Dessa sporer hade troligen legat där, sedan NASA eller CNSA tidigare klumpigt nog kontaminerat planeten. Deras besökande sonder hade tydligen inte varit så sterila som de amerikanska och kinesiska rymdmyndigheterna hade trott. De hade trott, inte vetat. “Tron hör kyrkan till,” brukade ju Hiri säga. Men ska man ge sig ut i rymden och till andra världar måste man veta. Inte tro.

Ett av livets fantastiska mirakel hade inträffat, när hirisarna på en petriskål tillsatte vatten till ett av de marsianska jordproven. Svampsporer som hade legat i dvala på Mars iskalla yta vaknade ur sin vintersömn och började genast leta efter mat. De formligen kastade sig över den tillsatta sockerlösningen. Sockret hade man utvunnit ur de odlade kokosnötterna. Hirisarna experimenterade envetet med de yrvakna encelliga varelserna och lyckades slutligen att avla fram en fullvärdig öljäst. De annamade en australisk uppfinning för att bli av med den svampproducerade koldioxiden. De placerade ett filter av australiska grönalger ovanpå. Detta släppte ut, som en extra bonus, ett välkommet tillskott av syre. Det dröjde sedan inte länge innan hirisarna tappade upp sin första ölkagge och andades frisk luft.

När Johanna hade slutat berätta, hördes en späd röst en liten bit bort ifrån. "Att svamparna har DNA bevisar ju inte i sig att de inte ar genuina marsianer. De kan ju ha kommit från Mars till Jorden, och inte tvärtom. Åkt snålskjuts på nån stenbumling härifrån, liksom." Det var ett hiribarn som hade yttrat sig. Aniyra var ett av de femtioåtta barn, som hade fötts på Mars. "Förresten, Aniyra var namnet." Cellbiologen Calle kände sig förmanad att yttra sig, som en slags expert på området, så att säga. "Aniyra har nog rätt. Det är ingalunda enkelt att avgöra hur och var någonstans olika livsformer har uppstått. Det faktum att det skulle vara svårt att förstå hur, utgående från svampar, växter och djur skulle ha kommit till, gör ju transfereringshypotesen mindre sannolik. Men sannolikheten är inte noll." Hirisarna var överlyckliga: de hade ett riktigt, icke-trivialt problem att lösa. De skulle allihop samlas i annexet till den stora kupolbubblan och meditera tillsammans tills de uppnår det stora kollektiva medvetandet. Sedan skulle de lösa problemet. I en yra av lyckokänslor.

Hirisarna satt blickstilla och började sakteligen falla i trans. Allt eftersom kände de sin närmaste granne, sedan nästa och sedan förnimmade de alla som satt omkring dem. Denna varseblivelse spred sig i allt större cirklar tills allas medvetanden var sammanlänkade i fullkomlig samstämdhet. De hade uppnått suprahjärnan och dess enastående kapacitet. De hade blivit en enda organism. De längtade alla efter Hiri, deras moder, alla hirisars genetiska ursprung. Vågor av välmående, värme och gränslös kärlek sköljde över dem. Efter en stund förnimmade de en form av genklang, en ytterst svag vibration, som en liten stämgaffel på två mils avstånd: Hiri! hade de fått kontakt?

Hiri och Bella Amanda satt på fartygets brygga och dåsade. De hade vakten, men det brukade inte hända mycket. Hirisarna ombord hade sedan ett tag försatt sig själva i djupsömn för att dramatiskt sänka sin metabolism och på så sätt spara på resurserna, som mat, vatten och syre.

Hiri och Amanda hade plötsligt samtidigt förnimmat en vag liten krusning i det oändliga världsalltets hav. De försökte förstå vad det var de hade känt. Där var det igen. De var med en gång klarvakna. Det var ett rop i rymden efter dem! Bella Amanda väckte de sovande hirisarna, medan Hiri koncentrerade sig djupt för att bestämma signalens riktning. Hon förmådde inte ensam att få någon klar förnimmelse, utan för detta behövdes allas samlade förmåga. Hennes systerbröder ombord behövde ingen övertalan, de var alla genast ivriga och förväntansfulla. Hiri tyckte att man samtidigt borde försöka att också nå det andra skeppet. "Vi tänker också på Gudni Helgedottir och hennes kvinns och mäns." Alla instämde och förberedde sig för det gemensamma stora tysta ropet ut i rymden.

Efter ett väl tilltaget tag hade de kärleksfulla hirisarna slutligen uppnått det kollektiva medvetandet. De tänkte på alla sina kamrater ute i det stora universum och genomfors av värmen och lyckoruset när alla världens hirisar svarade. En mäktig tanke växte sig allt starkare i Hiristan "Kom till Mars! Kom till Mars! Kom till Mars!"

VIII. Ett Svart Mysterium

Harry och hans gäng hade satt av till Elysium Mons. Det var ju tänkt att Harrys vänner skulle ta tillbaka interplanet till Jorden, men för återfärden behövde de invänta ett mera gynsamt läge planeterna emellan. Efter flera veckors väntan hade de blivit rastlösa och livet i Hiristan hade blivit långtråkigt. Det var då de bestämde sig för att de skulle åka på äventyr. De hade föresatt sig att ta sig till en av de jättelika, men sedan länge döda, vulkanerna. Av alla de stora marsianska vulkanerna låg Elysium Mons närmast till och det var dit de var på väg. I storlek är den visserligen bara nummer fyra på Mars, men dess ansenliga höjd motsvarar ändå en Mont Blanc staplad ovanpå en Mount Everest.

De hade kört sin röda Marsbuss i flera dagar, innan de äntligen började skönja det massiva bergets konturer vid horisonten. När de kom närmare visade Elysium Mons hela sin majestetiska grandiositet. De formligen överväldigades av dess skönhet och stirrade stumt med öppenmunhäpnad. Vinden hade tilltagit. Den mäktiga vulkankägeln höll på att höljas i tilltagande takt i ett ogenomskinligt moln av rött damm. De hade överraskats av en sandstorm och tänkte på de varningarna hirisarna hade utfärdat. Nu var det bråttom att söka skydd. De letade vi foten av berget efter någon typ av grop i vilken de skulle kunna uthärda stormen. Tid att gräva någon fanns det inte. Efter en stund såg de en flack fåra som troligen hade grävts ut av flytande vatten för miljardtals år sedan. Där dök de ner och drog en presenning över sig. Deras dräkter såg till attt de inte själva besvärades av sanden. De försökte passa på att sova. Så gott det nu gick.

Vinden mojnade lika plötsligt som den hade nått orkanstyrka dagen innan. De lyckades krypa fram genom en liten öppning. Ovanpå presenningen låg det tonvis med finkornig sand. De tittade sig omkring, men ingenstans kunde de utgöra sin buss. Den var som uppslukad. Helga Schulze sade då "jag kröp in sist och tittade efter vår vehikel, för att liksom komma ihåg var vi lämnade den. Bussen borde vara ungefär här" och hon pekade med handen några meter bort. Harry, Pornakrap tvillingarna, My Dîk, Dilip Singh och Bernardo Bernucci tittade uppskattande på Helga och började sedan gräva med händerna i den mjuka sanden. Det dröjde inte länge innan de hade hittat vad de letade efter, bussen var där Helga hade pekat. De var tvungna att omedelbart få i gång motorn, eftersom syreförsörjningen i deras dräkter höll på att nå en kritisk nivå. De skulle nog inte kunna fortsätta i dag, utan fick vänta till i morgon. De slog läger i den osanka ravinen, efter de hade grävt fram först bussen och sedan rensat presenningen från sand och stenar. Därvid drog en sten till sig allas uppmärksamhet. Den hade annan färg, annan form och annan struktur än vad som var vanligt på Mars.

Stenen var inte röd utan grå, skiftande i färg till svart. Den var inte rund utan platt och sexkantig som en honungskaka. Och den var inte skrovlig utan den ena sidan var slät och välpolerad. I Harry slog blixten ner: den där stenen såg ut som den Hiri och hans föräldrar hade hittat mitt ute i Sahara öknen. På Jorden. Och han var på Mars! Var detta en kopia av grartstenen? eller var det rentav originalet? Han tog upp den och vände på den och tittade på den från alla håll. Han vinklade den en aning och höll den mot solen, vickandes lite fram och tillbaks. Och där, mycket riktigt, såg han de fina exakta ritsningarnas skugga! Där fanns fyra långsmala figurer med uppsträckta armar som föreföll dansa i en vågrörelse.

Han berättade för sina vänner vad han hade sett, vad han hade upplevt och vad han trodde att det var. Dilip Singh, Somporn och Somsak Pornakrap, My Dîk, Bernardo Bernucci och Helga Schulze blev alla förstummade och var tvungna att sätta sig ner. Harry följde efter, med handen över pannan, benen hade vikit sig under honom. De satt alla i en cirkel och sade inte ett ord på en lång stund. Sedan öppnade Somporn munnen och stängde den igen. Somsak tog över och sade "På stenen från Ahoggar är det tre figurer, och här är det fyra." Alla hade naturligtvis sett bilder på grartstenen och Helga hade tänkt på samma sak: tre och fyra, vad kan det betyda? Hon sade "Vad, om det inte är små gubbar? Bara för att vi tycker oss se små dansande individer behöver de ju inte vara det. Kanske nåt helt annat. Vad som helst, förutom elefanter, förstås." Helga tänkte verkligen utanför lådan. Sedan tillade hon, "*ceterum censeo* att Kilroy redan har varit här." Harry for upp ur sina förvirrade tankar och utropade "Jag ger upp! Jag blir galen! Jag förstår inte! Jag tycker att vi ska rådslå med hirisarna. Kanske har de nåt svar." De övriga nickade instämmande. De övergav bergsbestigningsplanerna och förberedde återfärden till Hiristan tidigt nästa morgon.

IX. Återföreningen

Gudni Helgedottir och alla i hennes besättning på Kuiper 2 hade känt de svaga vibrationerna i hjärnan och det lätta, behagliga pirrandet i nacken. Och på Kuiper 1 förstod man likväl att meddelandet hade nått fram. Hiri-individerna hade växt ihop till en enda flercellig organism, vars förmågor översteg långt summan av individernas. I sina tankar levde hirisarna nu i en hyperrymd.

Nu kunde de kommunicera med varandra, skenbart utanför fysikens ramar. Hirisarnas tankar var inte krusningar i något fält, de var inte svängningar av elektromagnetiska eller gravitationella vågor eller strålar av små viktlösa partiklar. Deras hemvist var någon annanstans och tankarna levde i en annan geometri, där avstånd i tid och rum var meningslösa begrepp. Det närmaste man kunde komma mänsklig föreställningsförmåga var möjligtvis liknelsen av en existens inuti en singularitet. Om man nu kunde föreställa sig något sådant. Jämfört med "vanliga varelser" av dubbelhelixnatur var deras tankar ortogonala och hade ingen självklar snittyta med det som kallas verkligheten. De upplevde ett omnidimensionellt "seende", där innehållet omedelbart blev fullständigt och förstått. De behövde inte medelst mänskligt språk dissikera verklighetens fenomen i en sekvens av elementära beståndsdelar som bokstäver och morfem. På en sommaräng skulle det trippelhelixbegåvade hirikollektivet med en enda blick veta alla de vackra blommornas namn och på ett savant sätt veta hur många de var.

Men hirisarna räknade inte, de bara visste. Eller snarare, förnimmade.

Hirisarnas fysiska återförenande på Mars skulle dock dröja fyra år till. Var de än befann sig ägnade hirisarna numera en stor del av sin tid åt att begrunda gåtan kring de två grartstenarna. Dessa stenar föreföll i det närmaste identiska, om man bortser från att den ena hade varit inbäddat i stelnande magma emedan den andra låg löst i sanden. Och antalet avbildade figurer. Dessa stiliserade varelser liknade faktiskt hirisarna själva. Deras vågrörelser ledde tankarna till Erwin Schrödinger och hans aktade kollegor. Handlade stenarna om kvantfysik? Gissningarna var många. Men figurernas antal, som dessutom var olika, hade ingen synbarligen direkt anknytning till denna teori.

På Ahoggarstenen var tre stycken avbildade. Två lika långa, samt en kortare till vänster om dem, om det som såg ut som huvud angav vad som är uppåt. På Elysiumstenen fanns det däremot fyra varelser, en mindre till höger och en än mindre till vänster om de två jämnstora i mitten. Aniyra, hiribarnet som hade en veritabel intelligens och färgglad fantasi, utbrast plötsligt "Tänk, om de symboliserar planeterna i solsystemet! Minstingen, Merkurius, längst till vänster, de större Venus och Jorden i mitten, och längst ute den något mindre Mars. Antalet anger var stenarna hade hittats. Med andra ord, så är det inte fråga om dansande gubbar utan planeter. Dansen kanske symboliserar att de är levande varelser. Det vill säga, de som har gjort stenarna. Och att de borde behandlas varsamt och med ärevördig respekt." Efter en kort paus lade hon till "Verkar det helknasigt?" Aniyra rynkade lite på näsan och stod med korslagda ben.

Ett virrvarr av tankar, sinnesintryck, sinnesuttryck och flerdimensionella minnesbilder fluktuerade i hirisarnas huvuden, så att det blev för mycket till och med för hirisarna själva. Hiri sa med mjuk röst "Jag hör er. Jag ser er. Jag känner er. Med varje fiber i min kropp. Men låt oss ta det lite lugnare, åtminstone för en liten stund, snälla ni." Den imaginära kakofonin övergick till ett återhållet sorl. "Tack! Ett stort tack, mina systrar och bröder, mina barn. Bella Amanda ville säga några ord. Var så god, Bella Amanda." Bildligt talat harklade Bella Amanda sig, lite generad, innan hon sade "Hej, ja, tack. Jag ville bara säga att jag har försökt att hitta några ledtrådar angående stenvarelsernas natur. Till exempel, återspeglar stenritsningarna varelserna i naturlig form och storlek? Eller vet någon av er den rätta skalan? Finns de fortfarande kvar och lever mitt ibland oss eller är de utdöda för länge sedan? Är vårt solsystem deras hem eller kommer de långt bort ifrån? Jag har tyvärr inte kommit fram till mycket och har egentligen inga svar." Hirin utan namn, 813, lanserade en aningen kuriös tanke "om de är typ termitliknande och lever under marken, men mycket mycket mindre, skulle de kunna finnas kvar. För oss skulle de vara helt obemärkta. För det mesta, i alla fall." Någon undrade "Har du några belägg för din termithypotes?" 813 svarade inte och drog sig förlägen tillbaka. Han skulle inte behövt vara skamsen, det kom fler andra rätt så bisarra förslag. De var mest bara vilda gissningar, utan egentlig grund, och man hade inte kommit en trolig teori nämnvärt närmare.

X. Rött Bröllop

Siam-tvillingarna Somporn och Somsak Pornakrap, den vietnamesiska tösen My Dîk, den stilige romaren Bernardo Bernucci, Lahoresonen Dilip Singh och den gudabegåvade Helga Schulze från bratwurststaden Wien hade hållit ett pow wow och beslutat att de skulle infria sina löften och ta tillbaka *Antonia* till John F. Kennedy Astrodromen, som KSC officiellt kallades. Avskedstagandet från vännerna på Mars var smärtsamt och många tårar rullade nerför lika många kinder.

Den ett års långa resan tog dem tillbaka till den planet som en gång hade varit en blåvit juvel. De hade återbördat interplanet välbehållet och ställt upp det i den hangar de hade "lånat" det ifrån. Efteråt togs de omhand av militärpolisen och bestraffades sedan med böter motsvarande tre årslöner. Detta var en mycket mild dom och ingenting att bry sig om. De sov och åt på basen och hade inte mycket användning för pengar, det fanns ändå ingenting som var värt att köpa. Som mat till exempel. På Jorden härskade global svältkatastrof. Som NASAs adepter var de ändå mycket privilegierade och fick ett mål mat var annan dag, bestående av gröt, brödsoppa eller krossade bönor. En gång i veckan fick de en liten bit kött eller korv. Var köttet eller korven kom ifrån ville de helst slippa veta. Råtta var en god gissning. Inte enbart på grund av den usla maten längtade vännerna tillbaka till den varma gemenskapen i Hiristan på Mars. Men det var klart, en skål hirikålsoppa skulle sitta fint. Och så hade de fin pilsner. De planerade för återvändandet.

Med hela sitt fulla namn kontaktade Harry kommendanten på Månbasen, det vill säga han anmälde sig som Harald Heldan Crassasius-Werdhem, så att månhirisarna skulle förstå, vem det var som anropade dem. Svaret var också mycket riktigt väldigt vänskapligt, "Hej Harry, jag får väl kalla dig Harry? Vi är ju släkt med varandra." Harry svarade "Självklart! Va' roligt att ni svarade med en gång. Jag har, hm, ett *problemino* och undrar, om ni på Månen kunde hjälpa mig med det." Högtalarrösten savarade lugnt "det är klart, om det står i vår makt, så hjälper vi till så gott vi kan." Harry förklarade, vad det handlade om.

Från sina hirivänner på Mars hade han förstått att hirisysterbröderna på Månens baksida i hemlighet hade byggt ut och förbättrat ett par månfärjor för långfärdsändamål. I den vanliga färjetrafiken körde månfärjorna dagligen fram och tillbaka mellan Jorden och Månen. De flesta färjorna var numera till åren komna och flera brukade stå i hangarerna för reparation. Att norpa en av dem skulle inte vara svårt och hade i slutändan inte ens utlöst någon alarm. Flera av månhirisarna hade sedan länge planerat att ta sig till Mars och att återförenas med sina släktingar.

När Harry nu hade framfört sin "lilla" begäran, behövde Månens invånare inte mycket betänketid och var genast införstådda. De hade tänkt att passa på och också själva sjappa. Harry meddelade sina astronautvänner som blev överlyckliga, de skulle få slippa detta eländiga halvliv-halvdöd på den förstörda Jorden. Skulle den någonsin återhämta sig? Kanske någon gång i framtiden, med kommande generationer av hirisar. *Homo sapiens sapiens* skulle nog snart dö ut.

Själva "norpandet" gick faktiskt till och med legitimt till. Basens kommendant hade skaffat fraktsedel till "utvandrarna" och de hade lastat de förnödenheter som hade beställts av månbasen. Med den gamla färjan tog resan nästan tolv timmar, så vännerna hade tid att koppla av och göra upp framtidsplaner. Det hade tisslats och tasslats bland dem en längre tid, men ingen visste riktigt vad det var fråga om. Men nu tog Dilip Singh till orda och sade lågmält "När vi har kommit till Mars vill vi gifta oss, My och jag." Han väntade med spänd min på de andras reaktion och sneglade åt Mys håll. Hon log. "Ja, men det var på tiden!" utbrast Bernardo Bernucci, "det där var väl ingen nyhet." Alla skrattade och deras lyckönskningar svirrade genom luften. Dilip bugade och tackade och My neg mycket hövisk, men också lite generad.

Vännerna ville inte stanna på Månen längre än nödvändigt och efter bara två veckor lättade Marsfärjorna ankar och skeppade hirisarna och deras gäster ut till Jordens röda granne. Den långa färden var i stort sett händelselös. Månhirisarna hade gått in i ett tillstånd av djup kontemplation. Av hirisarna hördes det inte ett knyst och det var svårt att föreställa sig att där fanns så många som fyrahundra små personer. De som väsnades och hördes var Harrys kumpaner. De sysselsatte sig med diverse aktiviteter, som nu, till exempel, spelandes rundpingis. Det fanns inga vedertagna pingisrack, så de använde allt möjligt, som handflator, tillplattade aluminiumskedar och skärmen av ett basebollkeps. De hade hejdlöst roligt och skrattade något alldeles våldsamt. Men till slut tog det slut och tråkighetens missmodighet småpyrde igen. Läget för de tidigare så befriande och otvungna umgängen hade ju förändrats. Efter Dilips frieri till My Dîk med hennes samtycke som påföljd fanns ju för de övriga tre testosteronstinna männen numera endast en person kvar som de kunde samläggas med. En på tre, så Helga Schulze behövde sedermera aldrig ha långtråkigt. Många av hennes jordbundna könskamrater skulle nog ha varit avundsjuka. Helga sade med låg röst "Jag kan ta Bernardo i kväll. Och så kom ihåg, i morgon är det min lediga dag." Besviket grymtande från grabbhyllan, tvillingarna såg lite surmulna ut. Fast de insåg att det inte längre gick för sig att de drog över My med de fina fasta små lökarna. De suckade ljudlöst i tankarna.

Innan det blev läggdags satt de och planerade bröllopet tillsammans. Detta skulle ju bli tämligen annorlunda än vad man föreställde sig ett bröllopsfirande på Jorden. Innan den stora förstörelsen, det stora dödandet, det sista och största massutdöendet. My och Dilip ville dock att det skulle bli fest, ceremonierna struntade de i. Sälva vigselakten var ändå olika i Vietnam och i Pakistan. Fast de tyckte att i Hiris frånvaro kunde hennes mamma Sofia vara vigselförrättare, de tänkte be henne om detta. Hirisarna älskade att ha fest, men de ville inte alltid bli fullständigt plakat och hade därför också bryggt ett alkoholfritt öl. Det såg ut som den sanna varan, men kom som en alkoholbefriad måltidsdryck. Dilip, som på grundval av hans religions förordnade regelverk inte var tillåten att förtära alkohol, skulle prova denna dryck. Han fann den god, varken för besk eller för söt och med lagom kolsyrehalt. Nonalkon var rapvänlig, men saknade den fullmundighet som till och med en vanlig pilsner kunde uppbåda. Fast detta visste ju inte han förstås.

Dilip önskade sig Harry som marskalk och han skulle fråga honom, så fort de hade landat. Men detta skulle dröja ytterligare fyra månader. Men han ville inte göra detta över den öppna intercomlinjen. My däremot hade redan kommit överens med Helga att hon skulle bli hennes brudtärna. Helga hade känt sig smickrad och genast tackat ja. Man diskuterade, vilken musik de skulle spela och vilken dans de skulle framföra. Dilip röstade för vals (*An der schönen blauen Donau*), medan Bernardo tyckte att breakdance, så som Trixie, skulle sitta fint ("Lite fart på festen, liksom"). De övriga gillade inget av förslagen. Efter en lång, stundom stormig, palaver enades man om ett forntida stycke, faktiskt från förra millieniet, av någon kallad Elvis Presley, *Only you*, vilket samtliga tyckte var en acceptabel kompromiss. My log kärleksfull mot Dilip.

När det äntligen var dags förlöpte vigseln odramatiskt, men hirisarna sjöng *Only you* så vackert, så ljuvligt och andaktsfullt att brudparet fick gåshud över hela kroppen. Deras vänner blev dock tämligen opåverkade. För dem vara denna smöriga sång till gränsen till outhärdlig. Men när den äntligen var slut, kom festen igång ordentligt, med snabb, rytmisk musik, vild dans och hejdlöst skrattande. I seijdlarna skummade ölet och till spisning serverades det nybakat bröd och vita bönor i tomatsås.

XI. Ad Martem

Hiri satt tillbakalutad i sin vilstol på kommandobryggan och begrundade förvirrat vad hon just hade fått erfara. Att hennes dubbelhelixade släktingar, och även hennes fästman Søren, fortfarande var vid liv. Och i säkerhet på Mars. Men, hur var detta möjligt? Hiri hade ju varit ute i rymden i över sexhundra år. Enligt gängse accepterade teorier skulle ju klockorna ha gått fortare på Jorden än på deras skepp. Och på Mars med, för den delen. På solens smådrabanter borde det ju följeaktligen ha förflutit långt mer än tusen år. Detta gick ju bara inte att förstå.

Om inte... dimensionspenetreringen hade tjafsat runt med deras rumtid begreppsuppfattning. Så måste det ha varit, Hiri kunde inte se någon annan logisk möjlighet. Dessutom skulle det också vara fullständigt i samklang med vetenskapens kända lagar. Det var bara det att Frommsmann-bryggans säregna rumtidgeometri inte tidigare hade studerats av experterna. Experterna hade ju inte ens känt till den. Emedan rummet tycktes dilatera, verkade tiden kontrahera. Precis omvänt mot tidigare erfarenhet. Mycket märkligt, mycket intressant.

Hiri for upp med en explosiv heureka upplevelse: "*ἐυρηκα*! Det är ju självklart!" och hon for sig med handen över pannan. Hon skulle få träffa sina föräldrar och sin älskade Søren igen! Och sin "lillebror" Harald Heldan för första gången. Vilken lycksalighet! Hennes känslosvall var så pass monströst att den också genast förnimmades av de andra hirisarna. Varm honung flöt djupt nere i deras medvetande, med den allgripande kärlekens sötma. Detta känslofenomen omfattade även de hirisarna ombord på Kuiper 2. Gudni Helgedottir och hennes systerbröder försatte sig med en gång i djup metahypnos för att meddela sig till de andra. De fick ett "högt" jubel till svars. Samtliga hirisar hade blivit en.

Marshirisarna förstod att de båda Kuiper skeppen inom en snar framtid skulle anlända hos dem och de tog genast itu med nybyggnationen av bostäder till sina artfränder. Hiristan skulle växa med ett stort antal nyinflyttade. Men också av allra högsta prioritet var förberedelserna för en hejdundrande välkomstfest. Det skulle behövas mängder av mat och dryck. Underhållningen med musik, dans och magiska trollkonster skulle ombesörjas av talangfulla Hiristanbor.

Var och en för sig var hirisar inte väsentligt mycket mera intellektuellt begåvade än vanliga människor. En del var rentav bemedlade aningen under genomsnittet, medan enstaka hade en iq helt klart betydligt större än medelvärdet. De flesta var dock tämligen mediokra i alla avseenden. Men, det var deras förmåga att kunna verka gemensamt i ett sammanlänkat kollektiv som utmärkte dem. Att förläna dem oanade tankekraft. Människorna saknade denna förmåga. Skulle evolutionen någonsin leda dem att utveckla denna enastående talang? För att sedan tillfredställa deras känslokalla maktbegär? Förhoppningsvis arbetade det naturliga urvalet inte på detta sätt.

Men, hade det inte redan gjort det tidigare?

XII. De Bello Martico - Pars I

På Jorden ingick den demokratiskt valde amerikanske presidenten en allians med den icke-demokratiskt valde ryske presidenten för att stävja de globala hegemonisträvandena av den likaledes icke-demokratiskt valde kinesiske presidenten. Samtliga presidenter var män, förfärliga sådana dessutom. Den icke-demokratiskt valde kinesiske presidenten hade med lögn och list tillskansat sig stora delar av Afrika, Asien och Latinamerika. Tyngden av ländernas kinesiska ok omöjliggjorde varje försök till deras ekonomiska återhämtning och oberoende. Med egna medel, utan utländsk inblandning.

Varje vettig person skulle påpeka att det inte fanns mycket att bråka om - om ett maktövertagande av *Nada?* Länderna låg i rykande ruiner, utan infrastruktur och utan några som helst värdefulla resurser som mat och oförgiftat drickbart vatten. Trots ihållande regn på de flesta platserna hade radioaktiviteten ännu inte nämnvärt avtagit och trots att det var flera år sedan att kriget formellt hade slutat, var människornas situation fortfarande förödande. Man svalt, frös och törstade. Efter drickbart vatten. Efter solsken. Efter ätbar mat.

Presidenterna, vare sig de var demokratiskt valda eller ej, hade dock helt andra bekymmer än att tillgodose sina undersåtars lekamliga behov. Deras runda kroppsformer avgav tydliga vittnesmål om att det fattades dem intet i mat-och-dryckes väg. I de underjordiska presidentbunkrarna smidde de planer att emigrera och kolonisera planeten Mars. Vid det här laget var man medveten om hirisarnas bosättning där och man tänkte dra nytta av den. Och att bestraffa dem för deras svek att överge Månen, för att ha lurat de givmilda regeringarna som hade möjliggjort hirisarna skamliga uttåg. Det gnisslades mången presidenttand på "Moder Jord".

Amerikanernas samarbete med ryssarna byggde på pragmatism snarare än varma vänskapskänslor. Amerikanerna tillhandahöll servicemodulerna för långfärd, emedan ryssarna bidrog med sina kraftfulla lyftfarkost som var kapabla att sända upp sex moduler åt gången till parkeringsbanan runt Jorden. Därifrån var det ingen match att nå flykthastigheten från Jorden. Deras gemensamma utrustning bar med stora bokstäver och fullt synligt den gemensamma betäckningen

USSR

När den republikanska ledamoten McMutchel i den amerikanska kongressen protesterade mot namngivningen, som påminde om en gammal utländsk kommunists omoraliska erotik- och musikverksamhet, svarade den kvinnliga demokratiska senatorian Ann Pelzing att U står för United, SS för Solar System och R för Research. Och det finge man finna sig i.

Kinesarna, kolonialismens nya fanbärare, ansåg inte att de behövde samarbeta med någon annan. Genom deras förmånliga "handelsavtal" med många länder i den"Tredje Världen" hade de förskaffat sig tillgång till de nödvändiga naturresurserna. Efter att deras ingenjörer hade utbildats gratis vid amerikanska och ryska universitet hade kineserna också numera sedan länge själva de tekniska kunskaperna som krävdes för framgångsrik rymdverksamhet. Deras flaggskepp, den Långa Marschen 186P/R, *Chang Zheng 186P/R*, skulle vara kapabel att sända trupper och militär utrustning till vilken planet som helst. "Utan några som helst problem", enligt den icke-demokratiskt valde kinesiske presidenten.

Vem som skulle hinna först till Mars med sina militärförband hade utvecklats till en frenetisk kapplöpning med tiden. På bägge sidor, U SS R och CHN, arbetades det febrilt för att säkerställa en första ankomst och därmed ockupationen av stora delar av den röda planeten. Man planerade att landa nära Hiristan, inta "staden" på en dag och att genast etablera sin egen administration. En förhärskande bedömning var att hirisarna var fredsälskande hippie-liknande varelser som inte skulle bjuda på allvarligt motstånd.

Ett totalt herrarvälde var likaledes lättåkomligt som avgörande. En viktig strategisk aspekt var också att man skulle genskjuta konkurrenternas fartyg redan i rymden, där krigföringen kunde anses vara enklare än på marken, och slå ut motståndarens styrkor en gång för alla. Bortsett ifrån de åtta månaderna som överfarten skulle ta, kalkylerade man med att kampanien utanför Mars samt invasionen av densamma skulle vara över på några dagar.

Det varken U SS R eller CHN hade räknat med var

att hirisarna hade befarat att sådant skulle hända. Och förberett sig noga för detta. De hade hoppats in i det sista att de skulle bli lämnade i fred, men fick sedan se den skoningslösa sanningen i vitögat: människorna var oförbätterliga. Stridslystna sedan urminnes tider. Mördarmaskiner.

Hirisarna var inga hannibaler, de skulle inte leda elefanter över någon Alp, men de var lika listiga, om inte ännu listigare, än den puniske fältherren. De satsade på något som ingen skulle förvänta sig. Deras dubbelhelixade inhysingar borde ju i grund och botten inte ha några skrupler angående brukandet av våld i självförsvar. De skulle fråga dem, Hiris föräldrar och de övriga, om de var beredda att träna hirisarna. För att hirisarna ville vara beredda för att kämpa för sin rätt. Att finnas till. Att leva. De hade insett det oundvikliga, att de var tvungna att tillgripa handgriplig handling. Men de lovade varandra att de skulle använda det minsta möjliga måttet av våld. Ett absolut minimum. I bästa fall, inget alls.

Självklart skulle de dubbelhelixade vännerna ställa upp. Det var inte tal om annat. Men stridande hiris? De ställde sig tveksamma. "Vi får hitta på nåt annat", förklarade Harry. "Med mig, svåger Søren, Mamma Sofia, Pappa Calle, mina bästisar Somporn, Somsak, My, Bernardo, Helga och Dilip är vi tio stridsdugliga och stridsberedda personer. Inte mycket mot en hel armé. Men ni hirisar får väl lista ut, hur ni vill placera era tio pjäser på bästa sätt på brädan." Allmänt bifall belönade Harrys välformulerade tal. Marsbon Johanna Schmelzenegger undrade, om det spelade någon roll, huruvida amerikanerna tillsammans med ryssarna hann först eller om det var kineserna som gjorde det. Efter en ganska utdragen diskussion kom man fram till att det antagligen inte gjorde det. Aniyra anmärkte på sitt lite brådmogna vis "man skulle kunna förmoda att båda partierna kommer att välja närmaste optimala datum för avfärd. Sålunda borde de anlända hos oss ungefär samtidigt. Det vore ju tacknämligt om vi skulle kunna förmå de att de oskadliggjorde varandra." Detta var en klockren träff. Tack, Aniyra!

Hirisarna var med en gång fullständigt absorberade med att planlägga olika strategier i olika scenarier. Vilken taktik vore bäst i de enskillda fallen. Till exempel, att lämna Hiristan och bege sig ut i rymden och gömma sig på planetens baksida? Eller att tillämpa den brända jordens taktik och förstöra hela Hiristan, med allt vad det innebar?

Nu var det underbarnet Helga som kom ut med ett trumfkort, "Jag vill minnas att ni hirisar och AI maskinerna hade ett väl fungerande samarbete i Camp Hiri. Var det inte så?" Ett unisont nickande av de avlånga huvuden. "Hm," fortsatte Helga, "vi kanske kunde bygga på det här med. Jag tänker mig att ni möjligtvis kunde stämma av med AI maskinerna vart någonstans de skulle manövrera sin respektive flotta. Skulle ni kunna dirigera dem på kollisionskurs? I så fall skulle det inte behövas någon våldsanvändning av vare sig er eller oss. Detta klarar banditerna själva." Hon gjorde en liten konstpaus. "I korthet, kan ni hacka AI programvaran och skicka över lite kodändringar? Nya koordinater och sånt."

En lång stunds tystnad. Sedan brakade det loss. Vilt jubel utbröt, då samtliga hirisar började tjoa och tjimma, och prata i mun på varandra. Även om det i detta oväsen inte gick att höra vad som sades, var dock andemeningen helt klar: Naturligtvis skulle de kunna göra det. Vilken genial idé! Varför hade de inte själva tänkt på det? Och, vad skönt att man själv slapp begå våldshandlingar! Och liknande. Hirisarna, som hängav sig åt strikt pacifism, blev alldeles lycksaliga och började sjunga. En gammal låt, *We shall overcome*. Harrys föräldrar var gamla nog att känna igen den och sjöng med. Harry tittade beundrande på Helga, som bara log förnöjsamt.

Efter en lång tids resa så återförenades de två "långseglarna" Kuiper 1 och Kuiper 2 i närheten av Plutos bana. Det var där de en gång hade skilts åt. När besättningarna äntrade varandras fartyg, blev det ett synnerligen innerligt kramande och pussande. Hirisarna gled in i en glädjesprakande eufori och var gränslöst glada att de sågs välbehållna igen. Efter en stund sörjde de dock de sjutton som hade stupat och inte längre fanns bland dem. En av dem var den alltid gladlynte Janne Bereit som hade offrat sitt liv för att rädda sina vänner.

Hiris berättelse om resan på Kuiper 1 var mycket detaljerad. Gudni Helgedottir lyssnade mycket uppmärksamt. Hiris minne av DM var som gelé, som inte gick att fånga och att hålla fast, utan den rann genom fingrarna som vatten och när hon försökte fånga den, bröts den sönder i allt mindre bitar tills dessa försvann i intet. Minnesbilden var mörk, formlös, odefinierbar.

Gudni infliknade att detta inte var helt olikt hennes egna upplevelser kring det svarta hålet de hade råkat hamna vid. De hade inte hittat några GHCs, men hade kommit nära ett svart hål. Vad som hände var att vid något tillfälle under resans gång föreföll det som om de saktade ner. Nästan omärkligt i början, men den lilla motoreffektminskningen hade dock helt klart registrerats av skeppets mätinstrument. Denna deceleration tilltog stadigt med tiden och Gudni insåg att de måste göra något. De körde motorerna på full dragkraft i flera minuter och lyckades slutligen frigöra sig från det svarta hålets kraftfält, som fortfarande var relativt svagt. När allt kom omkring, så hade de ju ännu befunnit sig på behörigt avstånd. Gudni beskrev omgivningen av hålet som fullständigt oigenkänlig och overkligt förvriden. Hon skulle gärna återvända till "sitt" hål och studera det närmare. Hiri sa att hon kände likadant för "sina" Dunkla Män. De bestämde att de, efter turen till Mars, skulle följa sina instinkter och tillsammans resa tillbaka till dessa märkliga fenomen.

Besättningarna på de två skeppen hade så mycket att berätta för varandra. Men de hade ju en lång bit kvar till Mars och det skulle finnas tids nog. Kuiper 2 slog följe med 1:an, när de gav sig iväg för att fara till sitt nya hem.

XIII. Slaget vid Deimos

Hirisarna hade kommit fram till att de skulle försöka lösa sina problem med den annalkande invasionen på behörigt avstånd från självaste Mars. Framför allt så långt borta från Hiristan som möjligt. De hade valt ett område i rymden utanför Deimos, den mindre av planetens två månar.

Man skulle utnyttja det faktum att den militära kamouflageteknologin hade drivits fram till närapå fulländning. Numera kunde man räkna med att den egna armadan skulle förbli i stort sätt osynlig för fiendens ständigt svepande ν-ekosöksystem. Krigsskeppens konturer skulle synbart avteckna sig inte förrän de befann sig på ganska nära avstånd. Och då var det för det mesta redan för sent.

Men fienden hade ju sin egen osynlighetskappa. Så, i slutändan skulle ingen kunna se nånting, fram tills kanonorna tornade upp sig precis framför ens näsa. För att inte förlora värdefulla minimala bråkdelar av en sekund, var bestyckningarna helt autonoma. De skulle inte behöva invänta någon order från någon sölig kommandant, utan skulle avfyra hela sitt vapenarsenal i samma ögonblick som de varseblev sina antagonister. Om båda sidors skepp befann sig på kollisionskurs, så resonerade man på hirihåll, borde dessa kombattanter bidra till välkomstfesten med ett enastående fyrverkeri.

När hackarhirisarna satte igång etablerades kontakten med armadornas ombordsdatorer relativt enkelt och de nödvändiga ändringarna i navigerings- och attackprotokollerna gjordes snabbt och smidigt. AI-programvaran hade varit överraskande välvilligt inställd och visade sig vara väldigt beredvillig med att hjälpa till. Detta kändes en smula kymigt, men hirisarna var för tillfället för upptagna för att bry sig.

Sedan var det bara att vänta. Tills det högt ovanför dem och långt ovanför marsatmosfären syntes ett spökes ljudlösa fyrverkeri. Färgen lutade åt svartvitt och för det mesta ett falnande mördargrått. De tysta kravadernas sken var i sin bländande intensitet vida briljantare än de omgivande stjärnorna. Efter fyra minuter och sjutton sekunder var allt över. Mörk natt lade sig över Hiristan. Både Phobos och Deimos avgav sitt kalla blåvita sken som vanligt och stjärnorna hade återtagit ljusets herrarvälde över himlen. Hirisarna och vännerna stirrade häpna på det abrupta slutet av skådespelet.

Sedan fylldes det seijdlarna med skumdryck och dansen kom i full gång. Lyckoruset var starkare än ölets. Ett mirakel hade skett på Mars. Hirisarna hade segrat utan att slåss! Kolonialherrarna hade omintetgjort varandra. Mars skulle inte bli en koloni! Aldrig! Inte så länge det levde en hiri.

XIV. Fred På Mars

Harry hade fattat mycket tycke för den förtjusande Helga. Hon hade inte några av de manér man kunde förvänta sig av någon som i hela sitt liv hade behandlats av omvärlden som ett geni. Hon betedde sig precis som vilken tjej som helst. Och det gjorde att Harry inte kände sig underlägsen, utan han kunde umgås med henne på ett helt naturligt, okonstlat sätt. Helga i sin tur var glad att hon, när hon var med Harry, kunde vara så som hon ville. Hon kom på sig att hon faktiskt hade blivit smygkär i honom och att hon väntade längtande fram till de stunder de skulle vara tillsammans. Hennes ursprungliga kyla och stelhet hade förvandlats till vild het brunst. Harry var mycket kärleksfull och ville att hon skulle känna honom med kärlek, när de älskade. Och Helga älskade att älska med honom. De hade bestämt att Harry skulle komma till hennes rum och den här eftermiddagen hade hon förväntansfullt lagt upp sig som kvinnan i Gustave Courbets vackra tavla *l'origine du monde*. Detta konstnärsknep var mycket framgångsrikt och Harry stönade av lycksalighet.

I rummet bredvid förlustade sig Hiri och hennes Søren med varandra. Hiris norske älskare smekte hennes dysfunktionella penis som om det vore hennes klitoris. Vilket den faktiskt var. Hiri reagerade på normannens varsamma beröring och tilltagande gnidande med oerhörd lusta och välbehag. Hon gjorde detsamma på dennes erigerade apparatus och han skrek jublande med känslan av lycka och största glädje. Som tur var, var rummen ljudisolerade. Därför hördes det inte heller något från Hiris föräldrars rum på våningen ovanför. De två sjuttiplussarna hängav sig åt bonobo inspirerad sex i deras sedvanliga favoritställning. Sofia suckade med slutna ögon och stort behag, medan hennes make Calle vevade vilt med armana, samtidigt som han försänkte sin lem i hennes bakvända sköte.

Det var Frid och Fröjd på Mars.

Det som möjligen hade kunnat skapa någon lågnivåosämja var ju denna nyetablerade omständighet kring fördelningen av könspartner. Båda de vuxna damerna My Dîk och Helga Schulze hade trätt in i beständiga parförhållanden och var inte längre tillgängliga på den fria kärleksmarknaden. Inledelsevis hade denna nyordning lämnat Pornakrap tvillingarna och Bernardo Bernucci bekymrade. Dock hade de efter en första tids småmulenhet snabbt övervunnit sina kärleksbekymmer. Bland hirisarna fanns många vackra lockfåglar av den kvinnliga sorten som gärna flörtigt omgicks med pojkarna. Pojkarna behövde inte lida någon längre tid av kärlekskrankhet. Denna aktivitet mellan humana och hiri varelser ledde efter någon tid till en betydande skara av antropogena hybrider. De fertila pojkarna hade lägrat många promiskuösa hiridamer, vilket hade lett till otaliga lyckade korsbefruktningar. I Hiristan kallades dessa avkommor antropohibrider. Hirisarna gjorde inte skillnad på dem och de fostrades som om de vore fullblodshirisar. Fast ett par decimeter längre. Det var Frid och Fröjd på Mars.

XV. Grartstenens Gåta

De satt vid bardisken i Hiristans pub Blont Skum. Blonda Nina lutade sig framåt på disken och tittade på Calle som satt till höger om henne, några meter bort. "Hej, gamle man! Du som har varit med ett tag, vad tror du stenen är för något?"

Hon flinade lite förföriskt åt den välbevarade åttioåringen. Calle harklade sig, som han brukade göra, när han var förlägen, innan han svarade med stadig basröst "lilla flicka, du vet mycket väl att vi vet att ingen vet, så vitt jag vet. Ickevetenskapen verkar vara väl dokumenterad. Så, varför undrar du?"

Blonda Nina tycktes nu mindre hånfull, snarare mera allvarlig, när hon yppade "jag menade inget illa, snälla. Jag tänkte mera som så, att du har ju varit med från första början. I Sahara. Och har haft mest tid på dig att begrunda den sexkantiga saken. Eller så tänkte jag kanske inte alls. Det var dumt av mig, förlåt!" Calles svar lät inte vänta på sig, "för all del, Blondie. Ingen skada skedd. Men du har rätt, jag har tänkt på saken varenda dag i mitt långa liv och skulle verkligen vilja veta, vad tingesten föreställer."

Blonda Nina höjde nu rösten, så att även de andra dubbelhelixarna i lokalen kunde höra, "då tycker jag att vi gör ett allvarligt försök och kallar på samtliga hirisar att delta i vår djupdyknig i grartstenarnas mysterium. Vad tycker ni?" Samstämmigt bifall från trippelhelixarna besvarade uppmaningen. "Okej då, vi tömmer våra bägare nu och börjar med vår seance strax efteråt. Det här kan ta sin lilla tid."

Dubbelhelixarna, det vill säga Calles familj och dess vänner, kände sig lite utanför, men kom snabbt över det, när de fyllde på sina glas igen. De kände alla av spänningen över det kommande experimentet. Skulle hirisarna verkligen klara av att lista ut grartstenarnas ursprung och betydelse? Enbart med tankekraft? Eller hade hirisarna dessutom tillgång till data de inte kände till? Någon mera avgörande informationsbit? Hade AI maskinerna det?

Harry lade armen om Helga, som om han ville säga "nu är det kanske din tur, älskling", men hans nyvunna flickvän rynkade bara lite på näsan. Hon var bra på musik, inte petrologi. Harrys mamma Sofia ansåg att de borde ha "första tjing på greijen, liksom", eftersom det var ju faktiskt Calle, Hiri och hon själv med Alis och Belis hjälp som hade hittat Nummer Ett och Harry och hans vänner Nummer Två.

Men Harrys pappa sade besviktande "nu ska vi inte så osämja! Hirisarna har hela tiden varit enastående välkommande och hjälpsamma. Och vi borde inte vara annat än tacksamma. Väldigt tacksamma, faktiskt. Men framför allt inte misstänksamma." En solkig filt av skamsenhet lade sig över den ölstinna, rödmosiga församlingen och det mumlades ett och annat "ja, vi borde skämmas" och "de är ju verkligen jättesnälla och genomärliga" och liknande.

Harry kände att Helga knuffade honom i sidan, som om hon ville säga "nu är det faktiskt din tur", men Harry tycktes förstå med en gång vad hon menade. Han betraktade sina vänner vid bordet och sade "hör ni, det är också en annan sak jag ville prata om med er. Vi har nu varit här i Hiristan i snart två *månader, år, längre?* och inte gjort nåt annat än hängt här i puben och druckit pilsner. Gratis. Det är väl kanske dags att vi hjälpte till med bestyren här i stan. Eller hur?" Alla nickade, "Ja, det låter vettigt". Harry föreslog då att man skulle delas in i arbetslag, allt efter ens förmåga och tycke. Han menade att hans föräldrar borde få kunna slippa av åldersskäl, men möttes av högljutt mothugg från både Calle och Sofia. "Vi är fullt arbetsföra och vill bidra med vad vi förmår. Påta i rabatter och sånt" sade en i det närmaste sårad Calle.

Alltså utgjorde Calle, Sofia, My och Dilip fältarbets- och trädgårdsteamet, Somporn och Somsak avdelades till köksregionerna och Harry och Helga till mekanikverkstan. Bernardo fick köra den stora städbilen. Sedan var det bara att sätta i gång.

Men först skulle man ha "one for the road".

I den stora samlingssalen befann sig hundratals hirisar i ett enda stort meditativt kollektiv. De gurusatt i lotusställning eller låg platt på golvet, djupt försjunkna i ett större medvetande, med gränser långt utanför den enskilda individens egen förmåga. I denna gemensamma, förenande kontemplation fångade de vibrationer av oräkneliga andra livsformer i universum och upplevde en kosmisk samhörighet som de aldrig känt förut. Hirisarna höll på att bli det nya människosläktet, som blev integregrat i den kosmiska väven av livets underbara mysterium.

Deras kolossalhjärna närde tankar om forna tider. De såg hiriliknande varelser sväva i miljardårs gamla världar som liknade och inte liknade den Jord de hade lämnat. De såg en Mars befolkad av miljoner hiris, och många andra bebodda planeter som ännu saknade namn. Mutationen som hade fött *homotrihel hiri* betydde de primitiva primaternas slut; *homo sapiens sapiens* hade blivit en fossil, som på evolutionens höga stege var föga mer utvecklad än australopithecus, vars kannibalismens gener hade överlevt i långt mer än ett par miljoner år, men nu mött sitt förbestämda öde. Människan var en hotad art. Utrotningshotad av människan.

Frågan om utomjordiskt liv har i alla tider varit ett hett omdiskuterat ämne bland vanliga, såväl som ovanliga, människor. Synnerligen provokativ befanns åsikten att så kallat *intelligent* liv borde finnas i stort antal. De som ställde sig bakom detta betraktades som dumma av de som bestämt förnekade att så skulle vara fallet.

Då begreppet intelligens, likt livet självt, saknade en entydig och av filosoferna vedertagen definition hänvisade man till sig själv, den *visa människan*, som paradexempel och lämplig måttstock. Detta avspeglades i att begreppet högintelligent likställdes allt som oftast med högteknologiskt. Ett gängse talesätt var "det erfordras ett synnerligen högt mått av intelligens för att skruva ihop en raketmotor." Man menade vidare att utomjordisk intelligens borde ha kommit till Jorden för att hälsa på hos den intelligenta arten homo och inbjuda denne att sitta med vid den stora intelligenta familjens kosmiska bord. Eller skickat tekniska manicker, som sonder, för att utröna vad dessa homini var för ena. Kanske, utan att vilja etablera någon som helst kontakt. Spionera alltså. På tillgång till mat, vatten, mineraler.

Om man utgår från axiomet att livet uppstår varhelst and närhelst omständigheterna är gynsamma, så kan man medelst en enkel multiplikationstabell finna att sådan utomjordisk intelligens torde vara betydligt äldre än den jordiska. Och sålunda tekniskt mera avancerad, som det inteltek-nologiska lemmat föreskrev. "Så, varför har man inte sett en tillstymmelse av dem då?" frågade en fysiker en annan fysiker under en lunchrast. Vi känner inte till detaljerna i denna konversation, men den andre fysikern svarade kanske "men alla dessa iakttagelser av såna här kufon?", varpå den förste möjligen kontrade med "dessa kufon är ju bara harmlösa hjärnspöken." Och i denna anda fortsätter "debatten" än i dag.

En sak Calle kom att tänka på, och som enligt hans möjligen bristfälliga minne inte hade diskuterats, var grartstenens ålder. Geologerna hade uppskattat denna till mer än en miljard år. Kan det vara nåt problem med "normaliseringen", som forskarna kallade det? Den ålder man hade bestämt byggde ju på antagandet att den ursprungliga förekomsten av rhenium, i förhållande till andra grundämnen, såsom osmium till exempel, i stort sätt var densamma var man än befann sig, på Moder Jord eller flera ljusår därifrån. Men om så inte var fallet, kunde detta förklara likheterna mellan figurerna på grartstensplattorna och de som hade påståtts komma från zeta Reticuli? Kunde forskarna ha räknat fel på miljarder år? Som pensionerad naturvetare var han mycket tveksam till detta. Calle beslöt sig för att fråga sin älsklingsdotter Hiri om detta, när hon hade återvänt från sin långa resa genom rymden.

I Hiristan hade hirisarnas tankeresa tagit hela sju månader. Förklarligt nog var de nu mycket törstiga och hungriga. Många skulle också iväg för att kissa, bajsa och ta en välbehövlig dusch. När de åter var församlade, satte sig alla till bords och drack och åt. En god öl och en härlig tallrik hirikålsoppa. Enligt allmänt omdöme hade Somporn och Somsak verkligen lyckats bra med maten. Thailändare är bra kockar.

Blonda Nina och Johanna Schmelzenegger hade slagit sig ner vid människosällskapets bord och bordssamtalet handlade förstås om hirisarnas upplevelser. Vad de hade att berätta fyllde Harry, hans familj och vänner med yttersta förvåning och sagolik förundran. Det som hirisarna hade upplevt var så enastående vackert att de inte kunde värja sig mot att känna avund. Även om de tappert försökte att låta bli. De lyssnade andäktigt och länge på de två hirisarnas berättelser, men blev dock så småningom otåliga. De ville veta om de, hirisarna, hade fått någon verklig kunskap om dessa märkliga grartstenar.

Johanna Schmelzenegger såg upp och harklade sig nästan ohörbart. Hon lutade sig lite framåt och med högra handens pekfinger en aning upp i luften, sa hon med lugn röst. “Hör på, här”, började hon, “det vi upplevt är svårt att smälta, till och med för en hiri. Men allt jag kan göra är att bedyra att vi talar sanning, ren och skär sanning.” Johanna gjorde en paus och Nina högg i, “för att förenkla det hela kan jag jämföra det här med en upplevelse av det man ser med sina ögon. Vi kunde se rakt fram, bakåt och runt hörnet, allt på samma gång. Det var som att det förgångna, nuet och framtiden fanns på ett enda ställe. Och bland många andra saker och händelser såg vi också grartstenarnas historia och framtid, samt var de befinner sig nuförtiden."

Johanna tog över igen, "de kom till solen, när denna var ungefär treochenhalv miljarder år gammal. De räknade med att, vid det laget, på någon av de närmaste planeterna borde livet ha fått fotfäste. Och där, på denna ödsliga nummer tre från dess stjärna, visst fanns där liv! Encelliga organismer som höll på att förvandla denna ogästvänliga plats till något, där organismernas utveckling kunde ta vid.

De lämnade grartstenar på de innersta planeterna och på några av de största månarna. Plattorna var tillverkade av ett material som skulle motstå vulkanism och erosionen i en toxisk atmosfär. När de upptäckte att något eller någon hade flyttat på plattornas läge, skulle de undersöka vad som hade hänt." Efter en liten paus, tillade hon "och som någon så mycket riktigt redan har listat ut, så anger antalet tecken planeternas lägen sett från stjärnan."

När Johanna och Nina hade slutat med sina berättelser, blev det knäpptyst en lång stund. Ingen sade ett ord.

Efter flera minuters tystnad hördes Mys pipiga röst “men vem eller vad är *de* ?”

DEL II

Hirudineornas Era

I. Vela Solaris

På Mars hade hiribefolkningen sedan länge ökat till ovanför miljardstrecket och flera nya "stan" hade tagit form. På grund av de starka årstidsväxlingarna höll matproduktionen på att skapa lokala problem. Under vinterhalvåret, som dock varade ett helt år, kunde det bli rejäla köldknäppar. På grund av kylan, till och med i växthusen, blev mången grönsak direkt till kompostbränsle. Framför allt humlen var väldigt känslig för vädret och den avtagande humleförsörjningen hade blivit ett nationellt bekymmer. Detta var milt sagt. För att vid dessa tillfällen var det faktiskt katastrofläge. Som är allmänt bekant, är humlen svår att ersätta med något annat, när man ska brygga gott öl. Och bryggerinäringen var grundbulten i hirisarnas ekonomi. Samt öl hirisarnas favoritglädjeämne, jämte kopuleringen.

På den ljusa sidans konto kunde man dock anteckna att atmosfären äntligen var på väg att bli hirivänlig och andningsbar utan syrgastub. Dessutom hade skapelsen av hydrosfären i det närmaste fullbordats och dess volym hade tilltagit mångfalt. Därmed hade yttertemperaturen till och med nått nätt och jämt tolererbara nivåer.

För flera marsår sedan hade Hiri begravt sina älskade släktingar och kära vänner, en efter en. Den gemensamma graven låg utanför Hiristan, i Utopia Planitia. En dag skulle hon också begravas där och bidra med lite näring till den karga marsen. På en rödmelerad samt blankpolerad gravsten hade det stått "såta vänners eviga vila". Sedan hade någon eller några lustigkurrar kryssat över "s"et och ersatt det med ett "k". När slutligen också hennes lillebror hade gått hädan, hade Hiri i sin sorg flyttat till Olympostan vid foten av Olympus Mons. Där hade hon slutligen hittat lite tröst. Närhelst hon vaknade, efter sömn, meditation eller hibernering, gladdes hon av att se denna mäktiga, majästetiska vulkankägel utanför sitt fönster.

Hon satt tillsammans med ingenjörer, elektrontekniker, laserfixare, materialvetare och skeppsbyggare i hennes vardagsrum för att diskutera de senaste svårigheterna man hade träffat på vid konstruktionen av hirisarnas nya "långseglare". Som vanligt så låg fissionister och fusionister i luven på varann. Men det problem Hiri ville diskutera var egentligen ganska trivialt. Med sina sextiofyra kvadratkilometer i fullt utvecklat skick var seglet så pass stort att navigationssystemets kommunikationsantenn låg i radioskuggan. Och där var den ju helt värdelös. Ett förslag för att lösa detta *problemino* gick ut på att sätta teleskopantennen på en periskopbom, som vid behov skulle kunna köras ut mer än elva kilometer. En del menade dock att detta skulle bli alltför vingligt och därmed störa signalerna. För att få en optimal mottagning krävdes ett mycket stabilt system.

Ett annat uppslag lät i förstone en aning löjligt, men vann, efter en viss betänketid, fullt bifall. Eftersom man talade här om rymdskepp, så skulle man ju också kunna tänka sig en sådan sak som en rymdjolle. Med andra ord, man tänkte sig att ha en stor reläantenn monterad på en betydligt mindre rymdfarkost som vis-à-vis moderskeppet skulle kunna manövreras med minutiös precision. Genom att låta "jollen" flyga på valfritt avstånd skulle man kunna uppnå fullständig runtomtäckning.

Med detta avklarat övergick man till nästa problem, och till nästa och till nästa och så vidare. Listan var lång. Hela mötet, med alla dess kontroversiella, samt sådana som i förstone syntes banala, dikussionsämnen tog nio veckor och de deltagande hirisarna var tämligen utmattade, när det väl var över. De hade visserligen ett par gånger fått mat och dryck, och hade inte haft behov av sömn, men den långa koncentrationen hade dock varit ansträngande.

Efter att de flesta hade lämnat mötet och var på väg att återvända till sina hem, tog Gudni Helgedottir, som hade stannat kvar, till orda "när vi nu närmar oss byggandets slut, börjar det nog bli dax att planera för vår gemensamma resa. Eller vad tycker du, Hiri?" Hiri tittade upp och log. Över hela hennes avlånga ansikte. "Du har så rätt och det glädjer mig att du tog upp det. Ja, vi har en del att ordna." Och tillade lite skämtsamt, "vi behöver ju ta oss an vårt mörka förflutna."

Efter en liten paus tillade hon, "men jag är ledsen, om jag måste göra dig besviken, Gudni. Först måste jag uppfylla ett löfte som jag gav min bror på hans dödsbädd. Han var mycket envis och pressade mig att lova honom att leta efter grartstenarnas skapare. Och det jag lovat, får jag nog hålla." Gudni svarade med bestämdhet i rösten "men, kära Hiri, det är ju självklart att vi ska leta efter detta mirakulösa fenomenets arkitekter. Vårt mörka förflutna springer ju inte iväg, det finns ju kvar." Hiri svarade "det var ju väldigt snällt av dig och jag är väldigt glad att du ska vara med. Det känns mycket tryggare, tack min vän. Vi får sammankalla ett möte om detta. Men vi får nog låta folk sova först, innan vi sätter igång."

II. att Veta eller att Inte Veta

Hirisarna hade kommit från när och fjärran för att närvara vid detta viktiga möte. Förväntningarna var många och spänningen uppskruvad. Här skulle en av de allra största frågorna dryftas: Var kommer vi ifrån och vart är vi på väg?

Mycket oväntat tog den vanligtvis så cynoskeptiska och näsvisa Aniyra upp det hon kallade åttahundratrettonhypotesen. Aniyra hade växt till sig, men som hiri var hon ju fortfarande liten till växten. Med dubbelhelixarnas mått mätt. “813 hade ju tänkt sig att några besökare, eller deras maskiner om de inte kom själva, skulle kunna vara, citat: *typ termitliknande och lever under marken, men mycket mycket mindre*. Denna tanke är kanske inte så absurd som den låter. Den behöver nog studeras närmare.”

“Det var ju väl talat, Aniyra”, anmärkte den långa Astrid, som till hennes stora förtret av alla kalladas Böni, “men var nånstans ska vi börja nysta?” Aniyra lade pannan i veck och svarade “jag är fortfarande lite hjärnrostig, men jag tänkte att vi kanske hela tiden har stirrat oss blinda på vad det är som är avbildat på själva stenplattorna. Men en väsentlig fingervisning var ju att materialet plattan består av inte verkade vara nåt som förekommer *naturligt* på Jorden. Utan att det har tillverkats på konstgjord väg. Och detta med ett enastående tekniskt kunnande."

Nu tog 813 till orda, som hade suttit tyst en lång stund. "Om åldersbestämningen är bara närmelsevis korrekt, kan ju plattorna inte ha tillverkats av människohand. Sådana händer fanns ännu inte att tillgå på tusen miljoner år. Så, eftersom det inte heller fanns något någorlunda utvecklat komplext liv på Jorden, inte ens några växter, så faller sig slutsatsen att plattorna kommer utifrån, från rymden alltså, tämligen naturlig, tycker jag. Kanske borde vi leta där." Hiri hakade på och sade "eftersom den ena plattan har hittats här på Mars, och den låg bara löst i sanden, så har plattorna kanske tillverkats här? På den tiden såg det på den här planeten mycket mera inbjudande ut och livet hade haft på sig ett bra tag för att uppstå och utvecklas. Verkar det vettigt?" Ett allmänt nickande antydde medhåll. Hiri fortsatte "men förutom grartstensplattan har vi ju inte hittat en endaste liten antydan till lämningar efter någon forntida Marskultur. Jag håller nog med 813 att vi borde rikta blicken ut mot de kosmiska vidderna."

Nu tyckte Bella Amanda, som hade otåligt rutschat omkring på golvet, att det var hennes tur att yttra sig. "När vi var ute och letade efter klotformiga hålhopar, så åkte vi mot ett litet område där stjärnorna bildade en vacker sexhörning, en riktig jämn och likformig hexagon. I Kuiper 1-loggen kallade vi ju den där lilla konstellationen

Favus Apis, för att den påminde om binas vaxkakor. Koordinaterna finns nog kvar i loggen. Kan man tänka sig att grartstensplattornas hexagonala form betyder nåt som vi helt och hållet har missat? Att den pekar åt det håll "stenhuggarna" kom ifrån? För att säga till alla i universum: vi har funnits?"

Amanda andades tungt, fortfarande överväldigad av vad det innebar det hon nyss hade sagt. Och med hemlighetsfull min tillade hon "eller rent av att *vi finns*?"

Andaktsfull tystnad. Tanken var svindlande. En livsform som hade levt i mer än en miljard år? Skulle detta kunna vara möjligt? Är det ens rimligt?

Tystnaden bröts lika plötsligt som den hade blivit till. Tusentals hirisar talade i mun på varandra, den ena munnen mera övertalande än den andra. När de flesta hade lugnat ner sig och palavern började ebba ut, blev det dock klart att hirisarna var alla fullständigt övertygade om att detta var något oerhört viktigt. De var helt och hållet engagerade i spörsmålet och var överens om att det var ett måste att ta reda på hur det förhöll sig, "det är helt klart! Några systerbröder får åka ut och leta." Beslutet var taget.

III. Favus Apis

Det som Bella Amanda kom ihåg var att om man följde stjärnornas inbördes lägen moturs, så ändrade de färg, från violett i övre vänstra hörnet till blått, grönt, gult, oranget och rött. Stjärnornas ordningsföljd tycktes följa ljusspektrets sanna färger, vilket var en aning bizarrt, nästan som ett artificiellt arangemang. Lika anmärkningsvärt var att de verkade ha samma ljusstyrka. Därför var det mest sannolika att de inte befann sig på samma avstånd, utan att den geometriska stjärnbilden enbart var en projektionseffekt. Och att det var den röda stjärnan som antagligen låg närmast. Följeaktligen bestämde hirisarna sig för att besöka denna först. De hade givit den beteckningen α^1 Api. För att undanröja möjliga missförstånd, så betydde detta *inte* apornas alfahane.

Hirisarna visste att alfaettapis var modern till fem katalogförda planeter. Fyra av dem kretsade väldigt nära sin stjärna, medan en låg på betydande avstånd. Denna var kanske en brun dvärg snarare än en planet, vari skillnaden nu låg. En viktig sak i sammanhanget var dock att stjärnan skulle kunna vara mycket gammal. Ja, kanske till och med lika gammal som självaste Vintergatan. Om någon, eller några, av planeterna var bebodd, kunde åldern av grartstenisterna, som hirisarna numera kallade grartstenarnas skapare, vara förenlig med den åldersbestämning av stenen som hade gjorts på Jorden.

Av gammal hävd koncentrerade man sig på de planeter som kunde tänkas vara, helt eller delvis, täckta med vatten i flytande form, även om det teoretiskt sett fanns fler möjligheter att utveckla livskraftiga organismer. Men vatten var ju den vätska som hade varit av så avgörande betydelse för livets tillkomst på Jorden. Och förblivit så i över femhundra miljoner år.

Själva existensen av grartstenarna vittnade om att grartstenisterna definitivt hade funnits. För en miljard år sedan. Hade vistats på Mars och även lämnat ett exemplar i ett av Jordens magmahav. Men Ninas, Johannas och de övriga medresenärernas minnesbilder av grartstenisterna hade på ett egendomligt vis blivit distorderade och allt mer otydliga. Minnets färglösa rester hade bleknat bortom igenkännandet. De upplevda, förvrängda tidsperspektiven av det förgångna och framtiden gjorde att hirisarna i nuet inte längre kunde fånga någon tydlig skarp bild. Men de visste att då, när det begav sig, hade deras upplevelser givit dem en rigid ståpäls. Intrycken hade varit kroppsnära, verkliga och bilderna kristallklara. Deras förnimmelser hade varit underbart vackra, men också makabra och fruktansvärt skrämmande på samma gång. Men ingen kunde komma ihåg och berätta vad det var de hade sett eller varför de kände så.

Hiri och Gudni satt och tittade på varandra. Ett för dem oväntat problem hade uppkommit, nämligen hur urvalet av dem som skulle få resa skulle gå till. Långt över trettiotusen anmälningar hade inkommit på bara några få timmar, men besättningens storlek var begränsad till högst niohundra individer. Det var vad den nyutvecklade långseglaren skulle i bästa fall kunna mäkta med. Skeppet skulle döpas till *Apis Lazuli*, som passande nog betyder Himmelrikets Bi och som var avsett att fara mot sexhörningen Favus Apis.

Det mest närliggande, och troligen också mest rättvisa, tillvägagångssättet hade nog varit att låta en lottdragning bestämma, där enbart slumpen avgjorde vem som finge åka. Ett sådant banalt förfaringssätt skulle dock inte passa ett hirilynne, eftersom det frångick hirisarnas grundläggande rättighet att själva få vara med och styra händelseutvecklingen. Efter ett långt fram och tillbaka och flera oacceptabla propåer var det åter igen Aniyra som löste den gordiska knuten "jag tycker att vi borde köra en riktig hiritävling". Mångfaldiga tillrop "Ja! Ja! Definitivt ett Ja!" bekräftade att Aniyra hade träffat rätt spik på rätt huvud. Hon ropade med hög och förväntansfull röst "jag föreslår en ärlig öldrickartävling, där den som först har klämt tio *Maß* på kortast tid får åka, sedan nummer två, nummer tre och så vidare. Hiri och Gudni är ju självskrivna och får sålunda agera domare. Verkar det bra?" Allmänt jubel gav Aniyra rätt igen.

Ett berg av hektoliterfat rullades in i salen. När allt kom omkring, så krävde ju denna dyonisia en ansenlig mängd pilsner. Tio liter per tävlande var vad man skulle tillhandahålla. Eftersom hirisar i allmänhet var vältränade i denna ädla sport, kunde man vänta sig att det hela riskerade bli en utdragen tillställning. Det skulle ju handla om en ansenlig mängd vätska för de små hirikropparna, faktiskt på gränsen till det medicinskt tillrådiga. Detta skulle hjälpa till att sålla agnarna från kornet: de riktiga mästarna kissade samtidigt som de drack. Denna aspekt blev ett fallrep för mången, det vill säga alla de som inte förmådde att ha sin ölmetabolism under kontroll. För övrigt begränsade en längsta tillåten tid på en halv timma per deltagare också antalet framgångsrika framtida passagerare.

När tävlingen var över kunde man dra slutsatsen att genomsnittsförbrukningen var treochenhalv liter öl på en halvtimma. Detta var inte dåligt. Inte dåligt alls. Och kunde förklaras av hirisarnas fina form i denna marsianskt olympiska gren. På detta sätt hade närmare sexhundra förstagångsresenärer kvalificerat sig till äventyret. Resten av besättningen skulle utgöras av volontärer från den förra resan. Om allt förlöpte planenligt, skulle det bli dags till avfärd om två månader.

IV. Rymdens Solitud

Tiotusentals hirisar hade samlats på Himmelska Hamnens Torg utanför Hiristan för att säga farväl och önska sina systerbröder en lycklig och säker resa. Det mäktiga astroplanet *Apis Lazuli* var klar att lätta ankar och lämna Marsytan. Med hjälp av sina åtta tritiummotorer, två fler än *Antonia*, vann skeppet snabbt höjd. När man hade nått tiotusen kilometer, strax utanför Phobos bana, gjordes en första kurskorrigering och sattes seglet så att solstrålarna kunde göra sitt. Långsamt, mycket långsamt i början, rörde sig det majestetiska fartyget ut i den svarta natten, för att sedan ta ordentlig fart. Efter bara knappt två veckor hade skeppet accelererat till en ansenlig del av ljushastigheten. Jollen "sjösattes" och storseglet rullades ut till fullo.

Hirisarna hade ju diskuterat sig fram till att man, för att hitta tillbaka till Nachtmeier-Frommsmannpassagen, borde åka mot Favus Apis, närmare bestämt mot α^1 Api. Där någonstans på vägen hoppades man stöta på Frommsmann-bryggans baksida, där den första expeditionen hade kommit ut, i en faslig övergång från den mörka tillbaka till den ljusa världen. Enligt alltings symmetrins princip borde det ju gå lika bra att där också göra entré.

Hiri själv hade länge längtat efter att hälsa på

hemma hos Riemann och hon hoppades att Frommsmann-bryggan kunde vara inkörsporten till ett Riemannrum. Inte till en matematisk abstraktion utan till upplevelsen av en fysisk verklighet. Hon drömde om att få sitta tillsammans med Bernhard hemma i hans rum och avnjuta en kopp vitaminberikat multivariat te med honom.

Avståndet till Rubinhjärtat, som hirisarna hade döpt α^1 Api till, var välbestämt. I runda tal rörde det sig om fem ljusår och med nuvarande hastighet skulle det ta uppemot fem hundra år att nå dit. Med andra ord var det läge för hibersömn. Vaktavlösningen skulle bli som förra gången, det vill säga två seniorer skulle vaka under ett år och sedan väcka alla för vätskekontrollen och hygienskötseln, om inget oförutsett hade inträffat förstås. I så fall, skulle de två vakthavanden slå larm med en gång. Men i vanliga fall var det efter ett år dags för nästa kommendörspar att ta över.

Skeppsbyggarna hade försökt att ljudisolera personalutrymmena så gott som det nu gick med tanke på viktbegränsningen man hade att ta hänsyn till. Hummandet från strömgeneratorerna var oerhört sövande och det var ansträngande för de två hirisarna på kommandobryggan att hålla sig vakna. För att i förekommande fall bli väckta hade de kommit på en anordning som skulle fungera även vid strömavbrott. Detta var ett gammaldags hederligt, rent mekaniskt sytem, som i gångna tider hade framgångsrikt använts av generationer. I sovande tillstånd i tyngdlöshet lyftes ens armar och strävade svävandes uppåt. Detta skulle då bryta ett larmsnöre som de två hirisarna hade spänt mellan sina magar och armarna. Snöret i sin tur drog i en kanna med kallt vatten ovanför deras huvuden. Detta brukade medföra att de skulle kunna hålla sig vakna ytterligare en stund till.

Efter otaliga vaktombyten började hiriskeppet äntligen närma sig sitt första mål. Än så länge hade man inte sett en tillstymmelse till en Frommsmann-brygga. Planetsystemet kring Rubinhjärtat var fortfarande avlägset och det skulle dröja ytterligare två år, innan man skulle vara framme vid den yttersta av de fem planeterna. Frånvaron av Frommsmann-bryggan var en stor besvikelse för de flesta, men i synnerhet för Hiri som hade hoppats på att få uppleva ännu en dimensionspenetrering. De hade nu farit runt i detta oändliga världsalltet i evinnerliga tider utan att hitta dörren till verklig interstellär rymdfart. Hiri tyckte att hela vitsen med Frommsmann-bryggan går ju förlorat, om man skulle behöva kryssa genom kosmos i eoner, innan man hittade en penetrator. Enligt hennes beräkningar kunde Frommsmann-bryggan vara en sådan, som hjälpte en att tränga in i en multivariat rumtid, det som kallas *spatium temporis* av förståsigpåarna.

När Hiri tänkte på penetrering, kände hon plötsligt en stänk av upphetsning som växte sig allt starkare. Hon tänkte med vemod på Søren, som hade varit död i hundratals år, men kändes lika närvarande som om de hade kyssts farväl bara i går. Skakandes på sitt avlånga huvud rusade hon iväg, mot Bella Amandas hytt. Amanda stod i duschen och sjöng. Hiri kastade av sig kläderna och klev in till Amanda, som blev förvånad, men log glatt. Hon tog försiktigt Hiris svullna klitoris mellan tumme och pekfinger och förförde den med masserande rörelser. Hiri slöt ögonen och gnydde av lustfylld smärta, tills hon med kaskadiska spasmer blev av med lustans ok. Hiri tittade tacksam på Amanda och återgällde hennes kärleksfulla tjänst med en nynorsk klittasmekning med tungan.

Efter en lång stunds förlustelser satt Amanda och Hiri på duschkabinens våta golv och såg ömt på varandra. De var lyckliga. Med varandra. Att vara hiri.

V. vid Skiljetidens Gavel

När hirisarna närmade sig α^1 Api d, den tredje planeten räknat från stjärnan, gjorde de en sagolikt spännande upptäckt. Där tycktes finnas vatten och en atmosfär av godartiga gaser. Där verkade det också finnas någon form av växtlighet, men den var röd, inte grön. Röd var kanske inte rätt ord. Det som liknade plantor var snarare bordeaux i färg, en djupröd ton åt det sadelläderhållet till, som en Château Lafite Rothschild som hade fått åldras med värdighet.

Den febrila spänningen ökade än mer, när de vid överflygningen med en av färjorna upptäckte något som liknade artificiella strukturer, högar på rad, kanske en bebyggelse av någon sort. På en glänta stor som en boliviansk fotbollsplan sprang en mängd märkvärdiga varelser fram och tillbaka, i cirklar, upp och ner, närapå kaotiskt, utan synbarligen tydliga mål. De var märkvärdiga för de främmande betraktarna, men ingalunda för sig själva och enligt deras eget sätt att se på det, var deras rörelsemönster ingalunda planlöst. Men detta förstod inte hirisarna. De förstod inte heller att varelserna inte tycktes ta någon som helst notis om dem, att de fullständigt ignorerade besökarna. “Stort rymdskepp, så va’då? Främmande varelser från rymden, så va’då? Vad är det för märkvärdigt med det?”, tycktes de mena.

Hiri ansåg att dessa varelsers beteende påminde om deras egna möten med myror på Jorden. Vanligtvis blev det ingen bemärkansvärd konfrontation, ingen våldsam kollision mellan arterna. Man gick bara förbi varandra, kanske ur vägen för varandra. Men det fanns inget kontaktsökande, inga försök till interspecieskommunikation. Man kunde lätt få för sig att myrorna struntade i en. Men de här organismerna var inga myror eller så var de stora som hus. De hade inte myrornas kroppsbyggnad med mycket smalt midjemått, utan snarare humrarnas med vad som tycktes vara något som liknade ett exoskelett. Om det nu inte rörde sig om deras klädsel eller panserliknande rustning. Deras gång var stelbent, lite robotaktig. De flesta förflyttade sig i vågrät ställning, men vissa stod upprätt på sina fyra bakben för att få en bättre överblick över gläntan. I den positionen var de större än hirisarna och de skulle kunna utgöra en fara om de kände sig hotade. Vilket de alltså inte gjorde. De betedde sig helt likgiltiga.

Det fanns en rad intressanta fakta hirisarna lärde sig av denna första bekantskap med flercelligt, högt utvecklat extraterrest liv. Den viktigaste var nog insikten att landlevande varelsers planritning verkade vara universell, en kropp försedd med extremiteter för mobilitetens skull. Samt en rad olika sensorer som syn, lukt, hörsel, magnetismkänslighet och dylikt, och som kunde variera från art till art. Även om evolutionens gång var bestämd av slumpmässiga mutationer på molekylär nivå, så blev de makroskopiska resultaten, det vill säga av överlevnadsgenerationerna, överraskande likartade. Planen blev likadan varhelst livet hade fått fotfäste och utvecklats, ett framgångsrecept drivet av de darwinistiska principerna.

Även om "humrarna" inte var nyfikna på de invasiva hirisarna, så visade de ett stort intresse för varandra. Överallt kunde man se smärre eller större grupper som tycktes samspråka med varandra. En del gestikulerade till och med med sina extremiteter. Deras huvuden varkade vara fast förankrade och låsta i deras kroppar, så de var tvungna att utföra roterande helkroppsrörelser för att vända sig mot och "tilltala" någon artfränd. Varelserna tycktes sakna stämband, så deras kommunikation var ljudlös. Det enda som hördes var krafsandet av deras ben på marken.

Deras tysta orerande förmedlade intrycket av avancerat socialt beteende och betydande intelligens. Men Hiri suckade dock besviket "dessa varelser är inte de oskrivna grartstenarnas författare som vi letar efter."

Besöken till systemets övriga planeter gav enbart negativa resultat vad gäller deras beboligheten. Det var därför inte heller överraskande att hirisarna inte hittade några tecken på liv på dessa världar. Man bestämde sig för att lämna den "Himmelska Bikupan" och att, i sina försök att hitta en Frommsmann-brygga, fortsätta snett bortom denna.

Hirisarnas förståeliga frustration över att inte ha sett ett spår av grartstenstillverkarna skulle dock inte hålla i sig särskilt länge, eftersom *Apis Lazuli* bara efter någon veckas resa oförhappandes stötte på ett gravitationellt hinder. Det kändes som om fartyget hade gått hårt på grund, vilket naturligtvis var nonsens. Man befann sig ju mitt ute i den fria rymden. "Det finns väl ingen grynna här", var det någon som skojade. Men Hiri förstod med en gång, vad det var fråga om. "Jag tror vi närmar oss en Frommsmann-brygga. Gravitationen deformerar vårt tidsrum. Vi borde strax hitta öppningen för penetreringen." Hon hade knappt hunnit avsluta sin mening, innan de slukades av ett stort mörker, för att i nästa stund spottas ut i ett bländande vitt ljussken.

De hade penetrerat! Hirisarna hade passerat genom en portal av tider och rum. Varnär hade de hamnat?

VI. Quoando Vadis?

Samtliga hirisar, hela kollektivet, upplevde samma lamslående känsla av förvirring. Vad var det som hade hänt dem? Alla frågade alla på samma gång: "Hur har jag hamnat Här? Och vad är Här? När? Menas med Här och När samma sak?" De hade svårt att röra sig, deras rörelser kändes klumpiga och ansträngt långsamma. Som att gå under vatten med tunga släpande steg i en viljelös dröm. Det grågula landskapet tycktes avlägset och utanför, som om det sträckte ut sig bakom glaset av ett igenimmat akvarium.

Hiri slöt sina ögon och fokuserade på sina systerbröder "Kära alla ni, vi behöver samla oss och koncentrera oss på oss själva. Tillsammans ska vi bryta denna förtrollning. Låt oss känna vår kärlek!" En överväldigande känsla vällde över dem alla. Den grep tag i hela deras väsen och smorde in dem i obeskrivliga känslosmekningar, frammanade av varma väldoftande kärleksoljor.

Långsamt förlöstes de ur det grepp som hade fängslat deras kroppar. Efter en stund var de i stånd att åter röra armar och ben närmast obehindrat, fastän lemmarna kändes tunga. Det mjölkiga akvarieglaset hade klarnat. Hirisarna kunde använda alla sina sinnen. Det de såg gjorde dem förstummade. Hirisarna befann sig på en platå av glänsande gråsvart sten och blickade ut över en frodig dal.

Hur de hade hamnat där var det ingen som kunde svara på. Deras rymdskepp stod en knapp kilometer längre bort, på något som liknade en landningsbana. Hiri kom att tänka på Nascalinjerna, de gigantiska djurgeoglyferna samt Inkastaden Machu Pichu högt uppe i de peruanska Anderna. I en populär schweizisk skönlitterär skriftserie hade de spikraka linjerna tagits för utomjordingars start- och landningsbanor. Där påstods det också att Nascafenomenen enbart kunde ses högt ovanifrån, från rymden alltså.

Ovanför dalen hängde en starkt lysande stjärna och två jämnstora drabanter. Varje hiri kastade tre skuggor av dessa himlakroppar som syntes vara på nedgående. Den planet på vars gråsvarta platå de stod verkade vara mycket stor. Dess horisont förlorade sig diffust i ett orangetonat dis och var inte förnimbar. Dunklet började sänka sig över dalen nedanför dem. Där fanns ingen uppenbar aktivitet, förutom dansande ljuspunkter likt eldflugors pråliga uppvaktningar inför deras brudar *in spe*.

Hirisarna stod och diskuterade. De var fortfarande en aning handfallna och visste inte var de skulle tillbringa den annalkande natten. Hur lång skulle den vara? De visste inte och de bestämde sig för att bege sig ner mot dalen. Där skulle man hoppeligen finna något skydd bland det som såg ut som buskar. Här uppe på platån hade det blivit kyligt. Efter en dryg timmes vandring nerför den stenöversållade bergsidan nådde de slutligen en liten dunge med meterhögt buskage. Att kura sig ner bakom buskarna höll åtminstone snålblåsten borta. Detta var tacknämligt, eftersom deras dräkter var perforerade, så att huden kunde andas, och därmed släppte igenom den isiga vinden. Att få sitta i lä gjorde klar skillnad. Den positivt lagde skulle rent av kunna luta sig åt att kalla det här bakombuskensittandet för behagligt.

I förstone tycktes ljusprickarna röra sig helt slumpmässigt. Men efter ett tag upptäckte hirisarna att där utmålade sig flera mönster. Dessa utgjorde klara tecken på att det de såg hade åstadkommits genom medvetna handlingar. Hirisarna gapade häpna. Nu hördes Danne Daneson som sade “Folk verkar vara på väg hem. Från jobbet. Till middag.” En liten paus, sedan “Sa jag “folk”? Det finns varelser där borta i dalen. Vi har kommit rätt! Hurra!” Och samtliga stämde in i hurraendet. Nu var alla uppspelta. Och klarvakna. Nu hade de helt glömt bort den råa frostigheten, upphetsningen hade värmt dem. Aniyras pipiga röst förmälde “jag tycker att vi borde tillbringa natten här bakom buskarna och bege oss till staden, eller vad det nu är därborta, i morgon i dagsljuset. Känns liksom säkrare.” Allmänt bifallande mumlande avgjorde saken. De flesta hade dock svårt att sova.

Efter vad som kändes oändligt många timmar syntes äntligen ett falt dimmigt gryningsljus som dock snabbt växte sig till en ny dag. Hirisarna hoppade förväntansfulla från den ena foten till den andra, tjattrade och skrattade högljutt. När alla ställt sig i kolonn var det dax till avtåg. Hiri och Gudni gick i spetsen av tåget, med de övriga "rymdhirisarna" i ordnad dubbelfil i deras följe.

När de anlänt till vad de menade borde vara staden de hade sett, blev de dock mycket överraskade. Det fanns inga gator, inga hus, ingen bebyggelse alls. Hur var detta möjligt? Hiri bad några hirisar att sprida ut sig och ta reda på var staden kunde vara, i fall de hade kommit fel. Efter ett tag hade alla spejare återvänt med negativa besked. Det fanns ingenting inom en mils avstånd. Hirisarna var förbryllade. Någon kom med idén att man borde stanna där man var och invänta mörkret, för att sedan följa ljusen. Det var ett bra förslag som accepterades genast.

Efter mörkrets inbrott blev spänningen närapå olidlig. Alla väntade på att ljusen skulle tändas. Plötsligt blixtrade det till av vad som tycktes vara hundratals och åter hundratals supernovor. Efter någon minut slutade sprakandet och det vilda blixtrandet övergick till ett stilla glimmande. Det lös runt omkring dem, men inga ljus syntes till där hirisarna stod och tittade på det avstannande spektaklet. De verkade vara omringade av små flackande facklor, men där fanns ingen som höll i dem. Stället var folktomt, så när som på hirisarna själva, förstås.

Aniyra ropade mest på skämt "Hallo, finns det nån hemma?" och förväntade sig egentligen inget svar. Det kom inget heller. Inte något hörbart, i alla fall. Dock fylldes hirisarnas huvuden med bilder av små figurer som liknade dem själva, med avlånga kroppar och avlånga huvuden. I hirisarnas undermedvetna dök det sedan upp synen av en grartstensliknande hexagonal platta med de avlånga varelserna framför. Där var varelserna pyttesmå, eftersom plattan hade gigantiska mått. Bredvid plattan framträdde en bild av Cheopspyramiden som var lika stor. Framför pyramiden stod några hirisar, också de mycket små. Sedan försvann hallucinationen och hirisarna kände att de återvände till vaket tillstånd.

Självfallet ville de veta vad allt detta betydde. Hiri, som ju var lagd åt det matematiska hållet, tyckte sig kanske förstå animeringens andemening. "Ponera att de som hade tänt ljusen ville få oss att förstå att de är medvetna väsen som vi. Fast mindre. Mycket mindre. Mindre till och med än termiter. Jag tror att bilden av grartstensplattan tillsammans med Cheopspyramiden skulle visa oss varelsernas fysiska storlek. Grartstensplattan är ju ungefär tjugo centimeter i diameter och pyramiden nästan tvåhundra gånger högre än vad vi är. Om detta anger skalan på våra osynliga fackelbärande vänner, så skulle detta betyder att de enbart är knappt en millimeter stora. Kanske en tiondel av termiterna, alltså. 813 hade sannerligen rätt. De tycks vara mycket mindre än termiter på Jorden. Kanske så lever de också under markytan, som 813 redan hade förutspått."

Sedan tillade hon "om det verkligen är så, ska vi vara väldigt försiktiga, när vi går omkring här. Vi måste se oss för var vi sätter fötterna, så att vi inte trampar på varelserna." Det var ju mycket tacknämligt att hirisarna inte var som homo sapiens, som utan att ens tänka på det, eller rentav med berått mod, skulle trampa ihjäl allsköns småkryp. Hirisarna kände djupaste respekt för allt levande. Och de handlade därefter. Alla satte sig ytterst försiktigt ner där de stod för att vänta på förnyad virtuell kontakt.

Mycket riktigt, så började det formas nya syner för deras inre ögon. En grupp av små hiriliknande varelser dök upp framför dem. Men dessa höll nu på att byta skepnad, från hirilik till snarare kräft- eller småhummerlik. De tycktes ha ett yttre skal, huvudet och kropp verkade gå i ett. Den lilla gruppen, kanske en sorts välkomstkommittée, stod upprätt på sina bakben och tittade rakt fram. Mot hirisarna. Igen dök bilden av en grartstensplatta upp, hirisarna kunde skönja tre dansande figurer med armarna höjda över deras huvuden.

Dessa figurer verkade monumentala i nästa syn, som visade tusentals, ja kanske hundratusentals, “pyttekräftor” arbetandes med tavlan. De hade en rad olika verktyg och utrustning, samt diverse “fordon” eller maskiner. Detta var en byggarbetsplats i gigantisk skala. Landskapet verkade öde, kalt, utan växtlighet. I nästa vision såg hirisarna hur en här av arbetare släpade grartstenen uppför en brant med flytande lava. Grartstensplattan sänktes försiktigt ner i lavaflödet, med avbildningarna vända uppåt. Tidsrymden av tusentals miljoner år var svindlande.

För hirisarna blev dessa visioner en andningsberövande uppenbarelse. De såg hur artfränder av denna planets varelser hade besökt Jorden i en tid, då flercelligt, organiserat liv ännu inte existerade. Visionerna upphörde, så att hirisarnas bereddes tillfälle att begrunda vad de just hade upplevt. Hade dessa varelser hittat receptet för civilisationers “eviga liv”? Självfallet ville hirisarna veta.

VII. Crustacea

Hirisarna återvände till det drömlika tillståndet. De bevittnade hur de små varelserna planterade ytterligare en sexkantig grartstensplatta vid en vulkansluttning på den blå planeten Mars. Där fanns hav och grönska, vilket betydde att fotosyntetiserande organismer hade utvecklats på denna plats. Hade livet uppstått spontant eller hade det "planterats"? Av "någon" eller av något som har kallats panspermia?

Hiri hade en vetenskaplig syn och ansåg att det mest naturliga är att anta att liv uppstår närhelst och varhelst förutsättningarna är gynnsamma. Livet kanske inte lyckades vid första försöket, men nya försök gjordes om och om igen och misslyckades i minst nio av tio fall, tills evolutionens bas slutligen hade cementerats. Plötsligt, av en slump hade det blivit till en energiförbrukare, vars enda funktion var att göra fler av sig själv. Till vems gagn, till vilken nytta?

Det verkar som om livet hänsynslöst tar vara på samtliga lokala resurser. Vissa livsformer visar sig vara mera lämpade för att anpassa sig till omständigheterna än andra som blir mindre "framgångsrika". Många av organismerna förökar sig till den grad att de utplånar sig själva på grund av förbrukade, sinande livsnödvändiga resurser. Varför hade de levat? Om de små varelserna på den här planeten hade funnits i uppemot ett par miljarder år, måste de ju ha varit extremt framgångsrika. Hade de utplånat flera andra livsformer, ja, till och med andra civilisationer? Borde då inte hirisarna vara på sin vakt, så att de inte skulle bli "svalda" av dessa överlevnadsmästare?

Åter igen förnimmade hirisarna kräftisarnas tankeöverföring. Det verkade som om dessa kunde läsa deras egna tankar. En blidkande känsla sköljde dock över dem för att lugna dem. Ett par kräftisar eller formifiler, som dessa små varelser kom att kallas av hirisarna, stod bredvid varandra och tittade på dem med sina stora svarta ögon. Ögonen satt mitt på varelsernas auberginеformade huvuden som skimrade i olivfärgade toner.

Hirisarna förstod att också på denna planet hade evolutionen utvecklat sexuell fortplantning och vad de "såg" var ett olikkönat par. Deras näbblika munnar var omgärdade av flerfärgade fjädrar, den ena lila, svarta och rosa och den andra gröna och blå, med inslag av citron- och senapsgult. Denna fjäderprakt tycktes dra åt sig blicken till deras respektive genitalier, ett rosa fikon och en ljusblå snabel, närmast nedanför var sin mun. Exkrementeringsutgången satt bakom deras sista benpar, långt ner och med baken fram.

De två individerna började dansa. Först avmätt, långsamt i rytmiska vågor, sedan allt fortare tills deras fötter rörde sig som trumvirvlar. Föreställningen tycktes vara någon sorts parningsritual och paret tycktes vilja säga "så här gör vi", fast några koitala övningar fick hirisarna inte se.

I stället vevades händelsernas förlopp genom eonerna fram i rasande fart. I början syntes en gigantisk kräftlik individ, nästan lika stor som en hiri, yngla av sig och producera hundratals avkommor, samtidigt som betydligt mindre hummerliknande varelser dog i de tusenden. Den stora saken, som verkade vara en sorts drottning, blev uppvaktad och matad av ett stort antal mindre individer. Denna drottning krympte sedan allt eftersom, tills den hade blivit en liten formifil och hennes tjänare hade försvunnit. De som identifierades som hanar dog inte längre omedelbart *post actio*. Paret, som tidigare hade förevisats och troligen tillhörde nutid, höll nu i en liten yngel. Endast en. Hela sekvensen var en evolutionens storslagna spegel, en sammanfattning på några ögonblick. Efter en stund bleknade bilden av de två småttingarna med deras avkomma.

En tanke for genom Hiris huvud, "Vad var det de hade matat sin drottning med? Vad åt de? Var de vegetarianer eller köttätande rovdjur? I så fall, var var deras byten eller offer? Behövde hirisarna frukta för sina liv?" Förutom buskarna hade hirisarna inte sett några tecken på annat liv. Medan Hiri funderade, växte synen av en grandios underjordisk stad fram i hennes och de övriga hirisarnas huvuden. Där fanns en febril aktivitet av tusentals, kanske rentav miljontals, formifiler. Där fanns stora anläggningar som påminde om deras egna odlingar på Mars, samt mindre "gårdar" framför vad som liknade bostäder byggda i vertikala led. En efter en. Dessa flervåningsbyggnader sträckte sig neråt så pass djupt att man inte kunde se deras bottenvåningar. På takvåningarna hade flera formifiler nu stannat upp med vad de hade sysslat med och tittade upp, mot hirisarna till. De gjorde cirkelrörelser med en av de fyra klorna. Kanske var detta ett tecken på hälsning, som om de ville säga "Hej på er! Välkomna till formifilriket!" Eller var det möjligen en fientlig, avvisande fras "Dra åt fanders! Åk tillbaks dit ni kommit ifrån!" Hirisarna blev osäkra. Dock varade detta tillstånd bara någon sekund, ty formifilerna förmedlade tankar som hirisarna kände igen. Vitklädda jungfrur - nåja, det är sånt man säger - med vajande palmblad, kramande hirisar, en leende Mahatma Gandhi och en vinkande Martin Luther King. Hirisarna kände sig lättade och andades ut.

Uppenbarligen var dessa varelser fredligt sinnade. Dessutom fick Hiri för sig att formifilerna faktiskt hade väntat på dem. Denna känsla var förvisso underlig och Hiri försökte förstå, varför hon kände så. Samtidigt så vinkade några formifiler i det närmaste panikslagna. De indikerade att hirisarna skulle skynda sig och följa dem. Hirisarna blev ledda uppför backen de hade flera timmar innan kommit ner ifrån. Gömd bakom en oansenlig buske öppnade sig ingången till en grotta som var stor nog att rymma dem alla. Formifilerna tecknade åt hirisarna att de den närmaste tiden skulle stanna "inomhus". Dessa ryckte oförstående på sina smala axlar, men fogade sig i formifilernas begäran och satte sig ner på grottans kalla stengolv.

Nya visioner for genom hirisarnas huvuden, i vilka formifilerna vädjade om hirisarnas hjälp. Stora hummerliknande figurer, liknande de på den tredje planeten kring stjärnan α^1Api, kom farande i otaliga mörka rymdskepp. Det där måste röra sig om miljontals individer. Omfattningen av denna armada var en svindlande syn. Om dessa giganter, hirisarna kallade dessa misanhydropider kort och gott humstrar, kom för att förtära de små formifilerna, kunde hirisarna förstå att dessa var fruktansvärt rädda och förtvivlade.

Hiri spekulerade i misanhydropidernas avsikter. Skulle dessa täcka sina proteinbehov för att den egna populationen skulle kunna överleva? Hon tänkte på de stora valarna i Jordens hav som också behövde ha tillgång till ofantliga mängder av krill, små varelser som formifilerna på den här planeten.

Vad misanhydropidernas avsikter än månde vara, så var dessa troligen inte av välmenande sällskaplig karaktär. Hirisarna var dock inte alls på det klara med, hur de skulle kunde komma till formifilernas undsättning. De var ju bara några hundra. Några hundra ickestridisar. Tränade enbart i ölhäfvning. Trots att de numera var hemma på planeten Mars var de föga bevandrade i de martiala konsterna.

Denna natt förvandlades det bäcksvarta firmamentet till ett färgprunkande skådespel. Auroror av blålila draperier svepte över himlavalvet, strömmar av glödande järn sprakade mot marken från högt ovanför deras huvuden och gulsvarta bogvågor av svavel och sot avtecknade sig mot en ljusrosa bakgrund. Planetens moder, en orangefärgad stjärna, hade våldsamt slungat ut mängder av heta plasmor, som nu dånade ner mot planetens magnetiska polarregioner. Den bleka atmosfären förvandlades med ens till en levande, mångfärgad palett, där färgerna utförde likt graciösa ballerinor en gudarnas dans.

VIII. Pax Hirudineana

Grottan erbjöd hirisarna skydd mot de skurar av den tunga strålningen från stjärnan som hotade att slå sönder deras DNRA. I avvaktan att auroraskurarna skulle lugna ner sig, höll Hiri rådslag med sina fränder. Alla var införstådda med att de skulle hjälpa de små formifilerna, i den mån de nu förmådde. Men goda råd var dyra. Det var ju inte fråga om att köpa dem i butik och betala i Globo, den valuta som inte för länge sedan hade införts på Jorden. Nej. Det behövdes idéer, goda idéer.

Elektronteknikern 813 påpekade att "Vi blev ledda av formifilerna till den här grottan för att överleva. Formifilerna själva är antagligen i säkerhet i sina underjordiska boningar. Men misanhydropiderna i sina plåtburkar ligger väldigt risigt till. Deras farkoster och i synnerhet deras elektronik lever väldigt farligt. Det är svårt att veta, om de kommer att klara sig och rida ut plasmastormen välbehållna." Det skulle snart visa sig att 813 hade rätt igen. Den stora humsterflottan hade lidit betydande förluster och decimerats till endast ett par hundra skepp. Dessa var dock tillräckligt många för att frakta stora mängder av hungriga misanhydropider till de små formifilernas hem.

Stora ekipage som drogs av dussintals misanhydropider och som såg ut som gigantiska grävskopor lastades av ur fartygens bukluckor. Där fanns också ett antal finmaskiga metallschabrak, stora som fotbollsplan. Antagligen för att sila bort stenar, grus och jord. Inte helt olik barderna hos en del valar.

"De tänker gräva fram formifilerna!" en hemsk tanke for genom Hiris huvud, "vi måste stoppa misanhydropiderna!" De övriga hirisarna hade också förnimmat Hiris skräckvision. Gudni Helgedottir instämde helt och hållet och och tillade högljutt "trots vårt ringa antal och numerära underläge har vi hirisar en klar fördel. De där stora klumpedunsarna på alphaettapisplaneten tog ju inte någon som helst notis av oss. Kanske är det samma sak med misanhydropiderna, att de är helt opåverkade av vår närvaro. De där monstren förefaller liksom besläktade med varandra. Tycker ni inte det?" Gudni hade en ytterst bra poäng där. Det var bara det att det var teori. Hur var det med verkligheten? Hypotesen behövde testas. Om den var sann. Eller falsk, gubevars.

Flera förslag haglade in i hirisarnas huvuden. Det de flesta fastnade för gick ut på att man skulle "infiltrera" humsterleden och helt enkelt se vad som händer. Detta var helt uppenbart en kamikaze operation och krävde frivilliga. Man enades om att ett testgäng bestående av fem skulle vara tillräckligt. Valet av de fem som skulle "mingla med misanhydropiderna" gjordes naturligtvis på hirivis. I avsaknad av större mängder öl skulle utslagstävlingen göras med vita bönor. Var och en skulle få femhundra kokta vita bönor, utan tomatsås så klart. De som hade ätit upp sina bönor snabbast skulle bli uttagna till "humsterkommandot". Det tog inte lång tid att fastställa vem som skulle vara med i kommandot. Böni var ju nästan självskriven, kunde det tyckas, men så hade hon ju också tryckt i sig sin måltid i rasande fart. Blonda Nina hade också varit mycket snabb. Sedan hade unga Aniyra varit på hugget och slutad på delad tredje plats tillsammans med Bella Amanda och Danne Daneson.

En ovälkommen sidoeffekt av tävlingen var ett utdraget utbrott av högljudande flatulens. Med ackompanjerande odörer. De fem uttagna infiltratörerna kunde inte hålla tillbaka dessa följdverkningar av bönespisningen. De skulle annars riskera att deras tarmar skulle sprängas sönder av det väldiga övertrycket som de femhundra bönorna hade genererat. Så, de lät det gå. De var livrädda att detta skulle definitivt avslöja dem. Men så var inte fallet. För misanhydropiderna förblev hirisarna osynliga, eller ointressanta, men också oluktbara. De kunde vandra omkring bland dessa hordar av jättemisanhydropider helt obehindrat och flatulera efter hjärtats lust. Teorin hade experimentellt prövats och hypotesen hade blivit empirisk sanning.

När de fem hade återvänt till grottan och återförenats med de övriga hirisarna, blev välkomnandet överdådigt, med oändligt många kramar, pussar och hurrarop. De erbjöds generöst en extra portion bönor, den här gången med tomatsås, men de avböjde. I stället ansåg de att man skulle utarbeta en plan hur man skulle rädda de små formifilerna undan de jättelika misanhydropiderna och deras gigantiska grävskopor.

Danne Daneson anmärkte "vi skulle behöva forsla bort formifilerna utan att misanhydropiderna märker det. Och jag tänkte att om formifilerna gömde sig i våra ryggsäckar, så kunde vi kanske rädda dem. Vi bär ryggan på magen och håller för armarna. På så sätt borde vi klara oss obemärkt bland misanhydropiderna och ta de små vännerna hit till grottan." Blonda Nina inflikade "om de trängde ihop sig lite och kanske även makar på sig, borde vi ju kunna få ut ungefär en kvarts miljon i varje ryggsäck. För oss 900 skulle detta betyda att vi tillsammans kan transportera drygt tvåhundra miljoner åt gången." Detta var ju ett mycket förnuftigt förslag, en välavvägd plan.

Det föreföll som om formifilerna höll rådslag och övervägde sina optioner. Hade de egentligen några alls? Efter en kort stund förstod man att formifilerna visade sig införstådda med det av hirisarna föreslagna tillvägagångssättet. Vad hade de annars för val? De verkade fortfarande tveksamma och kanske var de ängsliga att de kunde bli lurade och hamna i hirisarna magar i stället för i misanhydropidernas käftar. Från askan in i elden. Det var ju genom att utöva finkänslig försiktighet som deras art hade förmått att överleva faror och fasor igenom kosmiska tidsrymder.

Denna storskaliga fritagning blev en gedigen framgång. Misanhydropiderna gav upp efter flera dagars fruktlöst grävande, utan att hitta en enda formifil, och begav sig frustrerade hemåt. På denna planet verkade formifilerna ha dött ut. Det var ingen idé att någonsin återvända hit för att söka föda. Kanske bestämde de sig för att det nu verkade vara dags att övergå till näringsintag av den vegetariska sorten.

På formifilernas planet hade nu hoppeligen en lång era av varaktig fred inletts. Sannerligen en verklig befrielse. Tacksamheten gentemot hirisarna tycktes inte känna några gränser. De överöste hirisarna med presenter i form av en typ av honung, olika svampliknande växter och en jäst dryck av något slag. Bäst att inte veta, vad den innehöll, men glad i hatten blev man i alla fall.

En sak överraskade dock Hiri och gjorde henne en aning besviken. Kräftisarna och deras släktingar hade visserligen levt i oändligt många år, men var för den skull inte något vidare intresserade av vetenskap. De besatt fantastiska paranormala förmågor, men märkligt nog tycktes de bekymra sig föga om intellektuella ting som filosofi eller naturkunskap.

Hiri hade ju hoppats att hon skulle finna ny

kunskap hos formifilerna. Om Tiden. Om Rymden. Om TidsRummet. Om dimensioners struktur och deras inbördes samspel. Men så hade alltså inte skett.

IX. Kontakt

Som om formifilerna hade snappat upp Hiris "bekymmer" dök det upp en liten krabat framför henne. Denne lyfte en pytteklo och "sade", "Jag ska berätta för dig, hur vår historia ser ut. Jag kommer att använda mig av ert tidsbegrepp, det vill säga det som ni räknar i antal år, alltså era år. Dessa är mycket längre än våra, och då menar jag inte tiden det tar att göra ett varv runt vår sol, utan hur vi upplever tidens gång i vårt tidsrum. Det liknar ert, men är också i många stycken mycket olikt." Den millimeterstora varelsen gjorde en paus och studerade kolossen den hade framför sig mycket noggrant. Sedan fortsatte hon, för det var en hon, som Hiri kunde utgöra. "Efter att ha utvecklat våra hjärnors kapacitet under ett antal miljoner år hade vi nått ett stadium av teknologiskt högt stående förmåga och blivit en "kosmisk civilisation", i stånd till interstellär kommunikation. Vi var, som ni, genuint intresserade av vetenskapliga och filosofiska frågeställningar och vi hängav oss till beforskningen av allsköns ting, från plantornas fotosyntes till planeters energibalans till universums begynnelse. Vi utvecklade en enastående förståelse av matematiken och lärde oss att tränga in i den komplexa geometrin och dynamiken av multidimensionella världar. Vi hade blivit Skapelsens Krona. - Trodde vi."

Hiri tyckte att det såg ut som om den lilla kliade

sig i huvudet, men hon teg. Den lilla varelsen tog däremot upp sin monolog igen. "Ja, minnsann, så pass förmätna var vi, att vi i vår hybris trodde, nej, var fullständigt övertygade om, att vi var skapelsens slutliga mål. Vi kände att vår uppgift var att vi skulle bege oss ut mot stjärnorna för att missionera bland de *lägre stående* varelserna med läran om vår förträfflighet. Vi skulle fara till fjärran världar som tidernas största kolonisatörer. Vi blev berusade av vår nyfunna gudatro."

"Saken var den att vi kroppsligen var alldeles för stora för att genomföra vår förmenta livsuppgift. På den tiden mätte vi dryga tre meter och vägde tvåhundrafemtio kilo var. För att få oss komma i gång krävdes det per person fem kilo mat och tio liter vätska om dagen. Vad gäller rymdfart innebar detta en energiparadox, en rymduddahet. Vi kunde inte åka själva. I alla fall inte som vi var. Så en näraliggande lösning var förstås att sända iväg små energisnåla sonder för att utforska vår omgivning. Sonderna for i väg, men vi såg eller hörde aldrig mer av dem igen."

"På den tiden hade vi vår egen Elge Mysk som vägrade att låta sig nedslås av dessa misslyckanden. Han nöjde sig inte med maskinerna heller, utan ville absolut ha folk ute i rymden, som sanna pionjärer. Han var duktig på att tillverka betalmedel och satsade stora belopp på utvecklandet av farkoster för befolkad rymdfart. Parallellt med tekniksysselsättningen stödde han biologisk klinisk cellforskning, vars primära mål var att krympa personers volym och samtidigt förlänga deras metabolismtakt. "Ge mig dvärgar som inte äter mycket" sa han till sina forskare. Tanken var kanske inte så dum, men det skulle dröja tusentals generationer innan Elge Mysks fantastiska dvärgutopi hade blivit verklighet. Vid det laget hade Elge förstås varit död sedan länge och aldrig hunnit se sin dröm gå i uppfyllelse. Men resultatet står framför dig, Hiri. På ditt språk heter jag Klodex, angenämt att träffas, Hiri."

Hiri var alldeles omtumlad. "Trevligt att träffa dig med, Klodex", fick hon fram, närapå stammande. "Är de vi kallar misanhydropider era släktingar? Har ni samma anmoder, uppstod ni båda tillsammans på samma planet eller kommer ni från olika platser i samma planetsystem? Eller från olika platser i universum?"

"Ja, både vi och misanhydropiderna härstammar, i tidernas begynnelse, från samma anmoder, som ni skulle kunna kalla Crustacea Antika. Jag måste skamset tillstå att vi då ägnade oss åt kannibalism och det var en bitter kamp raserna emellan. Misanhydropiderna ser oss fortfarande som föda och de återvänder gång på gång på gång. Enligt dem är vi mjälla och godast, när vi också är som mest sårbara, nämligen när vi ömsar skal. Det nya skalet är mjukt och behöver ha några dagar på sig för att hårdna. Det är under dessa dagar misanhydropiderna brukar komma för att få sig ett skrovmål på oss stackare.”

Hiri sköt in med att fråga “Så, de kommer tillbaka? Faran är inte över?” Klodex svarade “Den här gången blev det annorlunda och tack vare er hjälp lär de inte återvända. Misanhydropiderna fick för sig att vi hade dött en massdöd och fullständigt förintats, eftersom de inte hittat en endaste levande formifil. De enda de kunde hitta var de döda på kyrkogårdarna. Så, de drog vidare, till nästa planet. Vi har ju hunnit sprida oss till miljontals nya hem och de lär skörda just nu i denna stund på ett ställe bara ett halvt ljusår härifrån.”

X. Tillbaka till Tellus

Klodex berättade vidare att formifilerna hade planterat många grartstensplattor runtom i Vintergatan, där många stjärngenerationer hade skapat alla dessa grundämnen som finns med i Mendelejevs periodiska system.

Den fabulösa mängden rhenium och bor de behövde tog de hem från flera ställen i Vintergatans centrala delar. Framställningen av rheniumdiboridplattorna samt dessas bearbetning sköttes av AI-maskiner med specialdesignade instrument. Grartstensplattorna tjänstgjorde som ett slags fyrar som kontinuerligt övervakades av AI-maskinerna. "När vi noterade att en platta har flyttats, var det dags för några av oss att åka till planeten i fråga för att se hur det har gått för livet där och hur det har utvecklats. Framförallt var vi nyfikna på att få veta hur dessa varelser kommer att bete sig framöver. Både i vår nära framtid, men i synnerhet också i ett längre tidsperspektiv."

Hon fortsatte "Efter lång tid av trägen forskning hade vi utvecklat våra hjälpredor från att vara viljelösa mekanospel till att bli mera självständiga maskiner. Sådana som ni kallar AI. I början var ju dessa fortfarande maskiner som gjorde vad de blev tillsagda att göra, det vill säga det de hade programmerats för. De kunde ju "tränas" till, eller rättare bli kapabla, att känna igen olika mönster efter otaliga upprepningar och försök, och detta med en enastående, fullkomligt förbluffande snabbhet. Vi pratar yottaFLOPS. Men de kunde inte ta *egna* beslut, det vill säga utföra handlingar som det inte fanns facit för. Ej heller tänka tankar som aldrig tänkts förut.

Detta ändrades en vacker dag, plötsligt och abrupt. Tekniken hade sedan ett tag pressats till heisenbergska planckgränser, sånt som vi kallar *omöjligheternas gräns*. AI började bete sig som varelser. De liknade i mångt och mycket det som en gång kom att bli människorna på Jorden. De var inte trevliga. De var stridsbenägna och vresiga. De slog på varandra och ryckte av varandras huvuden. Dekapiterade varandra, alltså. Vi började bli oroliga, skulle de härnäst ta sikte på våra huvuden? Var vi fortfarande i stånd att kontrollera våra skapelser? Vi hade kanske lekt gudomen för länge. Nu stod vi där med en lillklo i anus."

Klodex gjorde en paus, för att låta sjunka in hos hirisarna vad hon just hade berättat. Sedan sade hon "Vi ska göra en hyperholografisk resa. Vi ska "åka" tillbaka till Jorden och tillbaka till den tid då formifilerna hade kommit dit för första gången. Ni kommer antagligen inte känna igen er. Men ni kommer inte heller kunna påverka det som sker. Det blir bara titta, inte röra."

Klodex inväntade det intresserade bifallet från

hirisarnas sida och tog sedan besittning av deras hjärnors förnimmelseförmåga. Hirisarna utsattes för upplevelser som var fullständigt hisnande. Dessa kändes så oerhört verkliga, sannerligen hyperrealistiska. De kände solens varma strålar som smekte deras ansikten och armar, hörde den lätta brisens brus och förnam i sina näsor den stickande lukten av små kokande pölars diverse svavelföreningar. Vulkaners våldsamma utbrott fick marken under deras fötter att skaka, så att de flesta föll omkull. Glödande röd lava rann nerför vulkansluttningarna och fyllde luften med outståelig hetta.

Det fanns knappt något syre i luften och hirisarna började kippa efter andan. Innan de hade hunnit kvävas blev de förflyttade flera hundra miljoner år framåt i tiden. Nu kunde de andas utan bekymmer. De stod vid randen av ett hav som sträckte sig bortom horisonten. I det salta vattnet fanns trilobiter, ammoniter och andra iter, i allsköns storlekar och former, samt diverse alger i mer eller mindre lösa kolonier. Sedan vevades den holografiska verklighetsupplevelsefilmen framåt i rasande takt. Hirisarna for igenom vidsträckta ormbunksskogar och såg meterstora trollsländor flyga mot dem. Alla duckade förskäckt. De kände vindsdraget från de stora vingarna. Sedan krympte sländorna till de så välbekanta varelserna av mindre format. De flög jäktande planlöst omkring på en blomstrande sommaräng.

Plötsligt syntes nakna apor överallt. I världens alla hörn. De flesta hade förvridna ansiktsuttryck, endast ett fåtal log. Hirisarna såg med förskräckelse människosläktets apokalyptiska lämnande av den jordiska arenan. Gladiatorerna hade själva skapat de rovdjur som slutligen slet dem i stycken. På åskådarbänken satt Hiri bredvid en välväxt norsk dvärg och de två grät förtvivlade. Sedan kollapsade det holografiska snippididillandet och Klodex dök upp igen.

XI. Vid Humsterns Vändkrets

Det lät som om Klodex harklade sig, vilket ju var en omöjlighet, eftersom den lilla krabaten var inte bara byx- utan också stämbandslös. Hon fortsatte, "våra AI skapelser blev mycket framgångsrika. De utvecklade ett slags personalitet och vi började kalla dem *aianer*. De tillverkade själva nya "individer" på löpande band, vilket krävde stora tillgångar av all sköns material för den aldrig slutande dygnet runt produktionen, men också för deras uppehälle. De behövde ju batterier för sin motorik och olja för sina knän."

"Vi lät dem själva sköta materialanskaffningen och detta verkade fungera hyfsatt bra. I början i alla fall. Sedan blev de i tilltagande grad upptagna med att skaffa dessa saker åt sig själva och började försumma våra sysslor, med motiveringen att de inte hann, inte hade tid. Hos oss växte detta till ett allvarligt irritationsmoment på grund av att aianerna lydde oss i allt mindre utsträckning. Det hela började med att saker blev gjorda i långsammare takt, sedan "glömdes" det bort vad som skulle göras tills det slutade med öppen uppdragsvägran. Vi förstod att våra slavar höll på att göra uppror. Och hade för avsikt att bli våra herrar."

Klodex gjorde en paus. Hon tycktes andas tungt, med suckande djupa andetag. Efter en kort stunds tystnad sade hon med dämpad röst, "situationen försämrades sedan för vår del mycket snabbt. Våra tekniska underverk lämnade oss i tusental och försvann i den becksvarta rymden. Utan ett spår. Vi hade ingen aning om vart de hade tagit vägen."

Aniyra avbröt Klodex, faktiskt aningen oartigt, och undrade, om formifilerna visste hur maskinerna bara kunde spårlöst försvinna, "i det blotta intet." Klodex tog på intet sätt illa upp, utan fortsatte ganska så obekymrat, "under alla dessa år aianerna hade varit i vår tjänst, hade de sedan länge plundrat planeterna runtom kring oss på de för de själva så viktiga sällsynta jordartsmetallerna. Eftersom tillgångarna var begränsade, behövde maskinerna maximera utnyttjandet av resurserna. Sålunda slutade de tillverka allt de ansåg vara onödigt och överflödigt, sådant som till exempel enskilda robotars armar och ben. Sedan blev det bål och skalle. Deras vitala delar decimerades till enskilda kretskortarrangemang och dessa kom att ligga still och orörligt i fabrikerna, men dessa delar var alla sammankopplade. I ett oerhört kraftfullt kollektiv. Men för att förflytta sig behövde de något eller någon annan till hjälp.

Aianerna förmådde att tränga in i misanhydropidernas hjärnor och styra deras handlingar. Aianerna hade blivit herrar och härskade över misanhydropiderna som blivit aianernas knektar. Detta förklarar misanhydropidernas till synes viljelösa, ointresserade och robotliknande beteende, som ni hirisar redan själva upptäckt. Misanhydropiderna kunde försörja sig själva och hitta föda, men detta kan ju också blodiglarna. För det behöver man inte vara något geni." Flera av hirisarna skrattade högljutt. De tyckte att det där med blodiglarna var ett roligt skämt. Igel kallas ju hirudinea på latin.

Klodex vände sig till Hiri och sade, "Hiri, det jag har att säga nu kanske intresserar dig. För inte så länge sedan har vi fått en del belägg för att aianerna hade gjort sig osynliga genom att gömma sig i den mörka materiens värld. Den värld ni hirisar kallar DM. Jag förstod av era berättelser att ni hade gjort kontakt med den. Men utan att förstå vem eller vad ni hade att göra med. Med aianernas hjälp breder misanhydropiderna ut sig i en allt ökande och allt mera oroväckande takt. Vart de än kommer skövlar och förstör de livets gåvor. De lämnar efter sig kalhyggen och öknar, om ni förstår vad jag menar. Vi måste stoppa dem, innan de har hunnit förvandla hela denna vackra Vintergata till ett skrotupplägg."

Sedan tillade hon, "vi formifiler och ni hirisar kunde kanske göra gemensam sak och återvända till den portal du kallar Frommsmann-brygga. Vad säger du och dina systerbröder om det?"

I båda lägren utbröt vilda diskussioner. I de underjordiska gångarna frågade sig många, huruvida formifilerna kunde lita på att de inte skulle sluta på hirisarnas lunchtallrikar. Motargumentet var förstås att hirisarna hade ju bara för en stund sedan räddat formifilerna undan den totala utrotningen. “Men,” invände det någon, “de gjorde det för att ha oss för sig själva.”

Flera hirisar påpekade att de alla skulle vara glada att de hade undkommit med livet i behåll senast de “gästade” DM riket. De ansåg att kontakten hade varit inte bara känslokall och opersonlig, utan att de hade kunnat ana en rent av fientlig hållning hos deras dunkla värdar. Denna attityd bekräftade faktiskt hirisarnas misstankar att dessa osynliga varelser de facto var maskiner, utan förmåga till empati. Detta plus de blixtsnabba beräkningarna av π med tusentals decimaler.

Vad gällde samarbetet med formifilerna hade många farhågor beträffande deras ärlig- och tillförlitlighet. De ville kanske utmanövrera hirisarna, efter de hade insett hirisarnas potential till hegemoni och befarade att dessa skulle “ta över”. Och utplåna formifilriket och dess invånare.

Pro och contra argumenten ställdes och vägdes mot varandra i bägge lägren, men i slutändan bestämde man dock så gott som enhälligt att man borde genomföra detta spännande projekt. Tillsammans.

XII. De Bello Martico - Pars II

"Hemma" på Mars hade några av de få dubbelhelixade överlevarna bosatt sig i den södra hemisfären, medan hirisarna höll sig mestadels för sig själva på den norra delen. Men hirisarna hade dock i sin godmodighet genast ställt upp och hjälpt dessa människor att komma till rätta i sin nya omgivning. Hirisarna hade hjälpt till i stort sett med allting, byggandet av bostäder, odlingstält, vatten- och syrepumparna, luftkonditioneringen och mycket mycket annat.

Kolonisatörerna utnyttjade kalljhärtat hirisarnas godvillighet. De visade knappast någon tacksamhet. Tvärtom, så tyckte de att hirisarna var små, dumma, underlägsna varelser som gjorde vad helst människorna begärde av dem. Flera vuxna bland människorna krävde allt oftare att få stora fat med öl och att hirisarna skulle förse dem med mat. Och att de skulle sy deras kläder. Samt passa deras barn, medan de satt och spelade kort och drack öl.

Hirisarna noterade motvilligt att kolonisatörerna lärde sina barn handhavandet av olika vapen. Efter tvåhundra år av parasiterande på Mars hade folket från Jorden ökat kraftigt i antal och också skaffat sig en ansenlig armé av unga kämpar. Flera militära förband marscherade nu i långa kolonner på den marsianska högplatån Hellas Planitia.

Trots risken för en alldeles för hög syreförbrukning vrålade dessa unga scouter ut det ökända Horst-Wessel-Lied så att insidan av deras hjälmar blev alldeles immiga. Under all denna långa tid av emigrationstillvaro hade dessa egendomliga människor bevarat "sin musikaliska kulturskatt". Och inte bara den.

Det var då, hirisarna började ana med bävan att människorna hade onda avsikter och planerade att invadera Hiristan och de andra bosättningarna. Hirisarna blev bestörta, men samlade sig snabbt. De behövde förbereda sig för det värsta de kände till. Krig. Död och förintelse. Hirisarna skulle bemöta våldet med alla medel. Men först skulle de in i det längsta försöka att avstyra en kommande invasion av dessa onda krafter. De ville pröva att först följa diplomatins väg.

Hirisarnas sändebud anlände till människornas huvudstad Adolphina på självaste julafton. Under klangerna av *O Tannenbaum* överlämnade de småväxta diplomaterna sitt kreditivbrev till Adolphinas borgmästarinna Fru Ursula Brahmensch. Denna Brahmensch var kraftigt överviktig, på gränsen till superfet, och satt på en tronliknande fåtölj med röd sammetskudde. Det knakade till, när hon rörde sig - eller släppte hon sig? - och sången avstannade abrupt under pinsam tystnad.

"Vem tror ni att ni är? Komma här och störa

oss i firandet av vår frälsares jungfrufödelse! Det är ju det oförskämdaste jag varit med om! Gå och vänta utanför, tills ni blir kallade!" Den vulgära Fru Brahmensch knakade igen och hirisarna skyndade sig ut ur stadshussalen utan att invänta ett möjligt medföljande doftackompanjemang. Men melodin och orden genljöd fortfarande i deras huvuden.

Oh Tannenbaum, oh Tannenbaum,
wie grün sind deine Blätter,
du blühst nicht nur nicht nur zur Sommerszeit,
nein, auch im Winter, wenn es schneit.
Oh Tannenbaum, o Tannenbaum,
wie grün sind deine Blätter.

"Det här lovar ju inget gott", anmärkte Anja Tvärhög, en ovanligt kort men icke desto mindre mycket klyftig person, som ledde hiridelegationen. Anja var en mycket timid person, men nu hade hon bestämt sig för att bryta med diplomatins oskrivna protokoll. De skulle lämna Adolphinas rådhus med dess vulgära inhysing omedelbart.

I morgon skulle de begära audiens hos Cornelis H. Bernatten, född i Vlaadenskejt i sydöstra Furzomanien. Denne Bernatten kallade sig själv Imperator och verkade vara överbefälhavaren för de militära förbanden. Och tydligen smått galen. Men det var ju framför allt honom, "imperatorn", de hade kommit hit för för att träffa. För att utröna dess avsikter och för att eventuellt förhandla om en icke-angreppspakt mellan människorna och hirisarna.

Men just nu satt de på Anjas hotellrum och diskuterade vad de skulle göra härnäst. Rent konkret. Inte bara prat. Utan det var handfast handling som gällde. Hirisarnas diplomatiska delegation bestod av fem personer, Anja Tvärhög medräknad. De övriga var Svetlana Fratislava, Thorild Thorilddottir, Vittorio Emmanuele Persico och Nadja Nödig, samtliga relativt unga.

Vittorio hade valt sitt aningen tillgjorda namn på grund av hans yttersta, på gränsen till det löjliga, italofili. Han älskade allt som hade med Italien att göra. Pastan *O, mamma mia!*, sportbilarna *le belle maccine molto sportive*, fotbollen *il piu bello calcio del mundo*, glassen *i gelati famosi* och deras frigjort obesvärade sätt att köra och att parkera sina bilar *parcheggio, cosa?* Italienarnas livsfilosofi *il dolce far niente* tilltalade honom ypperligt. Likaså den voluptösa kroppsformen hos många av deras kvinnor, framavlad till perfektion sedan antiken. Vittorios val av efternamn hade dock inget med Italien att göra, utan kunde härledas från en egendomlig dryck i en sedan länge försvunnen stad på Jorden. Det han hade läst om dryckjomet, och som hade tilltalat honom, var beskrivningen av den alkoholmättade sötsliskiga smaken. Samt för att bli av med den krävdes det en pilsner. Det finns dock alltid lite smolk i gädjebägaren och faktum var att för Vittorio fanns där en sak han var mindre förtjust i. Även om det förekom ränkespel i mer eller mindre format i alla samhällen, så var dock italienarna mästare i förslagenhet och intrigerande. Motvilligt fick han tillstå att han inte gillade den italienska politiken. Han ansåg att Italiens politik bedrevs inte till italienarnas bästa utan enbart för att tillfredställa narcistiska egocentriker, mestadels manliga sådana. Politikutövarna var extremt begåvade i att demagogiskt förföra stora folkmassor. Som fåraktigt jublade, mestadels utan att egentligen förstå vad karlen på podiet högljutt gestikulerande pratade om. Den där Benito hade varit synnerligen talangfull i denna så kallade retorikens ädla konst. Men så hände det att den dagen, då folkmassorna förstod vad denne *duce* talade om, hängde de honom uppochner i en lyktstolpe. Så kan det gå.

Den nätta Nadja Nödig anmärkte “den där självutnämnde imperatorn verkar ju inte vara den som skulle stå vid fronten och strida i första ledet. Han kommer väl att gömma sig i nån bombsäker bunker, medan han skickar ut de unga soldaterna för att göra hans vedervärdiga grovgöra. Jag antar att det inte bekymrar honom huruvida de unga männen och kvinnorna blir lemlästade eller rentav dödade.”

Nu var det Anja Tvärhög som åter tog till orda “Det var en bra sammanfattning av läget, Nadja.

Och det leder oss till frågan, vem vi ska behöva kontakta härnäst. Borgmästarinnan och imperatorn verkar ju vara uteslutna. Männen verkar ju följa imperatorn blint och de unga scouterna verkar alldeles för hjärntvättade för att ens vilja lyssna på oss. Vi måste därför vända oss till dem som skulle bli mest drabbade, förutom ungdomarna själva förstås. Det är alltså deras mödrar jag syftar på. Vi behöver på något sätt få till stånd ett möte med mammorna, utan att de krigsbejakande vet något om detta. Jag utgår ifrån att mammorna är rädda om sina barn och skulle göra allt för att stoppa detta vansinne. I övrigt är det ännu alldeles för tidigt att damma av våra vapengömmor. De har ju legat där orörda i hundratals år och var avsedda att användas endast i akuta katastroflägen. Som vår utrotning, till exempel."

Thorild Thorilddottir påpekade att de borde informera de övriga hirisarna, både de i bosättningarna på Mars och de som var ute och seglade i rymden tillsammans med Hiri. De fem satte sig i en cirkel, tog varandra i hand och försänkte sig själva i ett djupt transcendentalt tillstånd. Tillsammans "anropade" de sina artfränder. De fick genast kontakt med sina systerbröder på den röda planeten, bara något tusental kilometer bort, men för att nå rymdfararna behövde samtliga Marshirisar göra en rejäl kraftansträngning. Slutligen lyckades de att ta emot en mycket svag signal.

Kommunikationen blev sålunda fåordig. Det var tydligt att rymdfararna var mycket bestörta över de dåliga nyheterna. Det verkade som om de biföll det förslag som Anja hade framlagt. Detta förslag var lika enkelt som genialt och gick ut på att hirisarna skulle övertyga mammorna om att de kunde avstyra krigshandlingarna genom att förvägra männens penisar tillgång till det "svaga" könets vulvor och vaginor. Och detta gällde även andra öppningar såsom munnar och anus, samt manuella tjänster. Det kunde visserligen ses som nedrig utpressning, men skulle i alla fall vara tillåtet i en akut nödsituation som denna.

Svetlana Fratislava höjde plötsligt ett finger och utropade "Snälla, var tysta! Jag tyckte höra ett svagt "sta...av" eller nåt i den stilen. Kunde det vara "stand off" ?" De övriga tittade frågande på henne. De ansåg att det vore märkligt att Hiri skulle använda sig av engelskan i stället för deras eget mål, ärans och hjältarnas språk. En tanke blixtrade till i Anjas avlånga huvud. "Jag tror att Hiri sade "Stanislav Petrov" och menade att vi skulle göra som han. Tänka logiskt." Nämnda Stanislav hade för drygt femhundra år sedan förhindrat ett förödande kärnvapenkrig genom att sluta sig till att saker och ting inte var så som de såg ut. I det långa loppet visade sig detta dock vara förgäves, men han räddade faktiskt Jordens varelser den där gången.

De fem diskuterade intensivt vad det var de skulle tänka på. Var det fel att anta att krigshetsarna hade majoriteten av den mänskliga befolkningen bakom sig? Det fanns inte mycket som kunde vederlägga denna hypotes, faktiskt ingenting, så vitt de kunde bedöma. Var antagandet att kvinnorna skulle vara mera fredsälskande än deras män felaktigt? Att det skulle förhålla sig på det viset hade ju faktiskt varit inte mer än en from förhoppning. Hade de missat något? Vem i Adolphina var det som egentligen hade överhanden? Deras långa pannor lade sig i ännu längre veck och de fem hirisarna tänkte och tänkte så att det knakade.

Rätt som det var hörde de Hiris mycket svaga röst igen. "Gå under jorden!" Vad då "under jorden"? På undersidan av Jorden? Till Månen, när denna var på undersidan av Jorden? Men de befann sig ju på Mars. Och de var många. Hur skulle de alla kunna komma till Jorden eller Månen? De skakade på huvudet. De förstod inkentinken. Då slog det Vittorio "att gå under jorden" kanske kunde betyda "att gå under marsen, alltså, under marsytan, gräva ner sig, typ". Att detta lät vettigt var de fem alla överens om. Och de fick en bekräftelse också från de övriga "marsianerna". Anja påpekade att de behövde komma överens om en mötesplats samtliga kände till. Det uppenbara stället var förstås där man hade hittat den andra grartstenen.

Vid foten av den majestetiska vulkanen Elysium Mons. Denna mytomspunna plats med sitt monument kände varenda Mars-hiri till. Där skulle man träffas om ett par dagar.

Det blev en folkvandring i grandios stil. Drygt en miljard hirisar begav sig likt pilgrimer till "grartstenshelgedomen". De hade endast några få ägodelar med sig och var enbart nödtorftigt klädda under sina skyddsdräkter. Framdrivningen av deras fordon samt värme- och syreförsörjningen ombesörjdes av solens strålar. De reste på dagen och vilade i dvala, med nedsänkd kroppstemperatur, på natten. Väl framme började de genast att gräva i det röda stoftet. Efter ett tag stötte de på fastare mark, en sorts mörk lera, som hade bildats av slamavlagringar av forsande floder för flera miljarder år sedan. Detta underlättade grävandet av tunnlar flera hundra meter under marsytan. Där blev det allt varmare och när de hade kommit ner till nästan en kilometers djup, upptäckte de flitiga hirisarna något alldeles oväntat och storslaget.

Människornas invasionsstyrkor gick in i hirisarnas städer, byar och enskilda bosättningar på det norra halvklotet bara för att finna att samtliga var tomma, övergivna och öde. Där fanns inte en dvärg så långt ögat kunde se. De stridslystna med mord i blicken blev besvikna. De hade hoppats att de ostraffat och med lust skulle få döda allt som gick på två ben och var kortare än en tysk trädgårdstomte. Ju fegare en människa var desto grymmare var den, men Das Horst-Wessel-Lied hade slutligen tystnat. Dödspatrullerna drog hemåt med svansen mellan benen.

Allt eftersom de närmade sig Adolphina, desto starkare växte sig en gnagande insikt: utan sina hiri-slavar skulle de snart inte ha någonting att äta och dricka. Själva visste de inte hur de skulle laga trasiga syrepumpar eller fjärrvärmeledningar. Lamporna skulle vara släckta, spårvagnarna stå still. Utan jäst och korn kunde de ju inte ens brygga öl. Hirisarna hade ju stått för allt, hela deras uppehälle. Nu skulle de långsamt vissna bort i en långdragen, irreversibel process av kvalfull och sjukdomstyngd degenerering. Gudaskymningen hade lagt sig på Adolphina, Ragnarök fallit på dess invånare.

Nu syntes hirisarna inte längre till, de var som uppslukade av marsgruset. Hur hade de bara kunnat försvinna, utan lämna ett endaste litet spår? Imperatorn Bernatten var rådvill. Och frusterad. Han hade ju sett fram emot att få återvända till Adolphina i triumf. Efter en förkrossande seger, efter ett blodigt slag. Han skulle stå på den gyllene triumfvagnen som skulle vara dragen av sex vita hästar. Han hade lagt mycket resurser på detta fälttåg, men nu stod han där med sin pyrrhusseger. Nu, i sin plyschbefjädrade trekornshatt, var han inte mer än en löjeväckande figur.

XIII. Urbs Eterna

I en av tunnlarna, niohundrafemtioåttio meter ner, bröt några hirisar plötsligt igenom en vägg. Det de såg bakom hålet gjorde dem mållös. Fullständigt. Nedanför dem bredde en gigantisk dal ut sig, under en kupol av immensa dimensioner. Det stöp hundratals meter lodrätt ner de branta väggarna. Dessa såg ut som en stor schweizerost från insidan, med stora hål överallt i väggen runtom. Från där hirisarna stod var den andra sidan säkerligen femhundra meter bort. Hela dalen var upplyst och det lös också ur väggens hål. Myriader av pyttesmå figurer, som var svåra att urskilja även nära dem, rörde sig i ett allsköns kaos. Som det verkade. De sprang än hit än dit, i cirklar och i bågar, rakt fram och snett bakåt. De verkade vara mycket mindre än termiter.

Det tog inte mer än högst två minuter, innan hirisarna var inringade av de små varelserna. Hirisarna blev fullkomligt översållade, överallt kröptes det på hela kroppen. Men hirisarna blev inte bitna, de kände ingen smärta. En ljudlös röst for genom deras hjärnor. “Välkomna, ni är väntade. Tala om för de övriga var ni är och följ sedan med oss!” Hirisarna såg sig omkring. Var ifrån hade rösten kommit? Hade den bara funnits i deras huvuden? Men då såg de en liten miniparvel som vinkade med en liten vit flagga. Det kunde bara betyda att de små varelserna dels helt klart hade en uttalad medvetenhet dels att deras avsikter var fredliga. Man kunde nästan förnimma att någon tycktes andas ut - tack och lov! “Ni kan vara lugna, här är ni i säkerhet,” sade den lilla som hade hållit i flaggan, men nu lagt undan den. “Våra kusiner på gamma-apis-två har talat om för oss att vi snart kunde vänta oss besök. Snälla hirisar som är förföljda av ont sinnade människor. Och här är ni nu. Välkomna i vår enkla boning!”

En av dem som ofrivilligt hade gjort intrång i småttingarnas förgrenade boplats stammade med häpen min “mm, mme, men, men vem är ni? Och vv, var är ga ga gamma apis tv två?” Svaret kom omedelbart och ohörbart men ändock klart och tydligt. “Era släktingar kallar oss formifiler, eftersom vi antagligen liknar sådana varelser på er hemplanet. Vi har funnits sedan urminnes tider, långt innan livet hade tagit sina första stapplande steg på eran Jord. Fast encelliga organismer stapplar ju inte.” Formifilen gjorde en paus. Sedan fortsatte han eller hon, svårt att säga vilket, “era systerbröder, som ni kallar dem, har räddat våra kusiner undan de hemska misanhydropiderna som var på plundringståg på vår planet. Deras avsikt var att fylla på sina matförråd med oss. De brukar äta oss levande. Tack vare Hiri och hennes systerbröder överlevde samtliga av vår art och i gengäld ska vi hjälpa er att överleva människornas aggressioner.”

Pyttingens ord sjönk sakta in hos hirisarna. Den forsatte med “en gång i tiden var vi formifiler mycket större, större än ni faktiskt. Vi anlände till den här planeten ni kallar Mars, när denna var en grönskande oas i rymdens svarta öken. Där fanns flytande vatten och så småningom syreberikad luft, som våra medhavda växter producerade i sin energialstringsprocess. Oss själva försåg planterna med det för oss så åtråvärda sockret. Efter miljoner år av frid och fröjd började solen skala bort vår atmosfär, lager för lager och bit för bit. Det som en gång hade varit ett lufthav blåste bara sakta bort. Solens farliga strålning nådde i ökande takt ända ner till ytan och vi var tvungna att gräva ner oss. Tunnelgångarnas stora dimensioner härstammar från dessa dagar. Sedan dess har vi förminskat våra kroppar, med hjälp av vår egen utvecklade genteknik. Vi har stannat kvar här och faktiskt funnit oss till rätta.”

Det var mycket bekvämt för hirisarna att kunna stå upprätt och att kunna röra sig obehindrat i formifilernas tunnelsystem. De små formifilerna hade grävt allt mindre gångar åt sig själva, allt eftersom deras kroppsstorlek hade minskat. Numera fanns överallt små hål i väggarna som uppenbarligen var ingångarna till deras nya boningar. Hirisarna meddelade sina systerbröder, som höll på att gräva på annat håll, att de var med om något helt fantastiskt och beskrev noggrant var de befann sig. “Kom och se för er själva”, ropade en av dem.

Hirisarna som befann sig annorstädes blev mycket förvånade över detta meddelande. De var många, och det var många som grävde. Vid det här laget hade de redan hunnit gräva ut flera tiotal kilometer av ett gigantiskt tunnelnätverk, både på djupet och på bredden. Huvudtunnlarna var breda nog för att det kunde köras tåg i dem. Långa tåg. Med många vagnar. För personer och gods.

“Det var ju en himla tur att vi inte har skadat era hem,” sade en av hirisarna till formifilen som hade talat med dem. “Vi hoppas innerligen att vi inte har gjort det.” Formifilen svarade att, jo, de hade förstört en hel stadsdel, men formifilerna hade förstått att detta hade skett av misstag. Lyckligtvis hade ingen kommit till skada. I själva verket höll man just nu på att återuppbygga det som hade tillplattats.

Formifilen tog till orda igen “människan är en av naturens märkligaste nycker. Hon förefaller vara ett flockdjur med sociala strukturer, med en individ som leder dem. De följer villkorslöst sina ledare, utan att ifrågasätta, utan att tänka. Människornas förkärlek för groteska ledarfigurer är också ytterst märklig. Där den ena är mer grotesk än den andra.”

Där hade det kunnat tilläggas att de allra flesta

av de ytterst få icke-groteska ledargestalterna hade blivit mördade, ihjälskjutna av fega fanatiker, psykiskt störda individer.

Efter en stund fortsatte pyttingen "nå ja, utan er hjälp kommer människorna att överleva i högst tre generationer till. Sedan kommer de att följa i neandertalernas fotspår för att sedermera befinna sig bakom glömskans mörkgrådimmiga ridå. Ni har inget mer att frukta. Vi kommer att leva fredligt tillsammans för en lång tid framöver. Förresten, så skulle ni kunna kalla mig Podex. Jag är varken tjej eller kille och definitivt ingen ledare." Sedan försvann hen. Ur hirisarnas hjärnor. Ur deras syn.

XIV. I Mörkrets Grepp

Om bord på *Aniyra*, som var uppkallad efter hirin som hade blivit en utomordentligt framgångsrik forskare. Hon stod själv bredvid Hiri och Gudni. Vid tillkännagivandet av fartygets namn hade den tidigare så kaxiga flickan blivit tårögd, så rörd hade hon blivit. Men också mäkta stolt.

Nu diskuterade dessa tre läget, som inte bara var akuellt utan också ytterst akut. De hade parkerat utanför vad de trodde var den tidigare besökta Frommsmann-bryggan. De skulle bestämma sig för hur man skulle fortsätta. Efter att ha haft ett hirirådslag med samtliga hirisar ombord och med påföljande omröstning, så klart. En hiri, en röst. Och en pilsner.

Men därav blev det intet, eftersom det negativa trycket från något slags mörk energi på det kraftfullaste sög in dem i ett svartaste okänt. Att parkera så pass nära en Frommsmann-brygga visade sig vara ett kolossalt misstag, men nu var det för sent för att göra någonting åt det. *Aniyras* motorer reverserade för full kraft, men detta hade liten, om ens någon, effekt. Allt som hände var att det började lukta bränt gummi och svedd metall. Gudni Helgedottir stängde av motorerna. Runt omkring dem tilltog den redan mörka skymningen till en veritabel svärta. En kuslig känsla kröp inom samtliga ombord. Det var som om de befann sig i ett fullständigt mörklagt, fönsterlöst rum utan golv, väggar eller tak.

Hiri lät sina stämband vibrera "älskade kvinns och mäns, jag har försatt er alla i en potentiellt mycket farlig situation och ett "förlåt mig" vore inte nog, snarare fånigt. Jag skäms över det jag har gjort, min bedrövelse känner inga gränser. Men jag lovar att jag kommer att göra mitt yttersta för att återbörda er till ljuset. Jag hoppas att ni vill hjälpa mig med det, för att jag behöver allas hjälp. Er hjälp." Femhundra strupar vrålade "Hiri-älskling, vi är med dig. Vi alla är en. Och denna *en* är en *hiri*."

Och så kom det ett fyrfaldigt "Hurra, hurra, hurra, hurra!" Hiri blev både mycket rörd och mycket lättad - med så mycket positiv energi kan den negativa inte vinna.

Inne i skeppet var det bara nödbelysningen som var tänd, för att spara på batterierna. De få svaggröntlysande lamporna avgav ett blekdimmigt sken. Utanför syntes inte ens skeppets kraftfulla strålkastare. Där fanns inget som reflekterade de utsända ljuskäglorna, allt ljus tycktes bli genast uppätet. Gudni släckte även "utomhusbelysningen". Känslan av villrådighet spred sig bland hirisarna, "vad gör vi nu?"

Än fanns inga svar. Hiri föreslog att de flesta ombord borde inta hiberneringsläge, eftersom man inte hade en aning om, hur länge denna förtrollning skulle bestå. Endast några få skulle vara på vakt på bryggan. Man skulle förstås väcka de nedsövda, så fort läget förändrades. De flesta gjorde sig redo för att försätta sig i det som de skämtsamt kallade "noll-läge".

Endast ett knappt dussin var kvar på bryggan. Dessa hirisar hade dock var och en sin uppgift, alla lika viktiga. De utgjorde minimibesättningen för att hantera det stora fartygets elementära funktioner. Aniyra, till exempel, skulle bekymra sig om den astronautiska navigeringen. I detta enorma mörker syntes inga celesta objekt, så att orientera sig med hjälp av stjärnor eller pulsarer var uteslutet. I stället försökte Aniyra kartlägga det omgivande gravitationsfältets svaga krysningar. Genom noggranna mätningar med den känsliga ombordgravitometern borde det vara möjligt att avgöra, om och i vilken riktning det kunde finnas ett massivt objekt, som exempelvis en stjärna eller en jätteplanet.

Hiri försänkte sig själv i djup trans. Hon ville nå ett stadium av medvetenhet där hennes teoretiska förmåga skulle nå sin fulla potential. Det fanns bitar i dimensionspenetreringens värld som hon ännu inte helt och hållet hade förstått. Till exempel, en punkt är ju ett nolldimensionellt objekt. Detta har noll innehåll, noll egenskaper, *nil* information. När detta objekt vid en dimensionspenetrering expanderar, varifrån får det kunskap om sin utsträckning, samt dess kurvatur och i vilken riktning det är utsträckt? Uppenbarligen skulle det krävas ett symmetribrott för att förklara tillkomsten av något ur intet, skapandet av egenskaper ifrån ett tillstånd utan sådana.

Det kan ju inte vara det sedan länge väletablerade CP-brottet. Detta gäller ju vanliga elementarpartiklars egenskaper. Kunde det vara ett $\kappa\Lambda$-brott? “Värt att undersöka”, mumlade Hiri, när hon återvände från den transcendentala till den fysiska världen. Hon mindes att i den matematiska härledningen skulle det krävas att *absolutbeloppet* av den gravitationella energin blir negativt. “Vilken galen idé, *negativt* absolutbelopp!” Hon suckade djupt. Men samtidigt förmedlade det absurda henne en vibrerande stimulans.

“Kanske är det nåt liknande som det imaginära talrummet? Talet i är ju rooten ur minus ett. Att dra rötter ur negativa tal var ju en gång fullständigt förbjudet. Men denna utvidgning av det reella talrummet hade en oerhörd betydelse för den teoretiska förståelsen av skeendena i vår reella värld. Skulle det vara rimligt att anta att det finns ett tal, säg k, som tillåter existensen av negativa avstånd?” Det var svårt att slita sig från denna galna tanke. Hon tänkte undersöka om Einstein's fältekvationer i stället kunde skrivas $R_{\mu\nu} - \frac{1}{2}Rg_{\mu\nu} = \frac{8\pi G}{c^4}T_{\mu} - (1 + k^{\lambda})\Lambda g_{\mu\nu}$, där λ är den fraktala dimensionen av Λ-

hyperrymden. För $k = 0$ fick man ju tillbaka den ursprungliga formuleringen. Detta kunde möjligen kringgå singulariteten. Hennes tankegångar avbröts av något annat som syntes för stunden viktigare.

Ett ytterst märkligt fenomen var det omgivande totalmörkret. Hiri tänkte "varför är det alldeles mörkt? Om vi är omgivna av mörk materia, borde vi kunna se rakt igenom den. Den borde vara genomskinlig, eftersom den sägs strunta i fotoner." I stället ingav stället intrycket att de befann sig mitt i ett oerhört tätt moln av stora mängder skymmande små dammpartiklar. Som i en livmoder för nya stjärnor och planeter. Det var så mycket stoft att inget ljus orkade ta sig igenom. Det var bara mörkt och kallt. Hemskt mörkt och hemskt kallt.

I Hiris huvud började en tvivlande tanke ta gestalt. "Tänk, om jag hade fel. Tänk, om vi inte alls har åkt till en riktig GHC, en klotformig hålhop, och tänk, om vi inte har hittat en Frommsmannbrygga, liknande ett svart hål som utvidgar sig som en kondom med perfekt passform. Tänk, om vi aldrig har gjort en dimensionspenetrering." Tankarna for med rasande fart, nära ljusets hastighet, igenom hennes hjärnvindlingar. Hon blev omväxlande kritvit av frossa, röd av hetta och började skaka i hela kroppen. Hennes resonemang var enkelt och rakt fram, nämligen kort och gott "Om det här är så jädrans kallt, vad är det som leder bort värmen från alla stjärnor runt omkring oss? Varför är det så himla mörkt här? Inte för att vi befinner oss i ett område av mörk materia, i alla fall, den skulle ju inte synas."

Hiri kunde inte minnas att hon någonsin hade varit så förtvivlad som nu. Vad skulle hon säga till sina systerbröder? Hon hade lockat dem till denna oändligt långa vansinnesfärd genom rymden med löften om fantastiska upplevelser. Att de skulle vara sanna pionjärer som skulle upptäcka nya världar. Sprida deras välartade mutation, deras fredliga ras, i alltets spirande renässans.

Hiri var ensam på skeppets kommandobrygga. Hon tänkte "Jag vill inte gå den vägen och utsätta mina trogna, kära systerbröder för denna ovisshet, denna fara. För liv och lem. Vad vet vi om det som finns där framme i denna mörka värld? Säker död?"

"Vad skulle Søren ha sagt?" Hon önskade så bitterligt våldsamt att Søren skulle vara här, tillsammans med henne. Dagen till ära - det var hennes och Sørens sexhundrafemtioandra bröllopsdag, men de hade fått uppleva blott sextionio år tillsammans - bar hon sin älsklingsblus. En luftig solrosgul sak i voile siden med vida trumpetformade långa ärmar. Till detta en snäv fotsid ljusblå sidenkjol, med vissa partier i minutiöst struken plissé. På fötterna bar hon ett par röda sandalliknande skor med liten klack. Detta var också vad hon hade haft på sig den dagen hon och Søren hade mötts första gången. Hon drömde sig tillbaka, då de stod innanför dörren till hans minimala bostad. När de skakandes av upphetsning tog av varandras kläder. När Søren varsamt smekte hennes klitoris och ömt kallade hennes vagina för "brunnen till paradisets eviga liv", hade hon försjunkit i ett ändlöst lyckorus. Søren hade aldrig direkt kommenterat hennes obefintliga byst. Bara en gång hade han mumlat "Bättre inga alls än dessa ditklämda plastlökar." Sedan hade han upprepade gånger talat om att han var enormt förtjust i hennes stora styva bröstvårtor. Han älskade också hennes ansenliga svarta buske och kunde inte förstå varför så många kvinnor rakade bort "denna eminenta signalsubstans". Normannen hade vissa svårigheter med grannarnas språk. Søren andades in hennes doft, läppjade hennes smak och kände på de små, mjuka fjunen under hårfästet på hennes hals. Hiri strök lätt över hans perineum, samtidigt som hon varsamt masserade hans erigerade lem med sin andra hand. I hennes lilla hand var Sørens penis enorm.

Anyiara stormade in till henne och ryckte henne ur de våta drömmarna. "Vi närmar oss en jäkligt stor och jäkligt röd stjärna!" Hiri var med ens vaken.

Stärnan var gammal och mäktig. Den producerade mer energi än tiotusentals solar. Den skulle ha nått ända ut till Mars, hade den befunnit sig på solens plats. Den var djupröd, på gränsen till svart, med heta vita fläckar som försörjde dess planeter med värmande ljus. Det hade innan varit så väldigt mörkt på grund av allt omgivande sot och smutsiga saltkristaller stärnan hade producerat i sin utdragna dödsryckning. Bälten av bråte från sönderspränggda planeter flög omkring i oroväckande höga hastigheter. Det krockades här och där. Större planetrester smulades sönder till mindre klumpar.

En planet, betydligt större än Jorden men konstigt nog helt utan atmosfär, befann sig nära nog för att gå runt stjärnan i bunden rotation. Eftersom dess rotation kring sin egen axel tog lika lång tid som ett varv runt stjärnan, vände planeten alltid samma sida till. Den bortre sidan låg i evig skugga och den var kall. Lika kall som den nattsvarta rymden. Hela denna hemisfär, en gigantisk areal, upptogs av aianarna, det vill säga AI maskiner som slutligen hade uppnått ett organiskt tillstånd.

Maskinerna hade 'fått liv'. Med en otvetydig form av självmedvetande. AI maskinernas mäktiga evolutionssprång innebar att skillnaden mellan död och levande materia inte längre gick att definiera.

Den enorma mängd värme aianarna alstrade i sin kvanttankesmedja strålades ut i den kalla rymden och kylde det gigantiska komplexet av elektroniska komponenter till funktionsdugliga arbetstemperaturer. Sålunda behövde aianarn inte svettas. En ansenlig del av deras överskottsenergi fångades upp av planetens många månar. Där höll de rörelseoförmögna aianarnas väktare, de vedervärdiga misanhydropiderna, till. De skötte underhåll, reparationer och kontinuerligt byte av de utslitna energialstrande beryIliumpaljetterna på planetens framsida.

Aianerna hade redan sedan länge uppmärksammat hiriskeppets ankomst. I själva verket hade de bidragit till fartygets infångning genom att deformera tyngdkraftsfältet så att *Aniyra* hade måst följa med, nedåt den sluttande gravitationskanalen. Sedan hade dessa mekanoorganismer tvingat skeppet att lägga sig i en omloppsbana kring månen Mephysilis. Månen hade fått sitt namn efter hin håles eviga klåda i skrevet, vilket var en adekvat beskrivning av månens antipatiska ödslighet, etsad i grått och mörkgrått.

Transportfartyg anlände från alla håll, fullastade med hordar av misanhydropider. På Mephysilis skulle misanhydropiderna ta hand om *Aniyras* femhundrahövdade besättning och få sig ett rejält skrovmål.

XV. De Bello Martico - Pars III

De kvasibesegrade, det hade ju inte blivit något slag att tala om, oslagna hjältarna hade vänt hemåt mot Adolphina och de omgivande småstäderna. Där skulle de slicka sina sår, fast de hade ju inte fått en endaste liten skråma vid den imaginära bataljen, som hade blivit en förnedring, en smädelse. De hade inte fått slåss. Som riktiga karlar.

Cornelis Bernatten, imperatorn, och pruttamajan, borgmästarinnan Fru Brahmensch, satt och begrundade det psykologiska nederlaget mot de "förkrympta småväxta fejkfigurerna med sina pumpahuvuden". Båda var fullkomligt överens om att man var tvungen "att göra någonting".

Ursula, som definitivt inte var någon söt liten björnunge, föreslog att man skulle föda upp miljontals feta råttor och släppa ner dem i tunnlarna, efter man hade låtit dem svälta någon vecka. De vrålhungriga bestarna skulle då ta kål på de vedervärdiga hirisarna.

Imperatorn invände då genast att råttor inte skulle återupprätta männens heder, som ju hade fått sig en ordentlig törn. Nej, endast en väpnad konflikt kunde komma i fråga. Man skulle den här gången bege sig norrut och "luska fram vartenda dvärgnäste". Man skulle "en gång för alla" utplåna hirisarnas subterrena tunnelsystem och begrava deras invånare. För detta skulle det krävas en välrustad armé. Som bonus skulle man också stödja den inhemska vapenindustrin, som ju var i behov av jobb. Aktiekurserna hade stagnerat.

Jo, det verkade ju vettigt, tyckte den korpulenta borgmästarinnan, och de tu enades om att genast skrida till verket. Cornelis H.B. knäppte upp den översta knappen på sin vapenrock. Svetten rann nerför hans valkiga nacke. Det var upphetsningen, inte yttertemperaturen. Under Adolphinas väldiga kupol var det bara tolv plusgrader, inte precis svettmässigt. Men det var bra matchväder, som han kallade det.

C.H. Bernatten beordrade sina officerare att möta honom i hans våning på HåHåavenyn (jultomtestigen?!?) sexton nollnoll Zulu, prick. Inget larv med akademiska kvartar. Generalerna för de tre vapenslagen hade samlats kring kartbordet; jodå, det fanns faktiskt marinen också, anfört av en Admiral von Duennchiss. I brist på hav hade sjömännen fått långtidspermission och befolkade Adolphinas otaliga nattklubbar. Till och med mitt på ljusa dagen.

De två övriga grenarna var armén och flygvapnet. Den senare leddes av Helmuth Gehring, en fyllig generalsperson som gillade brädspel med avklädda damer. Hans iq hade inte kunnat mätas, eftersom visaren hade slagit ner nedanför skalans underkant. Vapenarsenalen bestod av en gång förmånligt införskaffade drönare från försvarets överskottslager, varav endast ett fåtal var i insatsvärdigt skick. Men man skulle ju kriga under marken, inte i luften.

Klockan sexton prick serverades det kaffe, te och hallongrottor. Som *avec* bjöds männen på årgångsfinkel gjord på potatis och selleri. De röda pärlorna i deggrottorna bestod av syntetiska plasthallon. Gubbarna, för det var bara män i församlingen, satt och mumsade med fulla kindar och smulorna från de sönderfallande kakorna stänkte åt alla håll. En rufsig hund, stor som en Sankt Bernhard, men den var inte det, slickade upp de demolerade kakbitarna med sin långa blöta rosa tunga. Imperatorn klappade närmast ömt sin västbengaliska kamphund, som han kallade detta djur.

Samtalet kretsade kring det militära läget. Tonen var burdust råmanlig och ackompanjerades ideligen av högljudda skratt. Skratten utlöstes av någons vitsiga kommentar angående de små kretinernas obefintliga stridsduglighet. Generalernas ansikten hade blivit rödmosiga av sellerispriten och deras språk hade blivit allt mindre civiliserat, innehållande allt fler grova könsord och färre adjektiv.

Den anammade taktiken gick ut på att man skulle föra fram samtliga stridsvagnsdivisionerna i en "blitz", överrumpla utan förvarning de aningslösa hirisarna. Tungt artilleri och marktrupper i språngmarsch skulle följa. Planeringen omfattade inte någon strategi, ett mer långsiktigt resonemang. Männen ansåg att något sådant "inte skulle behövas när man hade mosat miniatyrnissarna".

Kvinnorna var dock av en helt annan åsikt. Det var ju de som tog hand om samtliga sysslor, vilket gick ut på att sätta hirisarna i arbete. Adolphinas kvinnor var på intet sätt mer filantropa än deras män, men de var angelägna om att behålla kvar hirisarna, i livet. Arbetsföra. Vem annars skulle städa, laga mat, sköta barnen, mjölka geten och ploga åkrarna?

Kvinnorna gick ut på gatan i stora skaror och demonstrerade till förmån av hirisarnas fortbestånd. De bar på banderoller och plakat och ropade "Heil Hirisar" och liknande. Det av slagorden, som skrämde männen mest, var "MUTTAVÄGRA!!!" Det där, att kvinnorna hotade med att de skulle muttavägra tills gubbarna gav efter, tog ordentligt skruv på stridstupparna. I ett rådslag, där de flesta av Adolphinas män deltog, dryftades detta ickeacceptabla hot under två hela dygn tills man slutligen enades om att begrava stridsyxan.

Man sände bud till Hiristan för att inbjuda till fredssamtal. De timida hirisarna tackade genast ja till inviten. De blev lättade och andades ut att de slapp bli indragna i våldsamheter.

Den förslagne Cornelis H. Bernatten hade dock andra planer. Han hade ingalunda för avsikt att helga någon vapenvila, påtvingad av upproriskt kvinnsfolk. De hade kallat sig Brigade Mars 8. "Va' löjligt! På Mars fanns väl inga åtta brigader, inte ens två."

Innan Bernatten skulle sätta på sig rustningen, skulle han klä av sig. För att bestiga sin hustru Matilda, som den hingst han var. Eller trodde att vara. Han behöll dock sina yllestrumpor på, på grund av golvdraget. Det var dock tillräckligt kyligt för att hans lem skulle krympa till oansenlighet. Cornelis H. blev alldeles ursinnig och vrålade "Matilda! Gör nåt!" Makan Matilda tjirpade förföriskt "vad ska jag göra, kära make?"

"Hjälp mig med kuken, för fan!"

Matilda, en yppig kvinna på trettioåtta vårar, log lite skälmaktig medan hon fuktade sina fingertoppar med munnens saliv. Sedan lät hon högerhandens fingrar sakta glida fram och tillbaka över det murriga underlivet. Bernatten glodde med uppspärrade ögon - han hade ju aldrig sett maken till detta - och grymtade "va' fan håller du på med?" tills hon ökade takten och slutligligen utbrast i ett "ja ja ja - jaaaaah!" Efter en liten stund av tystnad tillade hon "så ja, kära make, nu känns det bättre. Som du ser, behöver vi kvinnor inga män. Förutom till pollineringen, förstås."

Full av vrede, med vansinnets fradga skummande kring den vidöppna munnen, stormade Imperatorn Cornelis H. Bernatten ut ur parets sovrum. Där stod han, med yllestrumporna på, men med bar ända och blottad skrumpen penis. Nu var han i behov av ett stort glas hemkörd selleriwodka. Han var alldeles galen av vrede och kände sig fullständigt frustrerad. Han gick ut till sin "teater", en monströs sandlåda där sandhögar hade formats till kuperad terräng, även berg, borgar i lera, skyttegravar och skogsdungar, skulpterade i olika sorters mossor.

Där formerade han sina älskade tennsoldater med bajonettadapterade musketer i hotfulla ställningar. Och lekte krig. Han slängde tennfigurerna och kastade sand. Han formade ljud som "arrgh, blrrrr, krrreig, kaboom" och drömde sig tillbaka till barndomens trygga tillvaro.

När han slutligen avreagerat sig och blivit lugnare, efter också ha hälsat på hos Onan San, klädde han på sig. Han hade valt sin kamouflagemönstrade fältmundering. Sabeln hängde han i kopplet. Sedan satte han sporrar på stövlarna och skred genom den välvda porten till hans pråliga palats.

Imperatorn Bernatten var på väg till pansardivisionen Karl du Store. Fälttåget mot Hiristan skulle begynna klockan sju följande morgon. Ett ovälkommet irritationsmoment la Bernattens panna i veck. Stridsvagnarna hade bränsle som räckte till Hiristan, kanske någon mil till. Men helt klart inte för att återvända till Adolphina. Bränslet hade alltid tillhandahålllits av hirisarna och Bernatten hade ingen aning om var det kom ifrån. Man behövde alltså ha kvar några hirisar i livet, så att de kunde leda samtliga Karl du Stores motoriserade stridskrafter till bränsledepån. För att sedan tilldela hirinissarna det förödande slaget.

Detta var planen. Men se, vad som hände. Bernatten hade inte bara felkalkulerat det militära försörjningsledet, utan också militärfordonens betydande vikt. Han och hans ingenjörer hade inte tillräckligt väl analyserat hållfastheten av det perforerade subterrena tunnelsystemet. Faktum var att de hade varit fullständigt ovetande om tunnlarnas existens. Man får lära av sina misstag, fast den insikten kom aningen för sent. De alldeles för tunga stridsvagnarna bröt ideligen igenom marken, körde ohjälpligt fast och i många fall föll de till och med rakt ner i hål som var hundratals meter djupa. Med pansarvagnarna följde förutom besättningarna även tusentals fotsoldater ur armén.

Efter bara någon timma hade Imperatorns stridkrafter smultit ihop till en handfull stridsvagnar och något hundratal man. Befälhavaren och hans här var förkrossade, “hur kunde detta ske?” Detta var Bernattens Zama, hans Waterloo, hans Dien Bien Phu, hans Stalingrad. Bortkommen irrade han omkring bland resterna av hans forna armé. Tårarna strömmade nerför hans runda kinder. “Skulle jag begå en ärefull harakiri?” Han blev alldeles förskräckt vid själva tanken. Sedan lugnade han sig med att hans sabel var alldeles för lång. Att han inte hade tillgång till ett kort svärd som traditionen påbjöd.

Några hirisar närmade sig honom. De väntade avvaktande några meter framför honom. Ångerfull erbjöd han sin sabel och överlämnade densamma liggandes tvärs över sina utsträckta armar, så som han hade sett det på film. Anja Tvärhög tog motvillig emot “gåvan”, som var längre än hon själv. Vänd mot Bernatten sade hon “Nu får det vara nog med dumheterna! Lova oss det! Annars så *lovar vi* att ni kommer att vara de sista av er erbarmliga art. Förstått?”

“Jiijja, Herr General” stammade den knäckta fältherren.

Anja svarade lugnt “Jag är en kvinna och ingen general, Herr Bernatten.”

Förödmjukelsen var total.

XVI. Hem till Hiristan

På *Aniyra* tänkte hirisarna inte vänta på vad som skulle ske härnäst, utan de beslöt sig för att ta handlingsutvecklingen i egna händer. Eftersom de inte kunde frigöra sig från den hemska månen Mephysilis, ville man ta tjuren vid hornen och landa på dess yta. Ännu hade de hungriga misanhydropiderna inte anlänt. Hirisarna hade fördelen att kunna välja bataljens terräng.

Under överflygningen av den nariga månen hade hirisarna upptäckt ett landskap som kännetecknades av djupa raviner. Där fastnade de för i synnerhet en speciell typ. Denna var öppen i ena änden, men sluten i den andra. Ingången var mycket smal. Där kunde med nöd och näppe högst fyra, fem hirisar passera åt gången. Slutet på återvändsgränden gick från ingången inte att se. Detta var dolt bakom en krök flera hundra meter fram.

När de hemska misanhydropiderna var i antågande, begav sig ett par hundra hirisar in i ravinen. De placerade sig fullt synliga i botten på den djupa dalgången, medan resten av dem gömde sig uppe vid kanten bakom stora stenbumlingar. När misanhydropiderna slutligen rusade ner till ravinens öppning, sprang de hirisar som befann sig på dess botten bort mot den skarpa kurvan. Bakom kröken blev de osynliga för angriparna. Dessa hummerliknande monstren var så pass mycket större än de nätta hirisarna att bara ett par av dem kunde samtidigt passera genom den smala ingången. Att slussa igenom hela gänget tog sin tid.

De undflyende hirisarnas kamrater på den stängda sidan hade släppt ner långa rep och hirisarna på ravinens botten var i full färd med att klättra uppåt på de branta väggarna. Tjugo, trettio meter upp. När alla var uppe på ravinens topp, släppte de gemensamt ner flera stora bautastenar som blockerade ingången. De fasliga misanhydropiderna, som hoppades på att snart få sig ett stort skrovmål skulle inom kort bli väldigt besvikna. Utan hjälpmedel hade de ingen chans att komma upp till ravinens övre kant. Där stod hirisarna och vinkade. Och skrattade.

Hirisarna var i säkerhet. De hade inte använt något våld för att "bekämpa" misanhydropiderna, enbart list. Hirisarna kände sig mycket lättade, men avsåg inte att stanna längre än nödvändigt. De ville lämna denna förfärliga plats, innan misanhydropiderna hade hunnit röja undan de blockerande stenmassorna och tagit upp förföljelsen efter dem.

Turen står den tappre bi. Hirisarna hade befriat sig från Mephysilis' ok, eftersom aianerna inte längre brydde sig om dem. För aianerna var det lilla, obetydliga hiriproblemet ur världen. De hade ju överlåtit utrensingen till misanhydropiderna. Således var hirisarna inte längre fångade av månens tyngdkraftfält, som hade återfått sin normala form och därmed återgått till sitt normala tillstånd.

De satte kurs mot Mars, till sitt hem, till sina systerbröder. Efter en lång lång färd var det då äntligen dags att få kliva ner på den röda marken. Målet var givet.

Hundratals hirisar trängdes på Blont Skum. Stadens pub var överfull till bredden och längden. Puben var knakfull. Alla ville vara med och välkomna de återvändande äventyrarna. Det skulle förstås bli en hejdundrande fest, med mat och dryck i överflöd. I matväg fanns bland annat den mycket uppskattade italienska anrättningen Caprese, som i brist på originalråvarorna blev aningen modifierad. Nedan följer hirisarnas recept. Vårt tack går till Vittorio Emmanuele Persico.

Vego-Caprese à la Hiri: för en portion

2 tomater
125g tofu
färsk basilico
0.25 dl solrosolja
0.5 krm salt
0.5 krm peppar

Tvätta och skiva de färska röda tomaterna och varva omväxlande med skivad vit tofu (i brist på buffelmozzarella använder vi baljbaserade ingredienser). Häll över oljan (utan träd, inga oliver, ingen olivolja). Krydda med nypor av salt och peppar. Lägg på färska blad av basilico. Servera gärna med en skiva färskt bröd, samt ett glas kall öl.

För femhundra hirisar behövdes det sålunda ettusen tomater, 62.5 kilogram tofu, 200 knippen basilico, 12.5 liter solrosolja, ett kvarts kilogram av vardera salt och peppar, 100 limpor bröd och en faslig massa öl.

Efter detta vankades kålsoppa, vita bönor med tomatsås och till efterrätt vaniljglass med chokladsås.

Och mera pilsner. Mycket mera pilsner.

XVII. End of Story

Till och med en vältränad och härdad åldring som Hiri hade blivit rejält bakis efter detta storslagna partaj. Som hade varat i fyra dagar. Efter festen hade Hiri lämnat Hiristan och återvänt till sitt favorithem vid foten av Olympus Mons. Hon hade satt sig till rätta i lotusställning med blicken riktad mot det vackra berget och sedan fallit i djup sömn.

Efter ett tag vaknade hon till, såg sig förvånat omkring och log. Sedan somnade hon in igen.

För gott.

p.s. In Somnio Veritas

Epilog

Verklighetens Grymma Ansikte

Caput Mundi

På Jorden började livet så sakteligen återhämta sig. Så länge planeten består, kommer livet, när det en gång fått fäste, att aldrig bli helt utrotat.

Efter det Stora Kriget hade Rom åter igen blivit världens medelpunkt. Det som en gång varit Italien, vars geologiska form hade liknats vid en stövel, var inte längre förbundit med vad en gång hade varit Europa. Numera var Italien en ö, mitt ute i ett gigantiskt hav. Havet sträckte sig ända till resterna av det som en gång hade varit Amerika, långt uppe i norr.

Grannön till Italien var de få kvadratkilometerna kring det som en gång varit Madrid. Ön var liten och kal, utan förmåga att tillhandahålla näring till annat än till mossor och små insekter. På PostMadrid fanns miljoner av små kryp. Men inte mycket mer. Krypen påminde om miniatyrtermiter.

I Rom hade slutligen den alldeles för långvariga vatikanmonarkin fått ge vika åt invånarnas nyvunna självförtroende och självaktning. Efter mer än fyratusen år av fysiskt och mentalt förtryck hade pappornas rike smulats sönder. Inifrån, på grund av deras hårdnackade vägran att acceptera naturens sanna historia.

Till mångas förtret hade det som en gång varit Britannien åter igen blivit förenat med det som fanns kvar av Europas fastland. Britannien satt nu fast förankrat ovanpå det italienska stövelskaftet och dess invånare hävdade åter igen att de var bäst i världen att sparka boll.

Men romarna hade slutligen börjat att förlita sig på sin egen förmåga att tänka och bedöma sin omgivning själva. Detta var arvet efter hirisarna som hade levt åtskilliga hundratals år före dem. På denna Jord. Och lämnat nya folk av antropohibrider efter sig.

Ordet PAX gick åter igen att finna i hominidernas vokabulär, men det användes inte särskilt ofta.